LES OISEAUX CHANTEURS

CHRISTY LEFTERI

LES OISEAUX CHANTEURS

Traduit de l'anglais
par Karine Lalechère

ÉDITIONS DU SEUIL
57, rue Gaston-Tessier, Paris XIXe

Titre original : *Songbirds*

Éditeur original : Zaffre, an imprint of Bonnier Books, UK

ISBN 978-2-02-147863-1

www.seuil.com

1

Yiannis

Un jour, Nisha a disparu et elle s'est transformée en or. Elle s'est transformée en or dans les yeux de la créature qui se tenait devant moi. Elle s'est transformée en or dans le ciel matinal et dans le chœur des oiseaux. Plus tard, je l'ai reconnue dans la mélodie chatoyante de la domestique vietnamienne qui chantait chez Theo. Et puis dans les visages et les voix de toutes les femmes de ménage qui ont déferlé dans les rues comme un fleuve en colère, exigeant d'être vues et entendues. C'est là que vit Nisha désormais. Mais revenons un peu en arrière. Il faut revenir en arrière.

2

Petra

Le jour où Nisha a disparu, nous avions fait une excursion en montagne. Toutes les trois. Nous avions enfilé nos chaussures de randonnée et attendu le bus qui monte au mont Troodos seulement deux fois par jour. Normalement, elle sortait seule, le dimanche, mais, exceptionnellement, elle avait décidé de nous accompagner, Aliki et moi.

Le cadre était enchanteur. La brume automnale s'enroulait autour des fougères, des pins et des chênes noueux. Le massif du Troodos a surgi de la mer il y a des millions d'années, créé par la collision des plaques tectoniques africaine et européenne. L'écorce océanique est encore visible par endroits. Les formations rocheuses, où affleurent des filons et des laves en coussin, semblent revêtues de peaux de serpent.

Je suis fascinée par les débuts. Cela me rappelle une histoire que ma tante me racontait dans le jardin à l'arrière de la maison : *Une fois le monde achevé – Petra, tu m'écoutes ? –, le Créateur secoua les mains pour se débarrasser des restes d'argile. Ils tombèrent dans la mer et donnèrent naissance à cette île.*

Oui, je suis fascinée par les débuts. En revanche, je n'aime pas les fins, mais je suppose que ce n'est pas très original. La fin peut être là, sous nos yeux, sans qu'on le soupçonne un instant. Un jour, on prend le café avec un ami, persuadé qu'il y aura beaucoup d'autres occasions, et puis on découvre que c'était la dernière fois.

Aliki ramassait des feuilles mortes, tandis que Nisha et moi étions assises sous le chauffage, sur la terrasse de l'une des petites tavernes qui se trouvaient le long du sentier de randonnée. Notre conversation est restée gravée dans ma mémoire.

– Madame, dit-elle soudain. Je peux vous demander quelque chose ?

Je hochai la tête. En face de moi, elle se tortilla sur son siège.

– J'aimerais prendre ma soirée pour…

– Mais Nisha, tu as déjà eu ta journée entière !

Elle se tut. Aliki ramassait des brassées de feuilles qu'elle entassait sur un banc. Nous la regardions toutes les deux.

Nisha avait décidé de passer son dimanche avec nous, de faire cette excursion avec Aliki et moi. Je n'avais aucune raison de lui accorder un congé supplémentaire.

– Nisha, tu as eu ta journée. Le soir, j'ai besoin de toi. Il faut aider Aliki à faire son cartable, puis la coucher.

– Madame, la plupart des autres femmes ont aussi leur dimanche soir, répondit-elle lentement.

– Je suis sûre que leurs employeurs ne les autorisent pas à traîner dehors à des heures indues.

Elle fit mine de ne pas m'avoir entendue.

– Je ne pense pas que Madame a quoi que ce soit de prévu, ce soir, reprit-elle, glissant vers moi un regard rusé avant de retourner à son café. Peut-être que Madame pourrait coucher Aliki, exceptionnellement ? Je travaillerai dimanche prochain, pour rattraper.

Je m'apprêtais à lui demander où elle voulait aller. Qu'y avait-il de si important pour qu'elle souhaite bouleverser nos habitudes ? Peut-être lut-elle la désapprobation sur mon visage, mais aucune de nous deux n'eut le temps de prononcer un mot, car une avalanche de feuilles se déversa soudain sur nous. Nisha poussa un glapissement théâtral. Agitant les mains en l'air, elle poursuivit Aliki qui cavalait sur un sentier s'enfonçant dans la forêt. Un instant plus tard, je les entendis rire et jouer comme des gamines derrière les arbres, tandis que je terminais mon café.

Nisha ne remit pas le sujet sur le tapis. À notre retour, elle prépara du dahl. La maison embaumait les oignons, les piments verts, le cumin, le curcuma, le fenugrec et les feuilles de curry. Je la regardai faire revenir les oignons, mélanger les épices aux lentilles corail, et ajouter un trait de lait de coco. J'en avais l'eau à la bouche. Nisha savait que c'était mon plat préféré. J'allumai un feu dans le salon. Il avait plu dans l'après-midi. Par la fenêtre, je vis que Yiakoumi avait déroulé son auvent en toile et que les pavés humides scintillaient sous les lumières chaudes de sa boutique d'antiquités.

Nous n'avions pas le chauffage central. Nous mangeâmes blotties autour de la cheminée, nos bols de curry sur les genoux. Nisha me servit un verre de *zivania* aux parfums de caramel et de muscat, et je sentis l'eau-de-vie réchauffer mon corps engourdi par la fraîcheur de l'air. Puis elle interrogea Aliki sur sa table de neuf.

– 7 fois 9 ?

– 63 !

– Bien, et 9 fois 9 ?

– 81 ! Ça ne sert à rien, Nisha.

– Pourquoi ?

– Je connais ma table de 9.

– Tu n'as pas révisé.

– Pour quoi faire ? Je sais comment ça marche. Si tu me demandes combien font 7 fois 9, je sais que la réponse commence par 6. Et que le second chiffre, c'est toujours celui d'avant, moins 1. Par exemple, 8 fois 9 font 72, 7 et 2.

– Tu es une petite maligne, mais je vais continuer à t'interroger quand même.

– Si ça t'amuse.

Aliki haussa les épaules en soupirant, afin de bien montrer qu'elle consentait à perdre son temps uniquement pour lui faire plaisir. Elle avait l'effronterie d'une fillette de neuf ans.

Oui, je me souviens très bien de la scène, Aliki qui dévorait son dahl, bâillait et répondait aux questions d'une voix forte, Nisha qui accordait toute son attention à ma fille, m'adressant à peine la parole. La télé était allumée, les informations en sourdine : des images de réfugiés secourus par des garde-côtes au large d'une île grecque. Un plan sur un enfant que quelqu'un porte jusqu'à la rive.

J'aurais sans doute oublié les détails, si je ne m'étais pas repassé cette soirée des dizaines de fois, comme on revient sur ses pas pour retrouver un objet précieux perdu dans le sable.

Allongée sur le dos, Aliki agitait les pieds en l'air.

– Assieds-toi, la gronda Nisha. Tu vas vomir. Tu viens de manger.

Aliki fit la grimace mais obéit. Elle se redressa sur le canapé, face à la télévision, les yeux sur les visages des gens qui sortaient péniblement de l'eau.

Nisha remplit mon verre une troisième fois. Je sentais le sommeil me gagner. Je regardai ma fille. Une géante : elle a toujours été trop grande pour moi. Ses boucles forment une crinière si volumineuse que je ne peux pas les encercler de mes mains. Des boucles aussi épaisses que des tentacules ; elles semblent défier la pesanteur, comme si Aliki habitait un royaume sous-marin.

À la lueur des flammes, je remarquai que le visage de Nisha avait la pâleur d'une figue au sirop délavée. Elle croisa mon regard et m'offrit un petit sourire plein de douceur. Je tournai la tête vers Aliki.

– Ton cartable est prêt pour demain ?

Elle était concentrée sur l'écran.

– Nous allons nous en occuper tout de suite, n'est-ce pas Aliki ?

Nisha se leva vivement et débarrassa la table basse.

Ma fille ne me parlait plus vraiment. Elle ne m'appelait jamais maman, ne s'adressait jamais directement à moi. Une graine de silence avait germé entre nous, elle avait poussé et s'était enroulée autour de nous, au point qu'il était devenu presque impossible de communiquer. La plupart du temps, Nisha nous servait d'intermédiaire. Nos rares conversations étaient d'ordre pratique.

Je regardai Nisha humecter le bout d'un mouchoir pour essuyer une tache sur le jean d'Aliki, avant de porter les bols et les cuillères à la cuisine. Peut-être était-ce l'alcool, ou bien l'excursion en montagne, en tout cas, je me sentais plus fatiguée que d'habitude. J'avais l'esprit et les membres lourds. J'annonçai que j'allai me coucher. Je m'endormis aussitôt et n'entendis même pas Nisha mettre Aliki au lit.

3

Yiannis

Le jour où Nisha a disparu, avant même de savoir qu'elle n'était plus là, je me suis retrouvé nez à nez avec un mouflon dans la forêt. J'étais sidéré. Cet ancêtre du mouton est un animal farouche et rare. Épris de solitude, il vit généralement en montagne, loin des hommes. Je n'en avais jamais croisé dans la plaine, et jamais aussi à l'est. En fait, si je racontais avoir vu un mouflon sur la côte, personne ne me croirait et la nouvelle ferait les informations nationales. J'aurais dû me rendre compte que quelque chose n'allait pas. Parfois, la terre nous parle. Elle nous transmet un message. Encore faut-il être capable de la regarder et de l'écouter avec notre âme d'enfant. Mon grand-père m'avait appris à déchiffrer son langage. Puis je l'avais oublié. Et ce jour-là, face au mouflon doré, je n'y ai pas pensé.

Tout avait commencé par un bruit de feuilles mortes froissées. On était fin octobre. J'étais en train de récupérer les oiseaux chanteurs que j'avais capturés. À l'aube, j'avais roulé en direction de la côte, pour me rendre à l'ouest de Larnaca, près des villages d'Alethriko et d'Agios Theodoros. C'était une zone boisée couverte d'oliviers et de caroubiers sauvages, de vergers d'orangers et de citronniers. Il y a aussi une forêt d'acacias et d'eucalyptus : l'Eldorado du braconnier. Aux petites heures du jour, j'avais placé mes gluaux, une centaine de baguettes enduites de colle, stratégiquement cachés dans les arbres et les buissons où les oiseaux venaient picorer. J'avais également dissimulé parmi les feuilles des appeaux acoustiques à piles. Puis j'avais déniché un endroit abrité où j'avais allumé un feu.

En guise de brochettes, j'utilisais des branches d'olivier pour rôtir du fromage halloumi et du pain. J'avais une bouteille Thermos de café fort dans mon sac à dos, et un livre pour passer le temps. Je n'avais pas envie de songer à Nisha, à ce qu'elle m'avait dit la veille, à son expression sévère quand elle avait quitté mon appartement, à sa mâchoire crispée.

Ces pensées flottaient autour de moi parmi les chauves-souris, et je les repoussais une par une. Je me réchauffais, mangeais et écoutais le chant des oiseaux dans le noir.

Un jour de chasse comme un autre.

Je m'étais endormi près du feu et je rêvais que Nisha était faite de sable. Elle se désagrégeait sous mes yeux comme un château sur la plage.

Au lever du soleil, j'étais prêt à me mettre en route. Je bus une dernière gorgée de café et vidai le reste sur les flammes. Puis je piétinai les braises et m'empressai d'oublier mon rêve. Les bois s'éveillaient tout doucement. Une expédition de ce genre me rapportait facilement 2 000 euros, et la matinée s'annonçait prometteuse : il y avait pas loin de deux cents fauvettes à tête noire sur les gluaux. Ces oiseaux valent leur pesant d'or. Des passereaux migrateurs qui fuient les rigueurs de l'hiver européen et vont passer la saison froide en Afrique. Ils arrivent par l'ouest et les montagnes, et font halte sur notre île avant de traverser la mer pour rejoindre l'Égypte. Au printemps, lorsqu'ils font le voyage dans l'autre sens, ils viennent de la côte sud. Ils sont si petits qu'on ne peut pas les tirer au fusil. C'est aussi une espèce menacée, et donc protégée.

Je redoutais ce moment entre tous. Je jetai un coup d'œil derrière moi, persuadé que, cette fois, je serais pris et jeté en prison. Que ma vie était fichue. C'était mon point faible : la peur, l'anxiété, avant d'achever les oiseaux. Mais la forêt était paisible, pas un bruit de pas. Uniquement les gazouillis et le vent dans les branches.

Je décollai une fauvette, détachant délicatement ses plumes. Elle avait dû se débattre de toutes ses forces. Plus les oiseaux tentent de se dégager, plus ils s'engluent. Je sentais son petit cœur battre dans mes paumes. Je plantai mes dents dans son cou pour abréger ses souffrances et la laissai tomber sans vie dans un grand sac-poubelle noir. C'est la façon la plus humaine de les tuer : une morsure franche.

J'avais rempli un premier sac, et j'étais en train de retirer avec la bouche les plumes et les baies collées aux baguettes, afin de pouvoir les réutiliser, lorsque j'entendis craquer des feuilles.

Merde. Je me figeai, retenant mon souffle. Je scrutai la forêt autour de moi. Il apparut alors, dans une petite clairière entre les fourrés. Le mouflon m'observait. Il se tenait dans l'ombre longue des arbres et il fallut une variation de la lumière pour que je voie ce prodige : au lieu d'être brun et roux, son manteau à poils ras était doré, ses cornes recourbées couleur bronze. Quant à ses yeux, ils avaient la même nuance que ceux de Nisha : des yeux de lion.

Je devais rêver, j'étais encore endormi près du feu.

Je fis un pas en avant, il en fit un en arrière. Mais son port était solide et fier, son regard planté dans le mien. Très lentement, je laissai glisser mon sac à dos de mes épaules et j'en sortis un quartier de pêche. L'animal piétina et baissa la tête, si bien qu'à présent il m'examinait par en dessous, mi-méfiant, mi-menaçant. Je plaçai le fruit dans ma paume et je tendis la main. Je ne bougeais plus, aussi immobile qu'un arbre. Je voulais qu'il s'approche.

Sa beauté fit remonter à ma mémoire un souvenir très net. En mars dernier, j'étais allé me promener avec Nisha dans le massif du Troodos. Elle aimait faire de longues balades le dimanche matin, quand elle ne travaillait pas. Elle m'accompagnait souvent en forêt pour ramasser des champignons et des escargots, cueillir des asperges sauvages et des mauves. Ce jour-là, justement, j'espérais apercevoir un mouflon. Peut-être au plus profond des bois ou sur un sommet, tout près du ciel. Nous étions si haut qu'elle avait glissé sa main dans la mienne.

– Donc, on cherche un mouton ?

– Si on veut, oui.

– Des moutons, j'en ai vu plein.

Une lueur moqueuse brillait dans ses yeux.

– Je t'ai dit qu'il ne ressemblait pas à un mouton normal. C'est un animal magique.

– D'accord, alors, on cherche un mouton qui ne ressemble pas à un mouton.

La main en visière, elle feignait de scruter le paysage.

– Oui, répondis-je sobrement.

Cela l'amusa, et son rire s'envola vers le ciel immense. À cet instant, j'eus le sentiment de la connaître depuis toujours.

Nous arpentions la montagne depuis des heures et nous nous apprêtions à faire demi-tour pour rentrer avant la nuit, lorsque j'en aperçus un, au bord d'une falaise abrupte. C'était une femelle : ses cornes recourbées étaient plus petites et elle n'avait pas de touffe de poils rêche sous le cou. Je la montrai à Nisha.

L'animal nous avait repérés. Il se tourna vers nous, sous les yeux émerveillés de Nisha.

– Qu'il est beau ! Il ressemble à un chevreuil.

– Je te l'avais dit.

– Aucun rapport avec un mouton.

– Tu vois !

– Il a le poil lisse et brun… Et l'air si doux. On dirait qu'il va nous parler. On a vraiment l'impression qu'il veut nous dire quelque chose, tu ne trouves pas ?

Je ne répondis pas. Je regardais Nisha regarder le mouflon, le visage rayonnant de curiosité.

Les couleurs de la forêt semblaient étinceler dans ses yeux, comme si une énergie secrète, un animal agile caché parmi les arbres s'était soudain réveillé en elle. Elle me lâcha la main pour faire quelques pas. À ma plus grande surprise, le mouflon s'éloigna du bord de la falaise, se dirigeant vers nous. Je n'en avais jamais vu s'approcher d'un être humain. Immobile, la main tendue, Nisha respirait la douceur. Mais on sentait aussi une fièvre, concentrée dans son regard. Il brûlait d'une émotion que je ne reconnaissais pas.

À cet instant, je me sentis très loin d'eux. J'avais l'impression que l'animal et elle partageaient quelque chose qui me dépassait.

Quelques secondes plus tard, elle se tournait vers moi pour m'embrasser. Un baiser très tendre.

L'aube qui se levait sur la forêt et le souvenir de cette journée me transpercèrent le cœur. Le mouflon me regardait, fasciné, la tête légèrement inclinée, émettant un son qui ressemblait à une question. Une question d'un seul mot.

– Je ne te ferai aucun mal.

Ma voix me parut soudain très forte, troublant la paix des lieux. L'animal secoua la tête et recula encore d'un pas.

– Pardon, dis-je, plus doucement.

Pour la première fois, il détourna les yeux. Il semblait regarder les oiseaux à côté de moi.

– D'accord. Je comprends. Pour toi, je ne suis qu'une brute sanguinaire qui essaie de t'amadouer avec une pêche.

J'eus un petit rire, comme si le mouflon pouvait apprécier l'ironie de la situation.

Je jetai le quartier de fruit par terre, avant de regagner à reculons l'ombre des arbres. Je restai là un moment à admirer la force et la beauté de l'animal. Il était parfaitement immobile, puis il repéra quelque chose à gauche. Alors, il me tourna le dos pour s'enfoncer dans la forêt.

Je terminai de relever mes gluaux aussi rapidement que possible, pressé de rentrer et de retrouver Nisha. J'avais hâte de lui parler de ce que j'avais vu. J'espérais que le récit de cette rencontre la ferait rayonner de nouveau.

4

Petra

Un bruit me réveilla en pleine nuit. Le fracas d'une fenêtre brisée ou d'un verre violemment jeté par terre. Ça venait du jardin, j'en étais certaine. Le réveil sur ma table de chevet affichait minuit. Était-ce le vent ? Mais il n'y avait pas un souffle d'air, et, à présent, le silence régnait. Un chat, peut-être ?

J'enfilai mes pantoufles. J'ouvris la grande porte vitrée donnant sur le jardin. C'était une claire nuit de pleine lune. J'habite une maison vénitienne de deux étages dans la vieille ville, à l'est des rues Ledra et Onasagorou menant à la ligne verte qui divise Chypre depuis 1974. Située dans les eaux cristallines de l'est de la Méditerranée, notre petite île est depuis longtemps à la croisée des influences de l'Europe et de l'Orient. Nous avons été occupés par les Ottomans. Nous avons été colonisés par les Anglais. Puis les Grecs et les Turcs ont fait de notre territoire un champ de bataille, jusqu'à ce que les forces de maintien de la paix de l'ONU interviennent et tracent une frontière entre le Nord et le Sud. Cette partition continue de préserver un *modus vivendi*, bien que la question de la réunification revienne constamment dans l'actualité. Nous habitons à Nicosie, côté grec, à deux pas de la ligne verte. Petite fille, je croyais que la rue conduisait littéralement au bout du monde. Il n'y a pas de violence entre nos voisins turcs au Nord et nous, mais la paix est fragile.

Nous occupons uniquement le rez-de-chaussée de la maison. Nos deux chambres donnent sur le jardin. Depuis deux ans, je loue le premier étage à un homme appelé Yiannis, qui vit de la cueillette des herbes sauvages et des champignons. Un peu ours, mais fiable. Il paie en temps et en heure. Le deuxième étage est vide, ou peuplé de fantômes, comme ma mère se plaisait à le dire, au risque de s'attirer les moqueries de mon père. Il répondait toujours : *Les fantômes sont nos souvenirs. Ni plus ni moins.*

Dans le jardin, il y a un bateau. L'ancienne barque de pêche de mon père, qui porte les mots *La Mer au-dessus du ciel* tracés en bleu sur la coque. La peinture s'écaille et le bois se désagrège. C'est un bateau qui a beaucoup navigué. Avant, quand j'étais en proie à l'insomnie, je distinguais parfois Nisha assise dedans, scrutant les ténèbres. Il manque une rame – je ne crois pas l'avoir jamais vue –, mais quelqu'un l'a remplacée par une branche d'olivier. Mon lit se trouve à côté de la fenêtre et je pouvais la voir entre les persiennes. Je me demandais à quoi elle pensait, seule ainsi en pleine nuit.

Ce soir-là, cependant, elle n'était pas dans le jardin. Je cherchai dans le noir ce qui avait pu me réveiller. Je m'attendais presque à sentir sous mes pieds le craquement du verre. Mais rien ne semblait cassé ni déplacé.

La lune éclairait les courges, le jasmin et les plantes grimpantes, le cactus et le figuier dans le coin à droite, près de la porte-fenêtre d'Aliki. Au centre, légèrement surélevé, se dressait l'oranger dont les racines avaient fendillé le béton. Petite fille, j'avais le sentiment que cet arbre dominait discrètement le jardin.

Tout était immobile. Immobile et silencieux. Pas une feuille ne frémissait. Près des marches qui montaient chez Yiannis, je découvris l'origine du bruit : une tirelire en céramique blanche que j'avais depuis l'enfance s'était brisée. Des centaines d'anciennes livres chypriotes formaient des petites flaques d'or sur le sol.

C'était le genre de tirelire qu'il fallait casser pour accéder au trésor à l'intérieur. Je me revoyais glisser des pièces dans la fente, songeant au jour où je récupérerais mon magot. C'était ma tante Kalomira qui l'avait faite pour moi, à Lefkara, le village où elle vivait avec son mari, un homme qui se régalait de testicules de bouc, de cervelle, et d'yeux d'agneau assaisonnés de citron et de sel. J'avais regardé ma tante façonner la tirelire sur un tour de potier. Mon oncle m'avait offert un œil. J'avais refusé. Ensuite, elle l'avait peinte en blanc et avait dessiné un petit chien amusant. Quand ma mère et moi étions retournées la voir quelques semaines plus tard, mon cadeau m'attendait sur une étagère.

Je n'avais jamais trouvé la bonne occasion pour casser ma tirelire. Les pièces étaient restées à l'abri dans son ventre, comme des vœux ou des rêves secrets, rescapés de l'enfance.

Qui l'avait donc brisée ? Comment était-elle tombée de la table de jardin ?

Je décidai d'aller me recoucher. Nisha s'en occuperait le lendemain matin.

Bien au chaud sous les draps, je songeai à ma mère.

– Que feras-tu de tout cet argent ? m'avait-elle demandé.

– Je m'achèterai des ailes !

– Des ailes d'oiseau ?

– Non, plutôt des ailes de lucioles. Elles seront transparentes. La nuit, je volerai dans le jardin et je brillerai dans le noir.

Ma mère avait ri et m'avait embrassée.

– D'une manière ou d'une autre, tu seras mignonne à croquer.

Le souvenir s'évanouit et j'éprouvai un cuisant sentiment de culpabilité, songeant que je ne partageais ni paroles, ni rêves, ni rires avec ma fille. Comment l'avais-je perdue ?

Ou était-ce elle qui m'avait perdue ?

5

Yiannis

Je rentrai de la chasse en début d'après-midi. Je me réjouissais à l'avance de pouvoir dire à Nisha que j'avais vu un mouflon dans la forêt. Je voulais lui décrire sa beauté singulière, son rare pelage doré, ses étonnants yeux de lion.

Plus j'y pensais, plus je me rendais compte que j'allais passer pour un fou. Mais je savais que Nisha m'écouterait. Elle me regarderait comme si j'étais dérangé et hocherait lentement la tête. Malgré tout, elle proposerait qu'on y retourne ensemble en fin de journée, pour qu'elle voie par elle-même.

Je frappai à la porte-fenêtre de sa chambre et j'attendis. Normalement, j'entendais presque aussitôt ses tongs claquer sur le marbre, mais, ce jour-là, seul le silence me répondit. Je réessayai, patientai encore quelques minutes, toquai une troisième fois et laissai passer cinq minutes supplémentaires. Elle avait dû sortir faire des courses. Ou elle était à l'église. Il lui arrivait d'allumer un cierge, même si elle n'était pas chrétienne. Elle appréciait la paix du lieu. À l'église, on ne lui demandait rien, on ne la reprenait pas d'un claquement de langue réprobateur, on ne secouait pas la tête en la regardant. Personne ne l'embêtait. On ne voyait qu'une bonne chrétienne priant parmi d'autres bons chrétiens. Là-bas, disait-elle, on est tous égaux, tant qu'on est croyant.

Puisqu'elle n'était pas là, je montai chez moi pour plumer les oiseaux. Assis sur un tabouret dans la chambre d'amis, je les nettoyai un par un, et les jetai au fur et à mesure dans une grande cuvette. C'était une tâche longue et fastidieuse que j'exécutais toujours à reculons. Je travaillais sans réfléchir, les mains poisseuses de sang et de plumes. Ensuite, je les plongerais dans l'eau ou les mettrais à mariner dans du vinaigre dans des récipients de tailles diverses, avant de les porter aux divers établissements, restaurants et hôtels, qui avaient passé commande.

Alors que je m'apprêtais à plumer l'oiseau que j'avais dans la main gauche, je sentis une palpitation imprévue contre ma paume. Je l'examinai. Le duvet brun sur sa poitrine se soulevait. L'aile droite frémit. J'eus soudain l'impression d'un poids très lourd, comme si je tenais un presse-papier. Les vibrations se propageaient à travers mon corps, le long de mes veines et de mon bras. Un tremblement horrible me secoua le thorax.

Nauséeux, je laissai tomber l'oiseau sur la table et je reculai mon tabouret. Je m'efforçai de respirer à fond. Sa poitrine se soulevait et se creusait plus nettement, à présent.

J'ai quatre ou cinq ans. Je marche avec mon père dans les prés en montagne. Il s'arrête pour cueillir des baies d'aubépine. Par terre, une tache de couleur vive m'attire l'œil : une bergeronnette printanière. À cet âge, je connais déjà les noms de certains oiseaux, indigènes ou migrateurs, grâce aux leçons de mon grand-père. Je les adore. Je les observe bâtir leur vie tout là-haut, dans les arbres et dans le ciel. Je rêve d'en attraper un, de le tenir dans ma main, d'étudier de près son plumage et de déchiffrer ses couleurs fabuleuses.

Voilà enfin l'occasion que j'attendais ! Cette bergeronnette est immobile dans les ronces. Elle ne bouge pas à mon approche. Je la recueille au creux de mes paumes. En fait, elle est morte depuis si longtemps que son corps est complètement desséché. Je l'examine : le petit bec argenté, la queue et les rémiges primaires marron. Le menton, la poitrine, le ventre et le duvet sont d'un jaune éclatant comme je n'en ai jamais vu. La calotte, les poignets et le dos sont d'un jaune plus sombre, tirant sur le vert. J'étudie le sourcil et la ligne oculaire, les yeux ouverts sans vie, les barres alaires, le lore, les pattes pareilles à des brindilles. J'imagine que je tiens de l'or. Entre mes mains, je tiens de l'or pur.

Je dépensais peu. J'économisais pour pouvoir arrêter le braconnage. Mes voisins se figuraient que je vivais de la vente des asperges sauvages et des champignons, des herbes sauvages, des artichauts et des escargots – en fonction de la saison. Bien sûr, la cueillette était mon activité officielle, mais c'était de l'argent de poche. Ce n'était pas ça qui allait m'assurer un avenir. J'avais connu suffisamment de déboires financiers. J'avais besoin de protéger mes arrières.

Ça ne me plaisait pas de devoir mentir à Nisha. Je braconnais en cachette depuis longtemps. Ce n'était pas compliqué : quand je rentrais chargé de sacs rebondis, tout le monde supposait que je revenais d'une cueillette en forêt. Les gens ne posent pas beaucoup de questions par ici, et beaucoup de maisons sont vides, car personne ne souhaite habiter aussi près de la ligne verte. C'est un rappel de la guerre, de la division, des logis abandonnés et des vies perdues. Autant de sujets qu'on préfère oublier.

J'avais mes raisons pour louer un appartement dans ce quartier. C'était tranquille, la plupart des résidents étaient âgés et je savais que personne ne viendrait fouiner dans mes affaires. De plus, j'aimais m'asseoir sur le balcon en fin de journée, et écouter le bouzouki venant de chez Theo, regarder les vieux manger, boire et jouer aux cartes. Parfois, je me joignais à eux, mais la plupart du temps, je gardais mes distances. Il y avait plusieurs bars à filles dans le coin, et quand les hommes en avaient assez du restaurant, c'était là qu'ils finissaient la soirée.

Il y avait un établissement de ce genre au bout de la rue : Chez Maria. Les fenêtres étaient en verre dépoli ; un relent de sueur, de fumée de cigarette et de bière éventée s'échappait par les vieilles portes en bois. Vêtue d'une tenue noire moulante, la barmaid servait des quartiers de pommes, des cacahuètes, des olives et du houmous. J'y avais été deux fois, et uniquement parce que j'avais rendez-vous avec Seraphim.

Je contemplai l'oiseau, son bec qui s'ouvrait et se fermait, le tressaillement de ses plumes poisseuses. Je lui palpai le cou. La morsure n'était pas très profonde. Il me regarda droit dans les yeux et j'eus l'impression qu'il me disait : *Hé toi, sale tordu, je sais de quoi tu es capable.*

J'humectai mon index et le portai à son bec. Il ne but pas tout de suite, mais je maintins mon doigt là un moment. Au bout de quelques minutes, il s'approcha de la gouttelette et renversa la tête pour l'avaler. Je décidai de placer une serviette propre dans une petite boîte et de laisser l'oiseau se reposer. Je l'observai. Il se méfiait de moi et me surveillait d'un œil suspicieux.

Je me remis au travail et me retrouvai bientôt avec un sac-poubelle gonflé de plumes. Mon petit rescapé gisait toujours dans sa boîte, la respiration régulière, tandis que ses frères morts s'entassaient dans la bassine à côté de moi.

Je te croyais différent, avait dit Nisha.

Je remplis d'eau la bassine avec un tuyau et laissai les oiseaux tremper. Puis je plongeai le doigt dans un verre et l'approchai encore du blessé. Cette fois, il but immédiatement. Il semblait ne plus me considérer comme un meurtrier, ce qui était rassurant. Je renouvelai l'opération jusqu'à ce qu'il ait étanché sa soif.

Je te croyais différent.

Ma corvée achevée, je me préparai à dîner et je m'assis sur le balcon, guettant avec impatience les coups discrets de Nisha à la porte. Le plus souvent, elle attendait que Petra soit couchée pour se glisser dehors. L'escalier était à l'opposé de sa chambre, à gauche, derrière un grand figuier, si bien qu'elle ne pouvait pas le voir de sa fenêtre. Nisha préférait que notre relation reste secrète. Elle n'était pas autorisée à fréquenter un homme. En général, elle sortait vers 23 heures et restait quelques heures avec moi. Nous bavardions un peu et nous faisions l'amour avant de nous endormir. Son réveil sonnait à 4 heures. Elle se dégageait de mes bras, descendait dans le jardin et regardait le soleil se lever, assise dans le bateau. Je ne comprenais pas vraiment pourquoi elle ne regagnait pas tout de suite sa chambre, mais les moments passés seule dans cette vieille barque de pêche semblaient importants pour elle. Je ne cherchais pas à en savoir plus. J'éteignais et je me rendormais jusqu'au matin.

La nuit précédente, l'atmosphère était différente. Assis à côté des portes ouvertes du balcon, nous contemplions le ciel étoilé, bercés par les notes du bouzouki. Il faisait frais et elle s'était enveloppée d'un plaid. Elle était plus silencieuse qu'à l'accoutumée, préoccupée. Soudain, elle commença à me raconter comment son grand-père s'était retrouvé avec un œil de verre.

Elle était en train de dire : « ... et alors il l'a poursuivi avec une batte de base-ball... » quand je posai la bague sur la table devant elle.

Elle s'interrompit, la prit et la mit non pas à son doigt mais dans sa paume. Elle avait les yeux baissés, je ne les voyais donc pas, derrière l'écran délicat de ses cils.

– Veux-tu m'épouser, Nisha ?

Elle ne répondit pas.

– J'ai cette bague depuis un petit moment. Je voulais te demander cet été...

Je ne pouvais pas terminer ma phrase. Je n'avais pas le cœur à lui rappeler ce qui s'était passé deux mois auparavant.

– ... et tu étais tellement malheureuse.

Elle acquiesça.

– Mais j'étais sincère.

Elle releva la tête. Les lèvres pincées. Le regard dur.

Elle ne me croyait pas.

– Nous pouvons toujours faire ce qui était prévu. Nous irons ensemble au Sri Lanka, chez toi. Nous irons chercher Kumari. Nous formerons une famille.

– Je t'ai aimé dès que je t'ai vu, murmura-t-elle.

Je tâchai de me rappeler notre rencontre. Que faisais-je ce jour-là ? Qu'avait-elle vu en moi ?

– Mais j'aimais mon mari aussi.

Les muscles de sa mâchoire se crispèrent, ses épaules et tout son corps se raidirent. Ses doigts se refermèrent sur la bague.

Sans un mot de plus, sans dire ni oui ni non, elle se dirigea vers la porte qui menait à l'escalier de pierre.

– Je faisais quoi, la première fois que tu m'as vu ?

Elle s'arrêta, mais ne se retourna pas.

– Tu donnais à manger aux poules.

– Je donnais à manger aux poules ?

Elle tourna la tête vers moi.

– Je pensais que tu étais différent.

Cette nuit-là, elle ne s'assit pas dans le bateau ; elle alla directement se coucher.

Vers 23 heures, je m'attendais à l'entendre frapper doucement à la porte. En général, elle appelait Kumari le dimanche soir, j'étais donc sûr qu'elle monterait. Elle parlait toujours à sa fille à l'aube, à cause du décalage horaire. Et elle préférait le faire de chez moi, car j'avais une tablette. Au moins, elle pouvait voir Kumari. Avant de me connaître, elles discutaient uniquement au téléphone. Pour leur laisser un peu d'intimité, je m'installais sur le balcon le temps de leur conversation.

Une fois, elle m'avait confié que cela lui permettait aussi de compartimenter ses deux mondes, à la fois distincts et en harmonie.

– Qu'est-ce que ça veut dire, au juste ? lui demandai-je un soir alors qu'elle venait de raccrocher.

Je m'allongeai sur le lit et elle me rejoignit.

– En bas, chez Petra, je suis la nounou d'Aliki. Mais quand je monte chez toi, quand tout le monde dort et que personne n'exige rien de moi, je me rappelle qui je suis vraiment. Je peux être une véritable mère pour ma fille.

Repensant à ce moment, je me préparai un café et je m'assis sur le balcon pour écouter le bouzouki. Je sortis l'oiseau de sa boîte et le tins dans ma main. Il n'avait pas très envie de rester là, mais il finit par s'endormir, sa respiration lente et régulière, son petit corps se dilatant et se relâchant. À son réveil, je lui donnai encore à boire sur mon doigt.

Une heure s'écoula sans que Nisha se manifeste. À minuit, je décidai de descendre et de frapper à la porte de sa chambre.

Sur la dernière marche, je trébuchai. C'était l'un des chats de gouttière, le noir aux yeux bicolores. Je me rattrapai à une petite table de jardin pour ne pas tomber. Elle bascula. Une tirelire appartenant à Petra chuta et se brisa en mille morceaux. Lorsque je vis sa chambre s'allumer, je remontai à toute allure et fermai la porte sans bruit.

Je passai une nuit blanche. Je pensais à Nisha.

Où était-elle ?

L'avais-je effrayée ?

Je te croyais différent.

Je restai assis sur le balcon avec le passereau jusqu'au lever du soleil. Je le vis apparaître derrière les immeubles à l'est. Plus loin, j'imaginai les rayons illuminer la mer. Alors le petit oiseau gonfla ses poumons et chanta.

Le lac rouge de Mitsero reflète le soleil couchant, le capture et le retient, bien qu'il ait disparu derrière l'horizon.

Lac rouge, lac toxique, lac de cuivre. Les parents racontent des histoires aux enfants. Ne vous approchez jamais du lac rouge de Mitsero ! Il est question de galeries souterraines où les hommes rampaient comme des animaux et mouraient dans le noir. N'allez pas au lac rouge de Mitsero ! Courez tant que vous voulez sur les sentiers poussiéreux et dans les champs – à condition d'éviter les serpents et les frelons –, mais, quoi que vous fassiez, ne vous approchez pas de l'eau.

Par cette journée de fin octobre, un lièvre gît sur les roches au bord du cratère. La mort est si récente qu'il est encore intact. Le vent le caresse à rebrousse-poil. Ses empreintes sont visibles dans le sol à côté. Il ne porte aucune trace de blessure ; on dirait qu'il a simplement épuisé ses réserves vitales. Bientôt il retournera à la terre, mais en attendant il est exposé là, arrêté en pleine course, comme si, jusqu'au bout, il espérait aller un peu plus loin – mais n'est-ce pas notre cas à tous ?

C'est une vision féerique. L'eau est teintée par le cuivre qui suinte du sous-sol. Un legs des anciennes mines. Lorsque l'exploitation a cessé, il est resté un cratère, qui chaque année, à l'approche de l'hiver, se remplit. Après l'orage, des rivières jaunes et orange ruissellent dans le lac rouge, créant ce somptueux coucher de soleil.

Pourquoi pas un lever de soleil ?

Parce que c'est la promesse d'un jour nouveau.

Le coucher de soleil, lui, annonce le silence et l'obscurité de la nuit. Le lac est suspendu au bord des ténèbres.

6

Petra

Je me réveillai à 6 h 30. Nisha devait s'être douchée, et elle était sortie au jardin, ses longs cheveux encore humides, pour cueillir des oranges et ramasser des œufs frais au poulailler, qu'elle préparerait au plat ou à la coque. Quand nous avions des fleurs de courgettes ou des herbes sauvages, elle les jetait dans des œufs brouillés, avec beaucoup de citron et de poivre. Le petit-déjeuner préféré d'Aliki.

Ce matin, pourtant, il n'y avait pas trace de Nisha dehors. Un filet de brume argenté s'attardait sur les feuilles, comme si le jardin avait poussé un soupir. Les pièces de monnaie éparpillées scintillaient au soleil.

À la table de la cuisine, jambes ballantes, Aliki jouait sur son iPad, encore en pyjama. Ses cheveux dénoués tombaient devant ses yeux. D'habitude, à cette heure, ils étaient coiffés et retenus en queue-de-cheval, et elle terminait son jus d'orange, déjà vêtue de son uniforme scolaire.

– Où est Nisha ?

Aliki leva la tête un instant et haussa les épaules.

– Tu as mangé ?

Elle fit signe que non. Je vis passer une lueur d'hésitation dans son regard. Je crus qu'elle allait parler, mais elle s'avachit seulement sur sa chaise.

J'allai dans la chambre de Nisha. Elle n'était pas là. Son lit n'était même pas défait.

Je rejoignis Aliki dans la cuisine.

– Si tu allais t'habiller pendant que je prépare le petit-déjeuner ? Puis je t'emmènerai à l'école, dis-je d'un ton aussi enjoué que possible.

Elle se leva à contrecœur, mais obéit. Pendant qu'elle était dans sa chambre, j'appelai plusieurs fois sur le portable de Nisha, mais je tombai sur sa messagerie.

– Nisha ? Où es-tu ? Rappelle-moi.

Je fis bouillir des œufs et griller du pain, puis j'ouvris tous les placards, me demandant où Nisha rangeait la confiture de figues. Je me sentais gagnée par l'irritation. Je ne m'inquiétais pas encore.

Aliki avait plus de flair que moi. Après avoir écalé les œufs et mis la table, ne la voyant pas revenir, j'allai dans sa chambre. Je trouvai ma fille en larmes devant le miroir. Elle s'était habillée, mais n'arrivait pas à coiffer sa tignasse indisciplinée. L'élastique était emmêlé dans un paquet de nœuds.

Je lui dis de s'asseoir sur le lit et je dégageai précautionneusement l'élastique. Puis, avec une large brosse, je tâchai de réunir ses cheveux sur le haut de son crâne, comme Nisha. Mais ses boucles ne cessaient de s'échapper – quand je relevais un côté, l'autre glissait et retombait.

Je la sentais s'agiter, mal à l'aise et impatiente.

– Tu sais quoi ? Tant pis pour la queue-de-cheval. Essayons autre chose.

Je lui fis une tresse. Elle rabattit l'épaisse natte noire sur son épaule droite et se regarda dans la glace. La porte-fenêtre était ouverte. La chambre baignée de soleil résonnait du chant des oiseaux. Même la brume pénétrait dans la pièce, comme un esprit égaré.

Une fraîche et joyeuse matinée d'automne, semblable à tant autres. Mais dans le miroir je voyais l'inquiétude assombrir les yeux de ma fille.

Je la déposai à l'école. C'était Nisha qui s'en chargeait, d'habitude. L'après-midi, je dus fermer une heure pour aller la chercher. Mon assistante, Keti, ne travaillait pas le lundi. Je ramenai Aliki à travers la circulation jusqu'à la rue Onasagorou, à côté de la place Eleftheria. C'était là que se trouvait mon magasin, Sun City – je suis opticienne optométriste –, entouré de boutiques chics, de glaciers, de pâtisseries, de restaurants, de galeries et de cafés. Le siège du British Council était également tout proche, dans une ancienne maison de ville, sur la place Solomou. Pour se distraire, Aliki s'amusa à essayer les lunettes les moins chères et à faire des imitations devant le grand miroir à l'entrée du magasin. Une paire de lunettes rondes cerclées de métal sur le nez, elle était Gandhi ; derrière des lunettes anti-lumière bleue à monture transparente, elle était une star de pop coréenne ; si les lunettes étaient en plastique marron, elle était Nisha. Armée d'un plumeau, elle entreprit d'épousseter les rayons.

Le soir, Nisha n'était toujours pas rentrée. Je préparai à manger, mais Aliki n'avait pas faim. Elle s'assit devant la télé.

– Ton assiette est sur la table. Je l'ai couverte pour que ça ne refroidisse pas, lui dis-je. Je sors un instant. Je voudrais savoir si Mme Hadjikyriacou a vu Nisha. Je suis à côté s'il y a quoi que ce soit.

Aliki hocha la tête, sans quitter des yeux le journal télévisé, qu'elle ne regardait sans doute pas vraiment. Elle était soucieuse et elle suçait l'articulation de son index, comme quand elle était petite.

Je n'avais jamais prêté attention aux autres employées de maison du quartier. Ici, elles faisaient tout. En théorie, on les payait (moins que le salaire minimum) pour faire le ménage et la cuisine. En pratique, elles se retrouvaient souvent nounous, vendeuses ou serveuses. Deux femmes, sans doute philippines, marchaient dans la rue, tenant chacune la main d'une fillette chypriote. Une gamine avec des couettes qui courait et gambadait entre elles, et qu'elles soulevaient de temps en temps. Un peu plus loin, devant une maison, une femme battait un tapis sur la rambarde d'une terrasse. Elle adressa un signe aux deux premières. Au coin de la rue, une domestique essayait de retenir un énorme chien de chasse sable qui tirait sur sa laisse. Chez Yiakoumi, une employée rentrait les antiquités – exposées sur une table dehors pendant la journée – avant la fermeture. À droite, le restaurant de Theo se peuplait peu à peu. Ses deux Vietnamiennes s'affairaient, coiffées de chapeaux en paille de riz, chargées de verres et de hors-d'œuvre. Chaque fois, j'espérais voir surgir Nisha, et chaque fois j'étais déçue.

Notre voisine, Mme Hadjikyriacou, était assise dans son jardin. Aliki la surnommait la Dame de papier. Sa peau était si pâle et fripée qu'on avait l'impression d'une feuille qu'on avait froissée puis dépliée. On la trouvait devant chez elle pendant presque toute la journée et une bonne partie de la soirée, parfois jusqu'à minuit. Elle regardait les heures défiler et les saisons se succéder. Rien ne lui échappait. Son esprit était un journal composé de toutes les pages du passé. En tout cas, du passé qui avait fait un détour par chez elle. Tout le monde savait que ses cheveux avaient blanchi du jour au lendemain pendant la guerre, quand l'île avait été divisée en deux. C'était à ce moment-là qu'elle avait commencé à tout enregistrer, pour que personne ne puisse lui voler son âme. C'était ce qu'elle m'avait confié des années auparavant.

Elle était assise dans un transat, devant la télévision qu'on avait installée dehors. Le fil branché dans le salon était tellement tendu qu'il menaçait de rompre. Elle cracha dans son mouchoir, inspecta la morve, puis cria après l'écran. Elle était apparemment mécontente d'une décision du président.

J'espérais qu'elle avait vu Nisha.

Sa propre femme de ménage sortit avec une assiette de fruits et une carafe d'eau. Elle posa le plateau sur une petite table à côté de la vieille dame.

– Je ne veux rien, dit celle-ci, la congédiant d'un mouvement du poignet.

L'employée marmonna quelques mots incompréhensibles, avant de retourner à ses tâches. Elle venait d'arriver et ne parlait ni le grec ni l'anglais, si bien qu'elles communiquaient chacune dans leur langue, ponctuant leurs discours de gestes et de mimiques.

À son habitude, la Dame de papier était entourée de chats, tous baptisés par Aliki. L'un d'eux miaulait, planté devant sa maîtresse.

– Qu'est-ce qu'il y a mon amour ? demanda-t-elle avec un soupir. Que veux-tu, ma petite pâte de sésame chérie ? Tu as soif ? Tu as faim ? Viens que je te fasse un bisou !

En réponse, l'animal lui tourna le dos. Sans me regarder, elle baissa le son de la télé et m'appela.

– Petra, venez donc manger des fruits avec moi.

Je débitai quelques banalités sur le temps et je pris un quartier d'orange par politesse, avant de lui demander si elle avait vu Nisha récemment.

Elle se renversa en arrière, les doigts croisés, la tête légèrement penchée vers la droite et la boutique d'antiquités, songeuse.

– Si j'en crois sept des horloges de Yiakoumi, dit-elle enfin, en regardant la vitrine, il était 22 h 30 hier soir lorsqu'elle est passée. La huitième affichait minuit.

J'attendis la suite, mais elle se contenta de soulever un chat noir pour l'asseoir sur ses genoux. Les yeux de l'animal étaient dorés, avec une petite tache bleue qui ressemblait à la terre vue du ciel.

– Elle a dit où elle allait ?

– Elle était pressée. Elle avait rendez-vous avec un homme.

– Qui ?

– Vous croyez que si je renifle mes ongles ils vont me donner la réponse ?

C'était l'une de ses expressions favorites.

Elle me dévisagea un moment, attendant que j'aie avalé ma bouchée. Puis elle tapota l'assiette du doigt.

– Resservez-vous.

Je savais qu'elle ne penserait pas à autre chose tant que je n'aurais pas obéi, alors, je pris un second quartier. Elle me regarda mordre dedans, puis essuyer le jus qui coulait sur mon menton.

– Vous n'avez rien remarqué d'inhabituel...

– Ma fille arrive la semaine prochaine de Nouvelle-Zélande. Elle vient me voir de l'autre bout du monde.

– C'est une bonne nouvelle ! Je suis heureuse pour vous.

À travers les rideaux au crochet, je distinguais la silhouette de sa femme de ménage, qui semblait se pencher pour frotter une table basse. Une lampe orange brillait derrière elle. Elle secouait la tête, pestant sans doute contre sa vieille patronne. Ou alors il y avait autre chose qui l'avait agacée.

Le son du bouzouki retentit chez Theo. Aussitôt, les chats se précipitèrent dans cette direction.

– Elle n'a rien dit d'autre ? Nisha, je veux dire.

– Non.

– Et elle allait de quel côté ?

Elle indiqua la droite.

– Puis elle a tourné à gauche au bout de la rue.

– Mais c'est un cul-de-sac !

Que serait-elle allée faire là-bas ? Il n'y avait que la ligne verte, la base militaire et la zone tampon entre les secteurs grec et turc. Personne ne s'y aventurait.

Mme Hadjikyriacou m'examina. Du coin interne de ses yeux, une pellicule triangulaire menaçait de recouvrir sa cornée.

– Que se passe-t-il ?

– Je ne sais pas où est Nisha. Je suis sûre qu'il n'y a pas lieu de s'inquiéter. Elle doit être simplement…

– Simplement quoi ? m'interrompit-elle. Vous voulez dire que vous ne l'avez pas vue depuis hier soir ?

Je hochai la tête.

– Je suppose que vous avez essayé de l'appeler ?

J'acquiesçai encore. Elle leva ses yeux gris impatients vers le ciel. Elle avait l'air tellement inquiète que je me sentis obligée de la rassurer.

– Je suis sûre que ce n'est rien. Il doit y avoir une explication rationnelle.

– Non.

– Elle est peut-être allée voir une amie.

– Non. Nisha ne partirait pas comme ça, même pour une seule journée. C'est une jeune femme très consciencieuse.

Elle prit un quartier d'orange, le porta à ses lèvres, puis, semblant se souvenir qu'elle n'en voulait pas, le déchiqueta en petits morceaux qu'elle jeta autour d'elle pour les chats quand ils reviendraient.

Elle posa une paume poisseuse sur mon bras.

– Petra, dit-elle, me dévisageant fixement, comme si elle tâchait de me voir à travers un épais brouillard. Ce n'est pas normal.

À la maison, je trouvai Aliki assise sur son lit dans le noir. Elle était en pyjama, les mains autour d'une tasse de lait chaud. Son cartable était prêt, à côté de son lit, et son uniforme l'attendait, accroché au dossier de sa chaise devant le bureau. J'aurais presque pu croire que Nisha était revenue.

– Tu as mangé ?

Ma fille me regarda par-dessus sa tasse et hocha la tête.

– Ça va ?

Encore une fois, elle hocha la tête.

Je m'approchai et l'embrassai sur le front. Je remarquai alors que le chat noir aux yeux bicolores dormait à côté d'elle, presque invisible au premier abord, son pelage sombre luisant au clair de lune. Je m'apprêtais à lui rappeler que les animaux n'étaient pas autorisés à l'intérieur, mais elle me devança.

– Ouistiti a eu une journée difficile. Il a besoin de tendresse.

– Tu l'as baptisé Ouistiti ?

– Tu as vu sa longue queue recourbée ? Je suis sûre qu'il se balance de branche en branche.

Je souris. Ma petite futée. Je la laissai et fermai la porte de sa chambre.

Malgré tout, j'étais à cran. Je n'arrivais pas à oublier la main de Mme Hadjikyriacou sur mon bras, et sa certitude qu'il se passait quelque chose. Je regardai par la fenêtre. Elle était rentrée. La rue était noire et vide, à présent.

7

Yiannis

Seraphim passa me chercher en pleine nuit avec sa camionnette et prit la route de Protaras. Une fois par semaine, pendant la migration d'automne, nous allions capturer des oiseaux au bord de la mer. C'étaient nos expéditions les plus lucratives. Malgré le froid, il avait la fenêtre grande ouverte et aspirait l'air à pleins poumons. Il faisait toujours ça, quand il sentait l'eau se rapprocher. Je desserrai à peine les dents du trajet. Je n'arrêtais pas de penser à Nisha. Je n'avais pas la moindre idée de l'endroit où elle pouvait être. J'avais essayé de l'appeler plusieurs fois, mais son téléphone était éteint.

Les villages que nous traversions étaient déserts. Je ne distinguais qu'une lumière allumée dans une maison, sur une colline. Bientôt, j'entendrais la mer.

Je pensais que tu étais différent.

C'était Seraphim qui m'avait initié au braconnage. Il était amoureux de l'argent. Mais on pouvait en dire autant de moi, je suppose. Autrefois, j'étais cadre à la Laiki Bank. J'avais un appartement luxueux à l'autre bout de la ville, dans le quartier branché. Mon grand-père avait été agriculteur, avant de devenir garde-forestier. Mes ancêtres avaient toujours été des ruraux, des paysans et des bergers qui travaillaient la terre. Mais mon père avait décidé que j'irais loin dans la vie. Il m'encourageait à travailler dur, pour que je gravisse les échelons, que je grimpe jusqu'aux étoiles !

Et j'avais réussi au-delà de ses espérances. La banque m'offrait une situation attirante, stable. Je bénéficierais d'une plus grande sécurité économique, et je serais même riche. Je ne serais pas tributaire de la météo et des saisons comme mes aïeux. C'était du moins ce que m'assurait mon père. Nous ignorions que la finance avait elle aussi ses tempêtes et ses sécheresses.

Avant la crise de 2008, la Laiki Bank était en plein essor. Elle s'apprêtait à devenir le véhicule d'investissement européen pour le fonds d'État de Dubaï et elle jouait un rôle pivot dans l'industrie des services financiers de Chypre. Elle accueillait à bras ouverts les nouveaux entrepreneurs russes qui arrivaient avec des valises remplies de billets et créaient sur l'île des sociétés administrées par des avocats et des comptables locaux. Les transferts d'argent entre la Russie et Chypre avaient atteint des montants astronomiques. La banque avait même géré les affaires de Slobodan Milosevic. Dans les années 1990, son gouvernement avait transféré des milliards de dollars en espèces par notre intermédiaire, en dépit des sanctions des Nations unies.

Je racontais ces anecdotes dans les dîners mondains : je faisais toujours mon petit effet. Teresa, ma femme, adorait cette vie. Elle ne m'aurait jamais épousé si j'avais suivi les traces de mon grand-père. Notre histoire était simple : elle travaillait pour la banque concurrente, nous nous étions rencontrés et nous étions tombés amoureux.

Son expansion agressive en Grèce fut fatale à la Laiki. Le bilan était sous-capitalisé au moment de la crise financière mondiale et ce fut la dégringolade. La banque fut démantelée. Je perdis mon emploi, mes économies et ma femme – dans cet ordre. Si les revers humiliants de la Laiki mirent en évidence des problèmes bien plus graves à Chypre, mes propres déboires révélèrent le trou noir au centre de mon existence.

La camionnette bringuebalait sur un chemin de terre. À son habitude, Seraphim fredonnait une vieille comptine. Il chantait toujours cet air quand nous approchions de la mer, un souvenir d'avant la guerre. Mais il était si profondément enfoui que je n'arrivais pas à retrouver le titre. Je n'avais jamais pris la peine de l'interroger.

– Tu as besoin de te détendre, me dit-il soudain. Combien de fois est-ce que je te l'ai dit ? Viens au Maria avec moi. Je m'occupe de tout. Hier soir, j'étais avec une petite Philippine. Elle est vraiment charmante. Si je n'étais pas marié, je crois que je tomberais amoureux.

Je ne répondis pas. Je contemplais l'obscurité par la vitre, la masse opaque du ciel et de la mer.

– C'est quoi, ton problème ? insista Seraphim.

Il avait environ deux ans de plus que moi. En dépit de sa fortune, il s'habillait toujours comme s'il était sans le sou. Petit, le teint mat, des mains comme des battoirs, le front dégarni et les cheveux en bataille. Souvent mal rasé, il me rappelait les rats qui vivaient dans les égouts le long du Pedieos, le fleuve qui traverse la ville. Il avait épousé une Russe prénommée Oksana, dont il parlait fréquemment, et avec tendresse. Ce qui ne l'empêchait pas de fréquenter les bars du vieux Nicosie presque tous les soirs, en quête de femmes qui avaient besoin d'un « coup de pouce pour joindre les deux bouts », selon ses propres mots. Des Roumaines, des Moldaves, des Ukrainiennes, gentilles et pas trop chères. Des employées de maison srilankaises, vietnamiennes, népalaises. Des femmes qui étaient venues ici pour gagner de l'argent d'une manière ou d'une autre, disait-il, comme s'il leur faisait une fleur.

La plupart du temps, j'ignorais le flot de conneries qui sortait de sa bouche. Il était pourri jusqu'à la moelle, mais il avait du charme, et il était chaleureux. Et il savait garder un secret. Il tenait fermement le volant sur le chemin cahoteux. Il était la seule personne au courant de ma relation avec Nisha.

– Nisha est partie.

J'entendais distinctement la mer en dessous de nous, à droite, son souffle puissant. Les nuages se déchirèrent et le ciel autour de la lune se teinta d'argent. Je me rendis compte que Seraphim restait bizarrement muet.

– Nisha est partie, répétai-je.

– Impossible.

– Pourquoi ?

Il se réfugia de nouveau dans le silence. Il bifurqua à droite, sur la route qui menait au débarcadère d'une petite anse privée. Il y avait une minuscule chapelle de calcaire au carrefour, avec une immense croix blanche éclairée la nuit.

– Pourquoi est-ce qu'elle partirait ? dit-il soudain.

– Je n'en sais rien. Elle a disparu du jour au lendemain. Je l'ai demandée en mariage samedi soir et le dimanche soir elle n'était plus là. Enfin, elle est peut-être partie plus tôt dans la journée.

– Dimanche soir.

Ce n'était pas une question, simplement un constat. Avant que j'aie pu ajouter quoi que ce soit, il s'était arrêté en douceur, avait coupé le moteur et ouvert la portière.

Fidèle au poste, Vyacheslav nous attendait à côté de l'un des bateaux, son éternelle Thermos argentée à la main. Il lisait les informations sur son téléphone en fumant, ses cheveux si blonds qu'ils étaient presque blancs. Il sourit à notre vue et jeta son mégot par terre avant de nous saluer.

J'aidai Seraphim à tirer un énorme filet japonais roulé de l'arrière de la camionnette. Nous le portions chacun à une extrémité, comme s'il s'agissait d'un cadavre. Je lançais constamment des regards furtifs derrière moi, en sueur. Les sorties en mer étaient les plus risquées. Si on était pris, c'était vingt mille euros d'amende et la prison. Chaque fois, je pensais : *Ce coup-ci, c'est sûr, on va se faire choper.*

Vyacheslav entreprit de dérouler le filet et d'en attacher les extrémités aux deux bateaux. Il monterait avec Seraphim, comme d'habitude. Il préférait clairement la compagnie de celui-ci.

Il leva la tête vers le ciel, les yeux mi-clos, un large sourire plissant son visage.

– Ça se dégage. La chasse va être bonne.

– J'espère bien, dit Seraphim.

Nous échangions dans un anglais teinté de nos accents respectifs.

Vyacheslav alluma une autre cigarette et récita les gros titres du jour pendant que Seraphim vérifiait que les filets étaient solidement attachés. Je plaçai deux leurres dans chaque bateau.

Des milliers d'oiseaux descendraient vers la terre au lever du soleil, pour se reposer avant de reprendre leur long voyage au-dessus de la Méditerranée. Cette île, ce petit rocher au milieu de la mer, se trouve sur l'une des principales routes migratoires. Les oiseaux voient les lumières de la ville et volent dans cette direction. Certains se servent même de la côte comme d'un repère. Les mailles du filet japonais sont si fines qu'ils foncent droit dedans sans se méfier. Et, en essayant de se dégager, ils ne parviennent qu'à s'empêtrer un peu plus. Nous ne capturons pas que les fauvettes à tête noire. Le filet ne fait pas le tri. L'été est relativement calme, en général, mais aux périodes de passage, en automne et au printemps, les oiseaux sont nombreux. Si nombreux, en fait, que c'est un véritable massacre.

Alors que nous nous dirigions vers le large, l'idée que je m'éloignais de plus en plus de Nisha s'imposa à moi : la corde invisible qui nous reliait avait été emportée par un puissant courant. Elle semblait toujours savoir ce que je ressentais. Ou plutôt elle me révélait mes sentiments, même quand j'ignorais que je les éprouvais. Elle posait son menton sur son poing, étendue sur mon lit ou assise à la table, et plongeait ses yeux de lion dans les miens.

« Pourquoi tu es si triste ? » demandait-elle, ou « Pourquoi tu es en colère, aujourd'hui ? » ou encore : « Où es-tu ? » Elle connaissait mes humeurs mieux que moi. La seule autre personne qui faisait autant attention à moi, c'était mon grand-père, lorsque j'étais enfant. Dans la forêt, rien ne lui échappait : il regardait où je marchais, sentait si ma trop grande fébrilité risquait d'effrayer les animaux, devinait si j'étais fatigué ou affamé. Une fois, après la mort de mon chien, il m'avait laissé parler sans discontinuer pendant tout le trajet du Troodos à la côte est. À notre descente du car, même si j'étais enjoué, il savait que mon cœur était lourd rien qu'à la façon dont je traînais les pieds. J'aurais sans doute coulé en nageant, si je n'avais pas partagé avec lui le poids de ces souvenirs.

L'été précédent, j'avais montré à Nisha une photo de moi à six ans. Je me tenais devant notre ferme en montagne. Il y avait une vache dans la cour juste derrière moi, et j'étais accroupi, en train de nouer mes lacets. Je fixais l'objectif en souriant. C'était ma mère qui l'avait prise. Je la revoyais, ma petite sœur sur la hanche. Elle venait de porter leur déjeuner à mon père et à mon grand-père dans les champs. Elle avait le visage rougi par l'effort, un foulard sur la tête. Nisha avait pleuré en la découvrant. Elle était assise sur mon lit, nue, près des portes-fenêtres ouvertes du balcon. L'air chaud et poisseux embaumait le jasmin de nuit et le parfum des femmes qui arpentaient les rues. Il n'était pas loin de minuit et on entendait la musique du restaurant en dessous. Le ventilateur était posé sur le matelas entre nous. Ses yeux s'étaient embués et j'avais senti mon poignet se mouiller.

– Pourquoi tu pleures ?

– Tu avais l'air d'un ange, avait-elle dit en s'essuyant les joues.

Elle s'était blottie entre mes bras et ses larmes avaient continué de couler sur ma poitrine. Je l'avais serrée fort, sans trop savoir si c'était moi qui la consolais ou l'inverse. Je n'étais pas sûr de comprendre pourquoi elle pleurait. Qu'avait-elle vu sur mon visage d'enfant ? Quels rêves insondables avait-elle projetés dans l'avenir ?

Les deux bateaux s'écartaient l'un de l'autre à mesure qu'ils s'éloignaient de la plage, et le filet se tendait, presque invisible au-dessus de la mer. Les lumières de la ville diminuaient derrière nous. À présent, nous progressions en parallèle. Il fallait rester vigilant à la barre, afin d'éviter que le filet ne se déchire ou s'affaisse. Mais Vyacheslav était bon professeur et je ne manquais pas d'entraînement.

Vyacheslav leva la main pour me signaler que nous étions assez loin. Il était temps de couper les moteurs. Les bateaux dansaient sur la faible houle, en attendant que le ciel blanchisse.

Tu avais l'air d'un ange.

J'avais dû m'assoupir, car mes yeux s'ouvrirent sur mille silhouettes ailées, alors que les premiers rayons apparaissaient à l'horizon. Les oiseaux les plus hauts évitèrent le filet et continuèrent jusqu'à la terre ferme. Les autres, les centaines qui rasaient la mer ou volaient à quelques mètres au-dessus des vagues, foncèrent dans le mur invisible. Ils étaient arrivés au terme de leur voyage. Pris au piège, ils auraient beau battre des ailes et piailler, ils n'iraient pas plus loin.

Avant le lever du soleil, les bateaux avaient regagné la plage et nous tirions notre butin hors de l'eau. Une partie des oiseaux s'étaient noyés, d'autres tentaient encore de s'échapper. Une fois le filet déployé sur le sable, il fallut les retirer un par un. Parmi les fauvettes, il y avait des rouges-gorges et des mauvis, des hérons cendrés et pourprés, des bondrées apivores, des faucons kobez, des roitelets huppés et des goélands marins.

Les oiseaux morts allaient directement dans les sacs-poubelles. Nous mordions le cou de ceux qui bougeaient encore, sectionnant l'artère pour abréger leurs souffrances, avant de les envoyer rejoindre les autres. Des oiseaux continuaient d'arriver sur l'île, et de minuscules moineaux sautillaient autour de nous. Un chat de gouttière aux yeux exorbités s'approcha, curieux, se faufila entre nous et frotta sa tête contre nos genoux et nos coudes pour attirer notre attention. Seraphim lui jeta un passereau. Le félin l'attrapa dans sa gueule et s'enfuit avec son trophée.

– Tu ne devrais pas faire ça, protesta Vyacheslav, fronçant les sourcils. Autant lui donner directement de l'argent.

– Juste un, répondit Seraphim, amusé. Inutile de monter sur tes grands chevaux. Les chats sont des chasseurs, comme nous.

– Ils chassent pour manger, et aussi pour le plaisir, ça dépend de leurs conditions de vie.

Je n'avais pas ouvert la bouche jusque-là. Les deux hommes me jetèrent un regard distrait, et poursuivirent leur tâche. Le ciel s'éclaircissait. Il fallait accélérer le mouvement. Nous devions lever le camp avant que la ville ne s'éveille.

Sur le trajet du retour, je voulais revenir sur la disparition de Nisha, mais Seraphim avait la tête ailleurs, grisé par notre pêche miraculeuse. Il jacassait sans interruption au sujet de la prochaine sortie : on irait sur la péninsule d'Akrotiri, un bon coin pour braconner, car elle était en partie occupée par une base militaire britannique et donc peu construite. On placerait des gluaux et des filets japonais dans le marais, qui était un site ornithologique, et dans les étangs derrière la plage de Lady's Mile. Il nous faudrait beaucoup de pièges et il comptait les préparer à l'avance.

Seraphim gérait notre petite équipe, mais au-dessus de lui, il y avait les vrais patrons. Les sacs se trouvaient à l'arrière de la camionnette. On se chargerait de les plumer tous les deux et Vyacheslav recevrait sa part. Il était dispensé de la corvée de nettoyage, car les bateaux lui appartenaient. La chasse nous rapporterait environ trois mille euros chacun.

Au moment de descendre, je m'immobilisai devant la portière ouverte.

– Dimanche. Nisha a disparu dimanche. Est-ce qu'il s'est passé quelque chose de particulier, ce jour-là ? Tu ne te souviens de rien ?

– Non, pourquoi ?

– Parce que ce matin, tu as dit que c'était impossible. Que Nisha ne serait pas partie. Tu voulais dire quoi, au juste ?

– Tu as mal compris, mon ami. Ne t'inquiète pas. Elle reviendra. Tu sais comment sont ces femmes, elles vont et viennent comme la pluie.

Pas Nisha, voulais-je protester, mais je me tus.

De retour chez moi, je montai les sacs et les entreposai dans la chambre d'amis que j'avais convertie en réserve. J'allai à la cuisine voir comment se portait mon petit rescapé. Il dormait. Je caressai ses plumes. J'imaginais que les oiseaux n'avaient pas de mémoire, qu'ils ne vivaient que dans l'instant, que le passé s'effaçait derrière eux comme les vagues dans l'océan.

Je pensai aux sacs qui m'attendaient. Je n'avais pas l'énergie de m'atteler à la tâche. Je les rangeai dans un des réfrigérateurs industriels : je m'en occuperais demain.

Je fis une longue sieste pour rattraper ma nuit blanche. Lorsque je me réveillai, il faisait noir. J'appelai encore Nisha. Je tombai directement sur sa messagerie. Je me préparai de la semoule et des escargots, puis je m'assis sur le balcon pour manger, le plaid qu'utilisait habituellement Nisha sur mes épaules. La couverture avait gardé son odeur : encaustique et javel, épices et lait. Elle me semblait très loin. Où était-elle allée ? Qu'avait voulu dire Seraphim ? Détenait-il des informations ? On ne savait jamais avec lui.

Seraphim est le fils d'un vieil ami de ma famille. Quand j'étais enfant, il nous rendait visite avec ses parents et sa sœur une ou deux fois par an. De deux ans mon aîné, soit il m'ignorait, soit il me donnait des ordres. Puis nos familles s'étaient perdues de vue et j'étais allé étudier à l'université d'Athènes. À mon retour, je m'étais installé dans le centre-ville. Des années plus tard, je l'avais croisé à la supérette au bout de la rue. J'étais au chômage et je venais d'emménager au-dessus de chez Petra. Il m'avait aussitôt reconnu et m'avait étreint chaleureusement, me donnant de grands coups de paluches dans le dos. Il m'avait parlé de sa Jaguar (il collectionnait les vieilles voitures), de sa propriété (une immense villa), et de la beauté russe qu'il avait épousée. J'attendais une parenthèse là aussi, mais il ne s'étendit pas.

J'étais jaloux. Sa vie était florissante, alors que la mienne était en ruine.

– Comment vas-tu mon ami ? demanda-t-il. J'ai entendu dire que la finance te réussissait ?

J'allais hocher la tête sans entrer dans les détails, mais il poursuivit.

– Ou est-ce que la crise a été un coup dur ?

Alors, je lui avouai sans détour que oui, en fait, ça avait été un coup très dur. Je m'abstins néanmoins d'ajouter que je n'avais pas retrouvé de travail et que je ne savais même pas comment j'allais régler mon prochain loyer à Petra.

Il hocha la tête songeusement.

– Et il paraît que tu t'es marié… très jeune ?

– Oui. Elle est merveilleuse. Elle m'a beaucoup soutenu.

Je n'étais pas prêt à lui raconter que ma vie personnelle était aussi un fiasco.

La perte de mon emploi avait conduit à la perte de ma femme, et dans la foulée, j'avais perdu ma naïveté. En même temps, à mon âge, il était plus que temps. J'avouerais un peu plus tard à Seraphim que ma femme m'avait quitté, quand nous nous connaîtrions mieux.

– Tu habites le quartier, maintenant ?

J'avais répondu que oui et lui avais donné mon adresse.

– Super, on est pour ainsi dire voisins.

Il avait hésité.

– Écoute… j'aurais une proposition à te faire. Je pense que ça devrait te plaire. On peut se voir demain soir, vers 23 h 30 ?

Il avait sorti de sa poche un reçu froissé, l'avait lissé sur le comptoir et avait griffonné le nom d'une rue, d'un bar, et son numéro de portable. Il voulait le mien aussi. « Au cas où », dit-il.

J'étais bien décidé à me présenter au rendez-vous. Il y avait quelque chose chez lui, une énergie qui disait : *Suis-moi et je te montrerai une vie meilleure*. Il avait un sourire contagieux et mille possibilités brillaient dans ses pupilles.

Lorsque je jetai un coup d'œil à la note, je constatai que nous étions censés nous retrouver Chez Maria. J'aurais dû m'en douter, vu l'heure du rendez-vous : l'établissement restait ouvert jusqu'à l'aube.

C'était un repaire de prostituées, de macs et d'ivrognes à deux pas de la rue principale, protégé par des vitres teintées et une porte en bois. Sur la piste de danse, une vieille femme lançait des petits bouts de papier dans les airs, comme si elle s'arrosait de confettis.

Assis au comptoir, Seraphim bavardait avec la barmaid, vêtue de son habituel uniforme noir moulant. Il me repéra immédiatement et m'adressa un signe. Il guettait mon arrivée, manifestement.

Je le rejoignis. Sans me demander mon avis, il commanda deux bières. Il grignotait des cacahuètes. Il poussa la soucoupe vers moi.

– Sers-toi.

– Non merci.

– Tu devrais les goûter. Toutes fraîches. À peine grillées. Pas de sel.

Je me sentais incapable de refuser, comme quand nous étions enfants. Une fois, alors que j'avais treize ans et lui quinze, il m'avait persuadé de grimper à un arbre sous prétexte qu'il avait vu un oiseau magnifique, une espèce qu'il ne connaissait pas. Évidemment, j'étais curieux. J'étais monté sans difficulté, car j'étais agile et fort. Mais pour redescendre, c'était une autre histoire. J'étais resté coincé là-haut pendant au moins une heure, avant que mon grand-père ne vienne à mon secours, trimballant sur ses épaules deux bottes de foin qu'il posa sur le sol en dessous de moi, pour qu'elles amortissent ma chute.

Les cacahuètes avaient l'air bonnes et j'étais tellement impatient d'entendre ce qu'il avait à me proposer que je n'avais pas mangé grand-chose. J'en pris donc une poignée.

La barmaid plaça deux bouteilles de bière devant nous et Seraphim sortit son portefeuille. J'étais son invité, ce soir, décréta-t-il. J'avalai ma bière rapidement. Sur un tabouret à côté de nous, un homme grisonnant jouait avec les cheveux d'une jeune fille qui l'enlaçait. Elle avait la peau brune et ne devait pas avoir plus de dix-huit ans. Un peu plus loin, un chauve essayait d'embrasser dans le cou une autre femme. Sa tête me disait quelque chose, mais je ne voyais pas où j'aurais pu la croiser. Seraphim commanda deux nouvelles bières. La barmaid posa devant nous des bols contenant des lamelles de pommes, des olives et des chips. Cette fois, il ne paya pas. Nous buvions rapidement et nos bouteilles vides étaient systématiquement remplacées par des pleines.

Derrière nous, deux jolies femmes étaient assises sur les genoux de deux vieillards.

– Ces ravissantes personnes sont roumaines. Pas très chères.

La bière me montait à la tête. Jusque-là, nous avions bavardé de choses et d'autres. Il m'avait parlé de ses voitures. Il avait une Porsche 911 en parfait état.

– Cette bagnole est magique. On ira faire un tour à la montagne, un de ces quatre. Ça te donnera une idée de sa puissance.

Puis il était passé à sa Mercedes SL 300 Gullwing.

– Une des premières voitures de sport de l'après-guerre. Gris métallisé. Les portières s'ouvrent comme des ailes. Et pour cause : tu décolles avec cet engin.

Il ne la conduisait pas très souvent. Il la bichonnait dans son garage et la faisait tourner une fois par semaine pour l'entretenir.

Bien qu'éméché, j'étais frappé par son allure miteuse. Son tee-shirt était vieux et usé, tout comme son jean, et ses cheveux ébouriffés rebiquaient dans toutes les directions. S'il était si riche, pourquoi portait-il des vêtements qui semblaient avoir plus de vingt ans ?

Les bières continuaient d'apparaître devant nous, mais j'avais ralenti mon rythme.

Deux Philippines s'assirent à côté de nous. La plus jeune était très maquillée. La seconde, à peine plus âgée, ne l'était quasiment pas, et sa peau brillait à la faible lueur des lampes.

Manifestement, Seraphim les connaissait bien. Ils échangèrent quelques banalités.

– Alors, quand est-ce que je vous emmène faire un tour dans ma voiture ?

L'aînée sourit poliment mais ne répondit rien. La plus jeune repoussa les cheveux qui lui tombaient sur le front et glissa les mains entre ses genoux. Ces simples gestes me révélèrent qu'elles étaient mal à l'aise. Je terminai ma bière. Elles se fondirent dans la foule.

Seraphim commanda du couscous.

– Du couscous ? demandai-je, et il me fit un clin d'œil.

Un instant plus tard, la barmaid réapparaissait avec une petite cocotte en terre sur un plateau argenté. Elle la posa devant nous, ainsi que deux assiettes et des couverts.

– Regarde ça, mon ami. Des produits de saison. Bios. Tu vas adorer.

Il souleva le couvercle et planta sa fourchette dans un minuscule oiseau chanteur poché. Des volutes de vapeur s'échappaient du plat, se mêlant à la fumée de cigarette dans l'air.

Il déposa délicatement deux passereaux dans mon assiette, et deux autres dans la sienne. Puis il en enfourna un dans sa bouche, croquant les os avec délectation.

– Vas-y, dit-il, la bouche pleine. Tu dois aimer ça. Je n'ai encore rencontré personne qui n'aimait pas. Tu n'en mangeais pas quand tu étais gosse ?

Il cracha sur le comptoir.

J'admis que si. Et j'ajoutai que je savais que c'était illégal.

– Je n'ai pas très faim. J'ai mangé comme quatre, ce soir. Je ne peux plus rien avaler.

– Ah. Ça va être plus dur que je croyais. Moi qui comptais t'enrôler.

Seraphim engloutit le reste de l'oiseau et se cura les dents avec l'ongle de son petit doigt. J'avais la nausée.

– Je ne comprends pas.

– Ces oiseaux chanteurs, comment dire ? Ils sont dans nos assiettes grâce à moi. D'une certaine manière, j'entretiens la tradition. Sauf que je les capture par milliers. Avec un assistant, je multiplierais par deux mon revenu. Il s'agit simplement de placer quelques pièges par semaine pendant la saison de la chasse.

Il s'interrompit, étudia mon visage.

– Franchement, comment croyais-tu que je gagnais si bien ma vie ?

Je ne répondis pas.

– Tu te caches derrière tes vêtements chics et ta bonne mine, mais tu es dans la merde, mon ami. Tu te trompes si tu penses m'abuser. Je l'ai vu dans tes yeux au magasin. C'était inscrit sur ton visage, comme une cicatrice.

Je continuais de me taire. Mais Seraphim m'avait débusqué. Il était doué pour ça.

– Tu n'as pas besoin de me répondre maintenant. Réfléchis. Je te rappelle dans une semaine. Si tu acceptes, on commence tout de suite. J'ai besoin d'un apprenti, de quelqu'un de fiable. Et on peut compter sur toi, je le sais.

Il m'adressa un grand sourire, puis poussa l'assiette devant moi.

– Au moins, goûtes-en un. Ça te rappellera ton enfance.

Je m'aperçus que j'avais à peine touché mon dîner. Je versai les restes dans un Tupperware que je rangeai au frigo. Puis je donnai encore un peu d'eau à mon oiseau, qu'il but, goutte par goutte. Ce matin, je lui avais laissé une assiette de graines et il en avait mangé une bonne partie. Ensuite, je le pris entre mes mains et le sortis sur le balcon en attendant 23 heures. Je regardai ses yeux noirs s'ouvrir et se fermer, ses ailes se gonfler alors qu'il s'installait plus confortablement. Je revis les autres oiseaux, tous morts, des milliers dans les sacs-poubelles, leurs plumes collées, leur sang mêlé. De petits yeux ronds contemplant à jamais les ténèbres.

Je me sentais encore plus mal à l'aise, ce soir. Dans la rue, la lumière du salon de Petra se reflétait sur les pavés. Je vis des ombres se mouvoir. L'une d'elles, oui, c'était bien Petra : longue et fine, les cheveux relevés. L'autre était Aliki, plus petite et plus large, qui s'approchait de temps en temps de la fenêtre, pour se planter à côté de sa mère. Parfois, j'en apercevais une troisième, plus douce, plus ronde, seule. Ce devait être Nisha. Mais je ne pouvais pas descendre vérifier. Je tentai de l'appeler et encore une fois je tombai sur sa messagerie. Je ne voyais pas sous quel prétexte je pourrais frapper chez elles à une heure pareille. Mais je m'accrochais aux paroles de Seraphim. *Elle reviendra.* Il avait raison : où pourrait-elle aller ? À moins qu'elle soit rentrée au Sri Lanka… Non, j'étais sûr qu'elle monterait à 23 heures, comme chaque soir, et j'aurais bientôt oublié mes inquiétudes.

Assise devant chez elle, Mme Hadjikyriacou racontait des bêtises à ses chats. Du moins, je le supposais, car je n'entendais pas ce qu'elle disait. Il n'y avait pas de bouzouki ce soir, mais une femme chantait dans une langue étrangère. Les mots inconnus s'envolaient et se propageaient au-dessus des rues. Je ne l'avais jamais vue auparavant. Elle était très belle : la peau brune, les yeux sombres. Sa main droite était toute petite, comme atrophiée, peut-être une malformation congénitale : elle était ratatinée contre sa poitrine. En revanche, sa main gauche dansait. Elle s'élevait et retombait, accompagnant ses intonations envoûtantes. Ses doigts pianotaient dans l'air comme si elle jouait d'un instrument invisible. Sa voix était extraordinaire, cristalline. Assis autour d'elle, les hommes, beaucoup d'anciens militaires qui avaient sans doute des médailles et des flash-back enfermés quelque part, vidaient des petits verres d'ouzo, aspiraient des escargots à même la coquille, riaient et l'ignoraient. Pour eux, elle n'était qu'un bruit de fond.

Je vis Yiakoumi sortir de son magasin. Il s'assit sur une chaise en rotin pour écouter la musique en buvant un café. Les horloges derrière lui étaient éclairées : il était 22 h 30.

J'attendis encore une demi-heure, l'oiseau au creux de mes mains. Nisha ne vint pas.

À 5 heures, je fus réveillé par mon iPad. Je bondis pour répondre, pensant que c'était elle. Mais sur l'écran, je reconnus le nom de Kumari. Que pourrais-je lui dire ?

L'appareil se tut au bout d'un moment. Mais moins de dix secondes plus tard, il se remit à sonner. Je n'osais pas décrocher. J'en étais réduit à imaginer la fillette à l'autre bout du monde, impatiente de parler à sa mère.

8

Petra

Le lendemain matin, dès le chant du coq, je me préparai du thé et des toasts, puis je me rendis dans la chambre de Nisha. Je regardai autour de moi, sans savoir quoi chercher exactement. Son maquillage se trouvait sur la coiffeuse, les produits bien alignés. De la poudre scintillait sur les pinceaux. Je remarquai un cahier. Dessus, il y avait une bague de fiançailles en or. Je ne l'avais jamais vue la porter. Elle était toute simple, ornée d'un diamant de bonne taille dans un serti surélevé. Je la posai sur la coiffeuse et ouvris le cahier. C'était son journal intime. Sur la première page, un croquis du jardin : je reconnus le bateau et l'oranger. Les pages suivantes étaient en cinghalais.

L'un des tiroirs de sa table de chevet contenait un médaillon doré en forme de cœur. Il renfermait deux photos maladroitement découpées : l'une de Nisha et l'autre d'un jeune homme. Elle ne portait jamais ce médaillon, mais parfois, le soir, lorsqu'elle s'asseyait devant la télé pour se reposer, elle le tenait dans son poing fermé ou enroulait la chaîne en or autour de son doigt, comme si c'était un chapelet.

Dans le second tiroir, je trouvai une mèche de cheveux.

– Ce sont les cheveux de ma sœur srilankaise.

Je me retournai et découvris Aliki dans l'encadrement de la porte.

– Elle s'appelle Kumari. Elle a deux ans de plus que moi, onze ans. Tu le savais ?

– Pas vraiment.

En fait, je n'avais jamais pris la peine d'interroger Nisha au sujet de sa fille. Je ne lui avais pas demandé à quoi elle ressemblait, ce qu'elle faisait, comment elle se débrouillait sans sa mère auprès d'elle. Je ne savais même pas quand elles se parlaient au téléphone.

La mèche était glissée dans un sachet plastique transparent, identique à ceux dans lesquels on mettait les pièces de monnaie à porter à la banque.

– Mais mes cheveux sont bouclés et les siens sont raides.

Je hochai la tête.

– Le médaillon, c'est son mari qui le lui a donné avant de mourir. Il est à l'intérieur de ce cœur. Jamais elle ne partirait sans lui.

C'étaient donc les possessions les plus précieuses de Nisha.

Il ne semblait manquer aucun vêtement. Elle avait trois sacs à main, mais je n'en voyais que deux en bas de l'armoire. Ses lunettes de lecture étaient sur l'oreiller. Le lit était impeccable, la couverture soigneusement bordée.

Lorsque je me retournai pour poser une question à Aliki, elle s'était éclipsée. Sans doute pour aller préparer son petit-déjeuner.

Il y avait un bureau ancien à côté de la porte-fenêtre. Son passeport était rangé dans le tiroir du haut. Je m'assis, perturbée. Une partie de moi espérait ne rien trouver de tout cela, en particulier le passeport. Je voulais croire qu'elle s'était enfuie, qu'il ne lui était rien arrivé. Mais dans ce cas, pourquoi aurait-elle laissé ses papiers ? Le médaillon ? Je rouvris son journal intime et passai le doigt sur les mots étrangers, les lignes qui couraient sur la page comme les plantes grimpantes dans le jardin. Si seulement je pouvais les déchiffrer, peut-être me livreraient-elles des indices sur l'endroit où elle se trouvait.

Elle semblait s'être volatilisée.

Je serrai le médaillon, comme Nisha devant la télé. Il me faisait penser au petit cœur d'Aliki, lors de ma dernière échographie avant l'accouchement.

Stephanos était présent. Il était officier et travaillait à la base militaire britannique. C'était pour cette raison que nous avions décidé de rester ici, dans la maison de ma famille, après le mariage. Stephanos était anglais, mais chypriote d'origine. Né à Islington, il avait grandi à Edmonton, dans la banlieue londonienne. Ses parents s'étaient réfugiés là-bas après la guerre. Il était devenu militaire de carrière, mais un été il était venu rendre visite à sa famille sur l'île. Et nous étions tombés amoureux. Il avait demandé son transfert à Nicosie. Les Anglais ont toujours une base à Chypre, vestige de leur occupation de l'île, jusqu'à son indépendance en 1960.

C'était pratique pour aller travailler. Il était à dix minutes à pied de la base et à deux minutes en voiture. À l'époque, mes parents avaient déménagé pour s'installer dans un petit appartement à la montagne. Nous nous étions donc installés chez eux, dans la belle demeure vénitienne où j'avais grandi.

Elle appartenait à ma grand-tante paternelle. De mes cinq ans à mes sept ans, elle avait vécu au-dessus de nous, là où habitait Yiannis aujourd'hui. Je me souvenais d'une ravissante vieille dame, menue, son chignon argenté dans une résille. Elle s'asseyait dans le jardin et brodait des nappes, des rideaux, des robes de mariée et des voiles. Elle me racontait des histoires sur le début et la fin des temps, ses mains toujours affairées. Elle m'avait dit une fois qu'elle cousait contre la montre, qu'elle tisserait jusqu'au jour où elle serait prête à rejoindre l'homme qu'elle aimait : mon grand-oncle mort en se battant aux côtés des Anglais pendant la Seconde Guerre mondiale.

J'étais enceinte de cinq semaines lorsqu'on avait découvert que Stephanos avait un cancer. De la prostate, il s'était propagé aux os et au foie. L'homme qui quittait la maison en uniforme chaque matin, qui allait courir autour de la vieille ville le soir, l'homme qui me faisait rire aux éclats s'était transformé en une pauvre chose ratatinée, inhumaine. Une créature ni morte ni vivante. Un petit oiseau agonisant.

Aliki avait continué de se développer. Elle grossissait comme un fruit sur un arbre, comme une figue dodue. Elle croissait et gonflait dans mon ventre prêt à exploser. Elle se tortillait, gigotait et poussait. C'est ainsi que m'était venue l'image de la pieuvre.

Au moment de l'échographie du deuxième trimestre, Stephanos ne pouvait plus quitter le lit. Je lui avais promis que je lui apporterais les clichés de l'examen. Il m'avait dit qu'il espérait que notre fille serait aussi belle que moi. C'est lui qui avait choisi le nom. Quand il me parlait ainsi, ses yeux dans les miens, je savais qu'il était toujours là. Puis je regardais le reste de sa personne, cet étranger : les os qui s'effritaient, la colonne vertébrale tordue, le cou penché en avant comme celui d'un vautour. Alors j'avais envie de me dissoudre. De me fondre en lui, pour demeurer avec lui et m'accrocher à son âme. Ses yeux étaient devenus des petites portes qui menaient à l'homme que je connaissais. Je guettais son réveil chaque matin, assise à côté de lui à l'hôpital. Je contemplais sa silhouette flétrie, branchée sur des machines, et j'attendais l'ouverture de ces portes. Lorsque ses yeux se fermeraient à jamais, je le perdrais totalement.

Le jour de l'échographie, l'infirmière avait enduit mon ventre rond de gel et passé la sonde froide sur ma peau. Je n'arrivais pas à me résoudre à regarder l'écran. Je pensais à la première échographie, à la douzième semaine. Stephanos m'avait accompagnée au rendez-vous. Nous connaissions le diagnostic, mais sa santé n'avait pas commencé à se détériorer. Nous étions tous les deux fascinés, ne sachant même pas ce que nous voyions. Le fœtus, de la taille d'une framboise, avait l'air à peine humain. Le battement du cœur était faible, étouffé, lointain. À présent, si je regardais l'écran, je découvrirais un véritable enfant, mais je n'étais pas prête. Pas sans Stephanos. Malgré tout, je percevais son cœur. Il était régulier, distinct et plein de vie. Il frappait à la porte de ce monde et exigeait d'être entendu. Aliki annonçait sa venue, se frayait un chemin.

Au même moment, mon cœur à moi s'était désintégré. Il s'était vaporisé et avait disparu.

J'embauchai Nisha tout de suite après la mort de Stephanos. Elle était là à la naissance. La plupart des femmes de la ville avaient des domestiques étrangères. Je ne voyais donc pas le problème. J'avais fait des recherches et je m'étais rendu compte que cela ne me coûterait pas trop cher. Je pouvais me le permettre. Dans la mesure où elle serait nourrie et logée, son salaire mensuel serait minime. De toute façon, je ne m'en sortirais pas seule. Il faudrait que je reprenne le travail rapidement. J'étais ma propre patronne, après tout. En tout cas, c'est ainsi que je raisonnais.

Aliki était un beau bébé de trois kilos six, avec des cheveux. Elle ressemblait étonnamment à Stephanos. Je suis menue, j'ai le teint olivâtre et mes cheveux châtains sont raides. Je ne reconnaissais rien de moi en elle. En plus, mes seins étaient trop petits et je ne réussis jamais à produire assez de lait. Elle tirait sur ma peau et tétait mes mamelons douloureux, s'efforçant toujours d'obtenir plus que ce que je pouvais lui donner. Je l'avoue, j'étais jalouse quand je voyais Nisha l'aimer, la tenir dans ses bras, si proche d'elle.

Aliki pleurait sans interruption.

– Madame, disait Nisha. Votre fille vous appelle. Elle a besoin de vous.

Je n'y arrivais pas. Je ne pouvais pas bouger.

– S'il te plaît, Nisha, tu veux bien y aller. Juste pour cette fois ? J'irai la prochaine fois.

– Bien madame, si c'est ce que vous souhaitez.

Elle soulevait le bébé vagissant et le promenait, sans succès. Puis, un jour, sans explication, elle décida de s'allonger par terre sur le dos et de placer Aliki sur sa poitrine dénudée. La petite cessa aussitôt de pleurer. Elle gémit un peu puis s'endormit. Je les regardais du fauteuil, le corps blanc d'Aliki blotti contre celui plus sombre de Nisha, et j'imaginais la nuit berçant la lune.

Ma fille tomba amoureuse de Nisha : elle désirait son odeur et le contact soyeux de sa peau. Je supposais que, dans l'esprit de Nisha, les battements de cœur d'Aliki se confondaient avec ceux de Kumari. J'écartais cette pensée dérangeante, évacuant mon sentiment de culpabilité.

Nisha s'évertuait à me rapprocher de mon enfant. Elle me proposait de la porter, de rester immobile avec elle. Mais je ne pouvais pas. Stephanos était partout : dans le visage d'Aliki, dans ses yeux, l'arrondi de son menton, la fraîcheur rose de sa peau, et même le grain de beauté sur sa joue. Je faisais des cauchemars. Je m'asseyais et je voyais d'énormes araignées blanches, grosses comme des chaussures, dans la chambre du bébé. Je les suivais et j'essayais de les écraser avant qu'elles ne grimpent sur mon enfant. Je revenais à moi penchée sur le berceau, Nisha à côté de moi, en train de me frotter le dos.

– Calmez-vous, madame. Tout va bien.

Elle me prenait la main et la posait sur la poitrine d'Aliki pour que je la sente se soulever à chaque respiration.

– Vous voyez, votre fille est en bonne santé, murmurait-elle. À son réveil, vous l'emmènerez dans le jardin pour profiter du soleil. Il va faire bon, demain.

Ensuite, elle me reconduisait gentiment à mon lit. Elle me bordait et chuchotait : « Dormez, maintenant. »

Non, Nisha ne serait jamais partie sans dire au revoir à Aliki. J'en étais sûre.

Je remis le médaillon dans le tiroir, mais je gardai le passeport, et j'allai chez Mme Hadjikyriacou. Elle était assise sur son transat, à côté de la porte, tandis que sa domestique, à genoux, lui frictionnait les mollets avec de la *zivania*. La peau translucide de la vieille dame formait des vaguelettes sous ses doigts. Le temps était plus chaud, mais venteux, ce matin. À ma vue, elle renvoya sa femme de ménage et souleva ses jambes pour les poser sur un tabouret.

– C'est un peu tôt pour vous, dit-elle sans me regarder, se dévissant le cou pour examiner le ciel.

Elle avait raison : il était si tôt que Yiakoumi n'avait même pas ouvert le magasin. Toutes ses horloges, sauf une, affichaient 7 heures.

Une rafale fit monter vers moi les relents d'alcool venant de ses jambes. À l'odeur, on aurait pu croire qu'elle avait passé la nuit dans un bar. Je portai la main à mon nez et elle remarqua le passeport que je tenais.

– Ma chère enfant, dit-elle en anglais, avant de poursuivre en grec. Où allez-vous ?

– Nisha n'est toujours pas rentrée.

– Je sais.

– C'est son passeport.

– Ah.

– Si elle avait voulu partir, elle l'aurait emporté, non ? Elle a même laissé le médaillon que son mari lui avait donné avant de mourir. Et une mèche de cheveux de sa fille.

J'attendais un autre *Ah*, mais elle se tut. Elle semblait réfléchir.

Elle regarda la rue à droite et à gauche, puis posa sur moi des yeux anxieux, intenses.

– Elle portait une robe noire à manches longues. Avec des baskets blanches. Elle avait une écharpe verte qui masquait en partie sa bouche. Elle s'était emmitouflée dedans comme en plein hiver, alors qu'il devait faire doux dimanche, car ma femme de ménage n'a pas eu besoin de me sortir une couverture.

– Pourquoi était-elle habillée ainsi ?

– Vous croyez que si je renifle mes ongles, ils vont me donner la réponse ?

Je levai discrètement les yeux au ciel.

L'un des chats sauta sur le tabouret et marcha sur sa jambe comme si c'était une branche d'arbre, puis il s'installa sur ses genoux. Il se mit à ronronner sous ses caresses.

– Petra, si demain elle n'est pas rentrée, vous devez prévenir la police.

Je consultai ma montre. Je n'avais pas le temps d'y réfléchir maintenant. Je devais déposer Aliki à l'école.

Cette fois encore, je dus aller la chercher au milieu de l'après-midi. Je n'avais pas le choix. Je la ramenai au magasin. Elle s'installa derrière le comptoir avec ses devoirs et Keti l'interrogea sur la table des éléments périodiques.

– C'est fou de voir tous les éléments de l'univers sur une simple page ! l'entendis-je s'enthousiasmer, alors que je faisais entrer un client dans mon cabinet pour un examen des yeux.

Ce soir-là, après le travail, je préparai des pâtes avec de l'halloumi et de la menthe. Le dîner se déroula en silence. Aliki jetait des regards vers la chaise vide de Nisha. La photo de Stephanos en uniforme était posée sur la console derrière elle. Parfois, elle interrompait ses jeux pour l'examiner. Était-elle consciente de leur ressemblance ? La peau claire, les yeux écartés, le visage rond, et le grain de beauté sur leur joue droite.

Je m'efforçai d'engager la conversation avec Aliki. « Comment ça s'est passé à l'école ? Tu as fini tes devoirs ? » Elle hochait ou secouait la tête, haussait les épaules, mais elle ne desserra pas les lèvres. Rien. De temps en temps, j'avais l'impression qu'elle voulait parler, mais aussitôt elle ravalait les mots sur le point de sortir.

Après le repas, je l'aidai à terminer ses devoirs sur la table de la cuisine puis je la couchai. Nous fîmes toutes les deux comme si elle allait dormir, mais je savais qu'elle lirait un peu.

Lorsque je n'entendis plus aucun bruit dans sa chambre. Je sortis sur la pointe des pieds et je traversai la rue pour aller chez Theo, le restaurant d'en face. Il enguirlandait ses chefs dans la cuisine. J'attendis qu'il ait terminé. Enfin, il se tourna vers moi, souriant.

– Ma chère Petra, tu veux une table ? Un dîner tardif ?

– Non, Theo. En fait, j'aimerais parler à tes serveuses.

Il haussa les sourcils.

– C'est au sujet de Nisha. Elle a disparu. Je me demandais si elles sauraient quelque chose.

– Assieds-toi. Je te sers un café, offert par la maison. Elles sont occupées, mais elles pourront bientôt faire une pause.

Je m'installai sous la tonnelle avec ma tasse. Il était 21 heures passées. Il y avait encore quelques clients attablés et deux ou trois hommes au bar. Un quart d'heure plus tard, les femmes sortirent de la cuisine, en pantalon noir et tee-shirt blanc, leur sempiternel chapeau en paille de riz noué sous le menton par un ruban rouge. C'était ridicule, songeai-je soudain. Pourquoi Theo les obligeait-il à porter ces chapeaux ? Je ne pouvais pas croire qu'elles le souhaitaient. Ce n'était pas un établissement vietnamien, après tout, c'était un restaurant grec. Les chapeaux étaient un fétiche censé apporter une touche d'exotisme, bien sûr. Les hommes les lorgnaient du comptoir. Pourquoi ne l'avais-je jamais remarqué avant ?

Theo leur indiqua ma table et elles s'approchèrent, manifestement épuisées, mais souriantes.

– Madame, dit celle de gauche. Monsieur dit que vous voulez parler de quelque chose d'important.

– C'est notre pause, dit l'autre d'une voix à la fois joyeuse et irritée. On travaille depuis 6 heures ce matin.

La plus petite lui donna un coup de coude et la fusilla du regard.

– Désolée, madame, dit-elle en me tendant la main. Je m'appelle Chau, et voici ma sœur Bian.

Je leur serrai la main.

– J'habite en face. Je m'appelle Petra.

Elles sourirent.

– On le sait, madame, dit Chau. On vous voit tous les jours et on connaît Nisha.

– Justement, vous savez peut-être où elle est. Elle a disparu depuis dimanche soir.

– Désolée, madame, répondit Chau en secouant la tête. D'habitude, elle passe dire bonjour tous les matins après avoir amené Aliki à l'école, mais on ne l'a pas vue depuis quelques jours. On pensait qu'elle était partie.

– Le matin, on est au restaurant pour le petit-déjeuner, ajouta Bian. Puis on va faire le ménage chez Monsieur, puis on revient ici jusqu'à la fermeture. On croise Nisha une fois le matin, et parfois dans l'après-midi. Mais là, rien depuis plusieurs jours.

Le mot *rien* me fit l'effet d'un coup de poignard. Il me rappelait le vide que Nisha avait laissé derrière elle.

Bian vit que Theo nous surveillait du bar. Plusieurs clients étaient partis et la vaisselle sale s'accumulait. Chau tourna la tête, inquiète.

– Il faut qu'on y aille. Monsieur ne va pas être content. Il faut tout nettoyer avant la fermeture.

– Un instant, s'il vous plaît. Si vous avez des nouvelles, vous pourrez me prévenir ?

Elles me dévisagèrent une seconde de trop avant d'acquiescer.

– Bien sûr, madame, dit Bian. On vous le dit tout de suite.

Lorsque je rentrai, la maison était silencieuse. Je jetai un coup d'œil dans la chambre d'Aliki. Elle dormait, un livre ouvert sur la poitrine. Incapable de tenir en place, je sortis dans le jardin pour ramasser les débris de la tirelire. Je mis les pièces de monnaie dans un saladier en verre et les arrosai d'eau pour les laver. À mes pieds, le chat noir m'observait.

Ensuite, je m'assis un instant sur la terrasse devant la maison pour observer le quartier qui allait lentement se coucher. Mme Hadjikyriacou était à l'intérieur, ce soir. L'employée de

Yiakoumi rentrait les objets exposés pour fermer la boutique. À droite, les derniers clients de Theo finissaient leurs verres et réglaient l'addition. Bian et Chau s'affairaient, essuyaient les tables et changeaient les nappes pour le lendemain.

Je commençais à regarder ces femmes d'un nouvel œil. En fait, c'était leur travail qui rythmait la vie du quartier. Elles étaient invisibles pour moi avant la disparition de Nisha : je ne remarquais que la fillette chypriote qui gambadait joyeusement entre deux adultes, les antiquités bien astiquées qui brillaient devant chez Yiakoumi, le jardin bien entretenu un peu plus loin dans la rue, les clients satisfaits du restaurant. Ces travailleuses étrangères, je ne les voyais pas réellement.

Alors que j'allais me coucher, je reconnus soudain la voix de ma fille. Je fus frappée, car j'avais espéré l'entendre tout au long du dîner. La nuit était d'un bleu très sombre, lorsque le vent m'apporta sa voix. Une voix douce, mais riche, qui grimpait joyeusement et retombait avec une tristesse chantante. Je regardai entre les persiennes et j'eus la surprise de la voir assise dans le bateau. Pourquoi s'était-elle réveillée ? Elle tenait la rame et la branche d'olivier, mais elle ne ramait pas. Puis elle rit, comme si quelqu'un avait dit quelque chose de drôle. Je lui criai de rentrer, puis je me recouchai et je fermai les yeux.

Lorsque je les rouvris, il faisait totalement noir et on frappait dans le jardin. Je me levai. Yiannis était planté devant la porte de Nisha et toquait à la vitre.

Surpris, il se tourna vers moi.

– Petra !

– Qu'est-ce que vous faites ?

– J'ai entendu un bruit.

– C'est vous qui faisiez du bruit. Il y a eu autre chose ?

Il ne répondit pas.

– Vous savez où est Nisha ?

– Non, dit-il abruptement.

Il se reprit.

– J'ai frappé chez elle dimanche aussi. Je voulais lui demander quelque chose. Vous savez où elle est ?

– Malheureusement, non.

Une expression inquiète passa sur son visage, dans ses yeux. Les fils d'argent dans ses cheveux brillaient sous la lune. *C'est un bel homme*, me dis-je. *Beau et solitaire*.

Un ancien chevalement de mine domine le lac rouge à Mitsero, une carcasse rouillée colossale qui grince au vent. Un calme total règne sur le site, par cette belle journée d'octobre. Le lièvre gît toujours au soleil, le corps gonflé par le gaz qui dilate ses intestins et sa peau, tandis que les bactéries accomplissent leur œuvre. L'animal est encore intact, en position de course, mais ses puissantes pattes postérieures ne lui sont plus d'aucune utilité. Il est étendu sur une pierre plate jaune à environ cinq mètres du cratère.

Une mante religieuse d'un vert qui semble presque factice se pose à côté du lièvre, le regard vif, attentive au moindre mouvement, au moindre changement de lumière. Elle fait quelques pas sur la dalle propulsée par ses pattes arrière. Les pattes avant hérissées de piques se détendent pour capturer une mouche égarée.

La tête du lièvre est légèrement orientée vers le haut. On pourrait croire qu'il observe la mante religieuse dévorer la mouche, mais l'œil gauche, couleur d'ambre, est face au rocher, tandis que le droit fixe le soleil doré. Ses oreilles ourlées de noir semblent plaquées en arrière par le vent, comme s'il courait.

Aucune végétation ne pousse autour du lac, la terre est aride. Mais un peu plus loin, le sol est riche en cuivre, en pyrite et en or. Des champs d'orge, de blé et de tournesols mènent au village. Et au-delà s'étendent des vergers. C'est de là que viennent les bruits de la vie. Feuilles froissées, battements d'ailes, animaux détalant entre les cerisiers et les pacaniers qui commencent à perdre leurs feuilles dorées.

La carcasse du lièvre empeste à présent, et une brise légère charrie l'odeur au-dessus des eaux rouges du lac, entre les poteaux du chevalement et dans les champs, où elle se mêle au parfum du romarin, du thym, de l'eucalyptus et des pins.

9

Petra

J'appelai l'agence de Nisha. Je demandai à la femme si elle les avait contactés récemment.

– Non, répondit-elle après avoir consulté son ordinateur. On enregistre tout et je ne vois rien.

Je lui expliquai qu'elle avait disparu depuis trois jours et que je n'arrivais pas à la joindre sur son portable.

– Ah. Eh bien, tenez-nous au courant, car elle nous doit encore une somme conséquente.

La femme avait une voix de corne de brume. Horrible, trop forte, et aucune information utile à me communiquer.

– Combien ?

Elle refusa de répondre. C'était confidentiel. Mais je savais que les agences faisaient payer très cher la garantie d'un emploi à l'étranger.

Ensuite, j'appelai l'hôpital de Nicosie, mais le nom de Nisha n'apparaissait nulle part dans leurs fichiers.

Après avoir raccroché, je constatai que la vaisselle sale du dîner de la veille était encore dans l'évier, et que celle du petit-déjeuner s'empilait par-dessus. De la poussière s'était accumulée sur les meubles et les dalles de marbre.

Il n'était que 9 heures du matin, mais j'avais l'impression d'avoir déjà une longue journée derrière moi.

Je m'étais levée tôt et j'avais laissé un message à Keti pour la prévenir que je ne viendrais pas au magasin. J'avais préparé le petit-déjeuner d'Aliki – j'avais fini par dénicher un pot de sa confiture de figues préférée dans le placard, avec le sentiment d'avoir remporté une petite victoire –, et je l'avais accompagnée à l'école.

Dans la chambre de Nisha, je réunis son passeport, son contrat, le médaillon, la mèche de cheveux pour me rendre à la police.

J'allai au poste de Lykavittos, dans l'avenue Spyros Kyprianou, un vieux bâtiment blanc aux volets bleus. J'étais souvent passée devant, mais je n'étais jamais entrée. J'annonçai à l'accueil que je voulais signaler une disparition. La femme prit mon nom et m'invita à m'asseoir un instant.

Cinq minutes s'écoulèrent, puis vingt, et bientôt trente. Les téléphones sonnaient dans des bureaux le long de couloirs invisibles. De temps en temps, un policier faisait une brève apparition et me saluait. L'atmosphère me rappelait les heures passées dans la salle d'attente de l'hôpital, à prier pour Stephanos, les murmures intermittents, les pas feutrés. Le désinfectant et le café, l'affabilité des médecins distraits. Je hochais la tête poliment, mais j'étais incapable de sourire, une main sur mon ventre où le bébé grossissait de jour en jour, de semaine en semaine, de mois en mois.

– Madame Loizides ?

L'homme qui me toisait avait une soixantaine d'années. Il était grand pour un Chypriote. Son estomac débordait de son pantalon, et ses manches étaient retroussées.

– Oui, bonjour.

Il me tendit la main – pour me saluer ou pour m'aider ? J'hésitai un instant.

– Vasilis Kyprianou.

– Enchantée.

Je lui serrai la main. Avec un sourire, il m'invita à le suivre dans l'un des couloirs, jusqu'à une petite pièce meublée d'un bureau enseveli sous les papiers, d'un meuble-classeur, et d'un ventilateur qui faisait voler les feuilles. Il se précipita pour les ramasser maladroitement, et les reposa sur la table, formant une pile qui se dispersa dès que le ventilateur pivota de nouveau dans cette direction. Cette fois, il les laissa par terre. Il prit une tasse de café et but une gorgée. Il grimaça.

– Il est froid, dit-il, remarquant mon regard. Comme d'habitude.

À l'abri des stores, le bureau était sombre. Seuls quelques rayons de soleil s'insinuaient entre les lattes poussiéreuses. Il s'assit. Une bande de lumière hachurait son visage mal rasé, faisant ressortir ses poils blancs. Il m'indiqua une chaise vide en face de lui.

– Loizides. Pourquoi je connais ce nom ?

Il réfléchit un moment.

– Ah oui, un ancien collègue. Nicos Loizides. On a fait notre formation ensemble. Il est de votre famille ?

– Je ne crois pas, non.

Il sourit, et s'appuya sur ses coudes. Son visage m'évoquait un ballon de baudruche rouge, dégonflé et ridé, comme ceux qui retombent mollement sur le sol, à la fin d'une fête d'anniversaire.

– Alors, que se passe-t-il ?

Je sortis les affaires de Nisha de mon sac et les étalai sur le bureau.

– Mon employée de maison a disparu. Elle s'appelle Nisha Jayakody. Elle a trente-huit ans et personne ne l'a vue depuis dimanche soir.

– Nous sommes mercredi aujourd'hui, dit-il, comme si je l'ignorais.

– Oui.

J'ouvris le passeport et le plaçai devant lui. Je lui racontai tout en détail : l'excursion au Troodos, Nisha qui voulait prendre sa soirée, le retour à Nicosie, l'heure du dîner et même le menu. J'expliquai que j'étais allée me coucher tôt, laissant Nisha mettre Aliki au lit, et que le lendemain matin, elle avait disparu. Enfin, j'ajoutai qu'une voisine digne de confiance l'avait vue sortir à 22 h 30 ce soir-là.

– Elle a laissé son passeport, précisai-je, car il n'avait pas pris la peine de le regarder. Si elle avait eu l'intention de partir, elle ne l'aurait pas oublié.

– Ah.

Il porta la main à sa bouche, l'essuya comme s'il venait de manger et s'appuya contre son dossier.

– Elle est originaire de quel pays ?

– Du Sri Lanka. Elle travaille chez moi depuis neuf ans. Elle m'a aidée à élever ma fille. Jamais elle ne serait partie sans dire au revoir à Aliki.

Il y eut un silence. Puis Kyprianou poussa un profond soupir et me regarda fixement, comme s'il voulait que je lise dans ses pensées, comme si je ne comprenais pas la blague.

– Ça fait à peine quelques jours, dit-il enfin. Pourquoi ne pas attendre un peu et voir si elle revient ?

– Elle n'a jamais fait une chose pareille. Ce n'est pas normal.

Je montrai le médaillon et la mèche de cheveux posés devant lui.

– Elle y tient comme à la prunelle de ses yeux. Elle ne portait pas ce médaillon tellement elle avait peur de le perdre. C'était un cadeau de son défunt mari. Et la mèche de cheveux appartient à sa fille. Elle ne l'a pas vue depuis neuf ans, depuis qu'elle est ici. Elle ne partirait jamais sans.

Il but une nouvelle gorgée de café qui le déçut encore, puis hocha la tête comme pour lui-même.

J'aurais aimé avoir une aiguille pour faire éclater sa grosse caboche vide.

– Vous ne pourriez pas noter le signalement de Nisha, enquêter…

Il ne me laissa pas terminer.

– Je ne peux pas m'amuser à chercher ces étrangères. J'ai du travail. Si elle ne revient pas, c'est sans doute qu'elle est passée au Nord. C'est ce qu'elles font. Elles vont du côté turc dans l'espoir de trouver un meilleur emploi. Ces femmes sont des animaux, elles obéissent à leur instinct. Ou à l'argent. Vous devriez rentrer chez vous et débarrasser sa chambre. Si elle n'est pas de retour à la fin de la semaine, appelez l'agence pour demander qu'on vous envoie une autre bonne.

Sur ces mots, il se leva pour me signifier que l'entretien était clos. Il me tendit la main.

Je la regardai, incapable de la serrer. J'avais encore tant de choses à dire, mais il était manifeste qu'il ne voulait pas m'entendre. Je récupérai les affaires de Nisha sur le bureau et les fourrai dans mon sac, puis je sortis de la petite pièce miteuse en piétinant exprès les papiers répandus sur le sol.

Alors que j'arrivais chez moi, je vis l'employée de Yiakoumi dans le magasin d'antiquités. Je traversai la rue pour bavarder avec elle. Peut-être saurait-elle quelque chose.

Yiakoumi se trouvait à l'arrière, les pieds sur un bureau encombré. Il me salua d'un hochement de tête.

– Vois avec Nilmini. J'attends un coup de fil important.

– Nilmini ? appelai-je.

Elle était assise sur un tabouret, en train d'astiquer des objets en cuivre. Elle leva les yeux. Je fus frappée par sa jeunesse et sa réserve. Une belle Sri Lankaise de vingt ans à peine, les cheveux si longs qu'ils semblaient n'avoir jamais été coupés.

– C'est un très joli nom, lui dis-je.

– Ça signifie femme ambitieuse, répondit-elle, sans cesser de polir un vase pansu.

Je remarquai derrière elle une pile de livres abîmés. *Alice au pays des merveilles*, *Huckleberry Finn*, *Peter Pan*. L'un d'eux se trouvait par terre devant elle, les pages maintenues ouvertes par deux galets ramassés sur la plage. Elle surprit mon regard.

– J'aime lire, madame. Au Sri Lanka, je voulais étudier la littérature. Monsieur m'a acheté ces livres au marché. Il dit que je peux lire tant que je fais mon travail.

Je jetai un coup d'œil à Yiakoumi, qui bâillait devant l'écran de son téléphone.

– Je me demandais juste si tu avais aperçu Nisha récemment ou si tu savais quelque chose à son sujet.

Elle cessa de frotter un instant et leva la tête vers le plafond, où était suspendu un lustre en laiton.

– La dernière fois que j'ai vu Nisha, madame, c'était dimanche soir.

– Et elle faisait quoi ?

– D'habitude, elle s'arrête pour dire bonsoir, mais là elle avait l'air très pressée.

Le téléphone de Yiakoumi sonna et il alla s'isoler dans la réserve, à l'arrière.

– Il était quelle heure ?

– J'étais ici depuis environ une heure, je pense, donc il devait être un peu plus de 22 heures. Monsieur voulait que je vienne dimanche soir, pour que le magasin soit propre à l'ouverture le lundi. J'ai fait le ménage à la maison le matin. Je me suis reposée l'après-midi, puis je suis venue ici à 21 heures.

– Et Nisha n'a rien dit ?

– Non, madame, rien. D'habitude, elle me fait signe au passage, parfois elle entre, elle plaisante et on rit, souvent, elle m'apporte des fruits. Mais dimanche, elle ne s'est pas arrêtée. Elle avait l'air préoccupée.

– Vraiment ?

– Oui, madame. Ça fait maintenant un an que je travaille ici, en face de chez vous. Je la connais bien. Je sais quand le visage de mon amie est joyeux, triste, fâché, fatigué. Dimanche, elle était préoccupée.

– Tu te rappelles autre chose ?

– Eh bien, ce n'est peut-être pas très important, mais le chat la suivait.

– Le chat ?

– Oui, j'étais dehors et je l'ai regardée s'éloigner. Le chat l'a suivie jusqu'au bout de la rue et il a tourné derrière elle. Il sait peut-être où elle est.

Je la dévisageai, interloquée. Était-elle sérieuse ?

– C'est lui, madame.

Elle indiquait la vitrine devant laquelle se trouvait l'animal noir aux yeux bicolores, occupé à faire sa toilette sur la table, parmi les pots et les vases. Celui que ma fille avait baptisé Ouistiti.

L'après-midi, j'allai chercher Aliki à l'école. Je m'y rendis à pied, pour marcher un peu avec elle. Elle portait son tee-shirt à l'effigie de sa chanteuse de K-pop préférée et un jean délavé. Ses cheveux dénoués formaient une cascade de grosses boucles sur ses épaules.

– Aliki, je suis allée à la police, aujourd'hui.

Elle leva brièvement la tête vers moi, les joues roses.

– Je voulais signaler la disparition de Nisha, mais on a refusé de m'aider. La police pense qu'elle s'est réfugiée au Nord. Mais je n'y crois pas.

Ses yeux s'emplirent de larmes.

– Je ne dis pas ça pour te faire de la peine. Je veux que tu comprennes la situation. Je cherche Nisha, mais je ne sais pas par où commencer. Est-ce que tu aurais une idée, quelque chose qui pourrait m'aider à découvrir ce qui se passe ?

Elle continuait de marcher, les yeux fixés sur le bout de ses pieds.

– Aliki ?

Mon insistance n'eut pas l'effet escompté. Elle se renferma un peu plus dans sa coquille et s'approcha d'une vitrine pour regarder des chaussures. Elle s'était complètement détachée de moi.

À la maison, je préparai une salade de pommes de terre. Les légumes au réfrigérateur allaient s'abîmer. C'était Nisha qui s'occupait des courses, habituellement. Je les coupai et les ajoutai à la salade : des poivrons rouges, des tomates, des oignons verts et du persil. Aliki pignochait dans son assiette, fredonnant en sourdine.

Ensuite, je me postai devant la baie vitrée à l'avant de la maison. À chaque instant, je m'attendais à voir Nisha surgir au coin de la rue. C'était plus fort que moi, je ne pouvais pas m'empêcher d'espérer. Elle allait peut-être se matérialiser dans les lumières de la boutique d'antiquités et du restaurant, traverser, insérer sa clé dans la serrure, poser son sac à main, et nous expliquer pourquoi elle avait dû s'absenter.

Je restai là sans bouger pendant au moins une demi-heure. Comme un chat, Aliki entrait et sortait du salon, s'arrêtait à côté de moi un instant, avant de disparaître. Elle était anxieuse. La fébrilité de ses mouvements la trahissait.

L'olivier d'en face était éclairé par la devanture du magasin. Yiakoumi apparut et s'assit en dessous avec un café. Une femme chantait chez Theo. Je ne la voyais pas, car les clients sous la tonnelle la masquaient, mais sa voix était parfaitement juste, expressive, pleine de beauté et de tristesse. Je sentis une émotion inattendue me gagner et je fondis en larmes.

Qui était cette femme qui chantait dans une langue étrangère ? D'où était-elle ? De quoi rêvait-elle avant de venir ici ? Toutes ces questions me ramenaient à Nisha. Je me rendais compte que je n'avais jamais pensé à elle en ces termes, que j'avais refusé de voir qu'elle était un être humain avec ses peines et ses espoirs. Je le savais, mais cela restait très théorique et très lointain. Je ne l'avais jamais ressenti dans mon cœur. Pourtant, elle avait perdu son mari, elle aussi. Elle venait d'une île ravagée par une guerre interminable, elle aussi, une île longtemps colonisée. L'île et ses habitants avaient souffert. De telles expériences ne s'effaçaient pas facilement, elles perduraient en silence. Qui était Nisha ? Que lui avait enseigné la vie ? Pourquoi était-elle partie si loin de chez elle ? Pour sauver sa fille… de quoi ?

Je ne lui avais jamais posé ces questions.

Je savais qu'elle chérissait son médaillon. Je savais qu'elle aimait profondément Aliki. Je connaissais le goût de sa cuisine, les épices, les currys et les crèmes. Je savais comment elle époussetait les meubles et aspirait les sols, repassait les vêtements et rédigeait ses listes de courses, traçant avec soin chaque lettre, chaque mot, comme si elle écrivait un poème. Je savais qu'elle rangeait les courses dans les sacs de manière à pouvoir les vider plus facilement à la maison. Je savais qu'elle avait un exemplaire des textes bouddhistes près de son lit, et un bouddha replet à côté. Je savais que, lorsqu'elle lavait les fruits, elle regardait l'eau couler quelques instants, perdue dans ses pensées.

Je ne connaissais pas Nisha.

À présent que j'entendais le chant de cette femme – un chant qui racontait une histoire que je ne comprenais pas –, j'espérais de tout mon cœur qu'il n'était pas trop tard.

Je sentis Aliki se glisser à côté de moi. Je crus qu'elle allait mettre sa main dans la mienne. Mais lorsque je me retournai, elle avait disparu.

Ma fille était encore dans le bateau. Elle ramait en fredonnant. Je sortis, retournai un pot de fleurs vide et m'assis dessus, à l'écart. Les arbres autour du jardin l'abritaient du vent. La lune brillait dans le ciel nocturne, mais d'épais nuages se massaient tout autour, signe qu'un orage se préparait. Le chat noir ronronnait, étendu sur la terrasse. Si seulement il avait pu parler.

– Tu veux venir ?

Je me tournai et constatai qu'Aliki regardait dans ma direction.

– Tu veux que je m'asseye dans le bateau ?

Elle hocha la tête.

Je m'installai en face d'elle et elle me tendit la branche d'olivier. Le chat nous rejoignit d'un bond et se blottit contre sa cuisse. Je jetai un coup d'œil vers la porte-fenêtre de Nisha.

– Elle m'aime, dit Aliki.

J'ignorais si elle parlait de Nisha ou de l'animal.

– Je sais.

Cela parut la satisfaire, car elle se mit à pagayer.

– Tu dois ramer de l'autre côté, me dit-elle. Sinon on va tourner en rond.

Je ne pus m'empêcher de rire, frappée par la sagesse de ces mots. Je me levai pour m'asseoir à côté d'elle et me calai sur son rythme.

– Où va-t-on ?

– Dans la mer au-dessus du ciel. C'est là où je vais avec Nisha. C'est très beau, là-haut. Un peu effrayant parfois, mais pas toujours.

– Je vois, dis-je, sans cesser de ramer.

J'espérais qu'elle m'en dirait plus, mais elle s'était de nouveau retranchée dans le silence. Ses derniers mots s'étaient envolés vers les nues, et nous n'étions plus que des petits points très haut, comme les ballons de carnaval gonflés à l'hélium de mon enfance. À la fin de la journée, repue de friandises, de couleurs et de bruits, je les lâchais et les regardais disparaître.

– Maman, s'il te plaît, retrouve-la, murmura enfin Aliki. Je veux vraiment que tu la retrouves.

À cet instant, le ciel se déchira et une averse torrentielle se déversa sur nous.

Le lièvre est trempé. Sa fourrure paraît huileuse sous le soleil qui brille par intermittence entre les nuages. Il pleut sur le lac rouge. Il pleut sur les roches jaunes striées de ruisseaux d'or. La pluie tinte sur les montants en acier du chevalement et la structure grince. Peu à peu, l'eau remplit le puits de mine vide.

Dans les vergers et les champs, la pluie tombe sur les feuilles des pacaniers et des arbres fruitiers. Elle tombe sur le blé et l'orge. Il n'y a pas un chat dehors, aujourd'hui. Même dans le village, les portes et les fenêtres sont closes. La pluie ruisselle des toits.

C'est toujours une surprise. Les habitants sont soulagés, car la terre avait soif. L'été brûlant qui tarit les réserves d'eau et assèche la végétation n'est pas si loin. Les arbres trempés respirent. Dès que la pluie aura cessé, les villageois sortiront récolter les noix de pécan avant le passage des corbeaux.

La chapelle du village est silencieuse et vide. Mais ce matin comme tous les matins, on entend les cloches de l'église d'Agrokipia, un peu plus loin. Construite par la société minière Hellenic, elle veillait sur les ouvriers qui risquaient leur vie sous terre. Encore plus loin, de l'autre côté de la ligne verte, retentit l'écho distant du muezzin.

Quelque part entre les deux, sous l'averse, les deux sons se rejoignent et se déversent sur le lièvre, lavant la terre, les plaies grouillantes de vers, le sang séché, la peau qui se déchire et met la chair à vif.

10

Yiannis

Pendant deux jours, il plut sans discontinuer. Des trombes d'eau qui formaient des rigoles le long des rues pavées.

Le soir, les clients de Theo s'installaient à contrecœur à l'intérieur, car personne ne pouvait rester sous la tonnelle. Le froid était supportable, grâce aux chauffages extérieurs et aux fours à bois, mais la pluie chassait tout le monde. Même Mme Hadjikyriacou s'était enfermée chez elle, et les chats avaient disparu.

Je ne bougeai pas de chez moi. Il me fallut presque tout ce temps pour plumer et nettoyer les oiseaux capturés avec Seraphim. Je dus le faire en plusieurs fois. Dans la chambre d'amis, j'avais trois grands frigos industriels. Je répartis les passereaux dans des récipients de tailles différentes, en fonction des commandes, et je les étiquetai avant de les ranger dans les réfrigérateurs. Deux établissements – un hôtel et un restaurant de Larnaca – avaient demandé à ce qu'ils soient préparés dans du vinaigre. Je les mis donc à mariner à part.

Pendant ces heures moroses, je m'efforçai de ne pas penser à Nisha. Sans succès, bien sûr. La pluie qui débordait des chenaux et crépitait sur les vitres noyait tous les autres bruits et renforçait mon sentiment de solitude.

L'absence de Nisha était encore plus assourdissante que l'averse.

Dans le jardin, la barque se remplissait d'eau. Il semblait qu'elle allait sombrer, qu'elle était condamnée.

Nisha adorait la pluie. Allongée sur mon lit, près de la porte-fenêtre, elle la regardait tomber. Elle aimait regarder l'eau couler. Ça lui rappelait quelque chose, disait-elle – mais quoi ? Je l'ignorais. Un souvenir secret.

Quand il pleuvait, elle me demandait de lui préparer un café turc dans une petite tasse, avec une soucoupe de biscuits au sésame.

– C'est agréable de se faire servir de temps en temps, disait-elle en riant.

Elle le savourait, son café. Elle trempait un gâteau sec dedans et le laissait s'imbiber du breuvage sombre.

– Chez moi, on boit du thé et on mâche du bétel, disait-elle toujours.

Un mantra. Comme si elle ne pouvait pas s'autoriser à apprécier les plaisirs de ce monde sans penser à l'autre. Son foyer l'attendait ailleurs. C'était l'impression qu'elle donnait, et j'avais d'autant plus envie de la toucher, de caresser la peau brune soyeuse sur ses cuisses et son ventre, de l'envelopper de mon corps et de la serrer contre moi. Mais je me contentais de rester assis à côté d'elle, car je sentais qu'elle avait besoin de compagnie plus que de réconfort.

– C'est bizarre, les Anglais ont occupé nos deux pays, me confia-t-elle une fois. Quand on pense à ce qu'ils ont pris, à ce qu'ils ont laissé…

Elle ne termina pas, comme souvent. C'était à moi d'imaginer la suite. Je suppose que chacun de notre côté, nous finissions ses phrases avec nos propres ruminations.

Elle me parla de Nuwara Eliya, une ville située dans une région montagneuse au centre du Sri Lanka, loin de Galle, sa ville natale qui se trouvait à la pointe sud de l'île.

– C'est là que s'étaient installés la plupart des Anglais, en altitude parce qu'ils aimaient le froid. Il doit faire en moyenne quinze degrés ! Et ils ont construit leurs maisons anglaises typiques.

Elle prononçait le mot *typique* avec du dégoût dans la voix, en plissant le nez.

Je me sentais proche d'elle, dans ces moments-là. Il y avait cette histoire partagée, l'occupation britannique, quelque chose que nous comprenions tous les deux : les récits transmis d'une génération à l'autre, la culture et la terre volées, la lutte acharnée pour la liberté et l'identité. J'imaginais ces maisons de briques rouges aux toits pentus et aux jardins proprets, saugrenues au milieu de la forêt humide, des pirolles de Ceylan et des jacquiers. Mais je n'avais jamais mis les pieds dans le pays où elle avait grandi, je n'avais jamais vu les rizières dont elle parlait si souvent.

– Dans le bouddhisme, le *Tiryak* est l'une des six sphères de la renaissance, me dit-elle un jour après la pluie, alors qu'elle regardait les escargots et les serpents ressortir dans la rue, et les oiseaux s'envoler des arbres. C'est quand on revient sous une forme animale. Je me demande… imagine, se réincarner en escargot !

Elle but une gorgée de café noir, songeuse.

– Quand j'étais petite, à Galle, il y avait une chouette qui me rendait visite. Une femelle tachetée de blanc d'une vingtaine de centimètres, avec une grosse tête plate et un bec crochu. La journée, elle devait dormir dans la forêt. Elle avait des ailes si douces qu'on ne l'entendait pas voler. Elle est apparue un soir à la fenêtre de notre chambre, le jour du onzième anniversaire de ma sœur. Après ça, elle est venue tous les soirs pendant une semaine. Alors, j'ai pris l'habitude de laisser ouvert, et elle se posait sur le lit, à la place de ma sœur. Ma sœur n'était plus là. Elle était déjà morte.

– Tu avais une sœur ?

C'était la première fois qu'elle la mentionnait.

– Elle avait dix ans quand elle est morte. Elle était née avec le cœur brisé. C'est ce que disait ma mère : certains bébés naissent avec le cœur brisé, parce qu'ils ont éprouvé un grand chagrin dans une vie antérieure et qu'ils ne sont pas prêts à se réincarner. À trois ans, elle avait subi une opération qui lui avait laissé une cicatrice en forme de branche sur la poitrine. Parfois, elle me demandait de dessiner des fleurs autour avec le crayon à lèvres de notre mère. Elle voulait que la cicatrice soit aussi belle que la forêt tropicale. Et un matin, elle ne s'est pas réveillée.

Je pris la main de Nisha dans la mienne. Elle était chaude. Elle me serra les doigts.

– La chouette se posait toujours sur le livre de contes préféré de ma sœur : *Mahadenamutta et ses élèves*. Elle adorait ces histoires. Elle me demandait de lui en lire une chaque soir. Un jour, j'ai chassé l'oiseau de la couverture et j'ai lu à haute voix. La chouette s'est installée à côté de moi. Elle me regardait tourner les pages. Je pense qu'elle écoutait. Elle m'a rendu visite régulièrement pendant une année entière, et chaque fois je lui faisais la lecture. Le soir du douzième anniversaire de ma sœur, elle a cessé de venir.

Elle me serra encore la main. Ses yeux fixèrent la fenêtre et je l'imitai.

– C'est beau, les traces d'escargots qui scintillent à la lumière.

– Je t'aime, Nisha.

– Je ne suis pas venue ici pour aimer qui que ce soit, dit-elle sans une seconde d'hésitation, me lâchant la main. Je suis ici pour pouvoir envoyer de l'argent à ma fille.

Elle avait parlé avec détermination, comme si elle avait répété. Je ne répondis rien, découragé par la manière dont elle avait souligné *qui que ce soit*, son regard farouche. J'avais hoché la tête et sa main s'était posée sur mon genou. Puis elle avait plongé un biscuit dans son café.

Plus je repensais à cette scène, plus je me persuadais que ma demande en mariage l'avait effrayée, que ça avait été la goutte d'eau. Elle avait fait ses bagages et elle était rentrée au Sri Lanka sans prévenir. Mais je m'étais déclaré le samedi, et le dimanche elle n'était plus là. Comment aurait-elle pu réserver un vol aussi vite ? Ce n'était pas logique. Avait-elle déjà décidé de partir quand j'avais fait ma demande ? Peut-être n'avait-elle pas eu le courage de me l'annoncer après ça. Elle avait préféré s'enfuir sans me dire adieu. C'était l'explication la plus probable. Mais je ne pouvais pas en être sûr.

Je remarquai que l'oiseau bataillait pour ouvrir son aile droite. Je remplis un ramequin de deux centimètres d'eau, et le déposai dedans pour qu'il se lave. L'aile n'avait pas l'air luxée et j'espérais qu'elle était simplement froissée, pas cassée. Il barbota un moment, plongeant son bec dans l'eau. Une ou deux fois, il se tourna vers moi, et je sentis mon cœur chavirer. Son bain terminé, il sautilla hors du récipient sans ouvrir son aile droite. Puis il picora les baies que j'avais mises dans une assiette à côté.

Enfin la pluie cessa et le soleil réapparut. Je décidai d'aller aux escargots le long du fleuve. Après un tel déluge, la récolte serait bonne et, de plus, j'avais besoin de bouger.

L'eau charriait toutes sortes de détritus. Des Tupperware et des sacs en plastique, des barbelés, des pneus et des jantes, une paire de lunettes de soleil, un matelas en mousse jaune plaqué contre un arbre, et même une vache morte. Le fleuve dégageait une odeur nauséabonde, qui venait sans doute du nord de l'île, où il était fréquemment pollué par un réseau d'égouts défectueux. Quand le vent soufflait vers le sud, comme aujourd'hui, la puanteur était indescriptible.

Soudain, j'entendis une voix, un cri de femme, si bref et aigu, que je crus l'avoir imaginé. Entre les rafales et le bruit du courant, il était difficile de distinguer quoi que ce soit.

– Hé ho ? appelai-je.

J'essayai encore une fois, mais personne ne répondit.

Dans les montagnes, l'onde est transparente et pure. Avant qu'elle ne soit contaminée par les humains, on peut la boire et s'y baigner. Il y a des cascades dissimulées au milieu de la végétation. Si le paradis existe, c'est le genre de cours d'eau qu'on doit y trouver.

L'hiver précédent, j'étais monté là-haut avec Nisha, et nous nous étions assis au bord de la rivière, surplombant la vallée. Elle voulait que je lui montre l'endroit où mes grands-parents et mes parents avaient vécu, l'endroit où j'avais grandi : la vieille ferme aux arcades appartenait désormais à des touristes qui ne venaient qu'en été. Le reste du temps, la bâtisse était vide. Nisha était chaudement habillée : écharpe, bonnet, gants épais, deux paires de chaussettes, des collants thermiques sous son jean, une polaire par-dessus son pull, et sa doudoune dont la capuche était bordée de fausse fourrure. Malgré tout, elle claquait des dents !

– Je suis contente de voir l'endroit où tu as grandi, parce que maintenant j'ai l'impression de mieux te connaître, avait-elle dit en plantant un gros baiser glacé sur ma joue.

Je pensais que tu étais différent.

Si je remontais le fleuve, trouverais-je Nisha au sommet, blottie dans ses vêtements chauds ? Trouverais-je mon père et mon grand-père parmi les moutons, chaussés de hautes bottes pour pouvoir marcher à travers champs, leurs chiens sur les talons ? Les troupeaux paissaient librement, en ce temps-là. Les limites entre les propriétés étaient fluides, il n'y avait pas de barrières, simplement des haies naturelles de romarin et de thym qui divisaient les terres.

Deux remises étaient accolées à la ferme. L'une où l'on battait le lait pour faire de l'halloumi et de l'anari[1], l'autre où l'on filait la laine, avec laquelle ma mère et ma grand-mère tricotaient des couvertures. Les hommes – moi compris, même si je n'étais qu'un enfant – chargeaient les mulets de fromage, de yaourt, de lait et de plaids roulés, pour aller les vendre au marché. Mon grand-père était un gaillard fort comme un bœuf, à l'épaisse tignasse blanche. Il adorait ses animaux et s'en occupait comme si c'étaient ses enfants, ce qui ne l'empêchait pas de tuer quatre ou cinq agneaux par an, notamment pour Pâques, après le long carême. La viande était propre, sans hormones ni antibiotiques. Nous avions aussi des poules pondeuses et une dizaine de dindes.

1. Fromage de type lait caillé.

Je racontai tout cela à Nisha lors de notre excursion. Elle me regardait avec la même expression que le jour où elle avait vu la photographie. Elle s'accrochait à moi, comme si elle craignait que le vent m'emporte.

J'omis de lui dire que nous allions parfois à la chasse aux oiseaux chanteurs. Je ne voulais pas qu'elle le sache. Mon grand-père m'avait appris à fabriquer des pièges, en enduisant de glue des baguettes. Nous les préparions ensemble à la ferme, puis les laissions sécher au soleil. Le soir, nous rapportions généralement une dizaine de passereaux. Il possédait un appeau mécanique, fabriqué à Paris par un horloger français. Le son était parfait. Un oiseau orné de véritables plumes trônait sur l'appareil, que l'on remontait à l'aide d'une clé. Il tenait dans la paume de mon grand-père. Le mécanisme était en laiton et en acier. Quand on tournait la clé, le soufflet en cuir se gonflait et envoyait de l'air dans un minuscule sifflet qui produisait un chant extraordinaire. Si on le remontait à fond, l'oiseau était capable de chanter pendant près d'une demi-heure.

Dans la forêt qui dominait la vallée, mon grand-père me confiait toujours la tâche de tourner la clé. Puis il plaçait l'appeau en équilibre sur une branche, le métal caché sous les feuilles pour qu'on ne le voie pas scintiller au soleil. Il veillait à ne pas mettre trop de pièges. Il tuait pour manger. Il voulait simplement améliorer le quotidien de sa famille pendant les mois d'hiver. Une fois les gluaux posés, on se cachait un peu plus loin et on attendait. Pour passer le temps, il me racontait des histoires. Des mythes grecs et des légendes panhelléniques, peuplés de créatures fabuleuses. Tout un imaginaire, qui, selon lui, avait insufflé aux Chypriotes grecs la force et le courage de se battre pour leur indépendance, mais avait aussi nourri une illusion d'invincibilité. Ils étaient habités par la conviction féroce et impitoyable qu'ils devaient faire partie de la Grèce.

« La voix du mythe est puissante », disait-il. C'était sa phrase préférée.

Parfois, nous nous taisions et nous écoutions l'oiseau mécanique, le son parfaitement net malgré la distance.

– On dirait un vrai, lui avais-je fait remarquer un jour que nous guettions ensemble.

– Il a une voix de laiton et d'acier. Ne le confonds jamais avec un vrai.

Je n'avais aucune idée de ce qu'il voulait dire, mais je hochai la tête docilement, comme d'habitude dans ce genre de situation.

– Il faut manger et il faut vivre, poursuivit-il. Mais il faut aussi préserver sa dignité et son identité. Quoi qu'on ait à faire pour survivre, on peut respecter la terre et les animaux qui vivent dessus. Souviens-toi de ça. C'est la règle la plus importante au monde.

C'était peu après la division de l'île. Mon père s'était battu. Il était revenu sans sa main droite et avec une voix que je ne reconnaissais pas. Lorsqu'il avait gravi péniblement la montagne, une semaine après l'annonce de la fin de la guerre à la radio, ses yeux étaient différents. Ils étaient injectés de sang. Il était devenu taiseux. Il n'ouvrait la bouche que pour se plaindre ou s'emporter. Je me souviens encore de ses éclats qui brisaient soudain le silence. Nos amis turcs avaient abandonné leurs maisons et dorénavant nous étions censés les traiter en ennemis. Une seule fois, j'entendis mon père parler avec sa voix d'avant – une voix sincère et bienveillante –, et ce fut pour dire qu'il avait tué un ami au combat. Il ne nous avoua jamais son nom.

Ces années d'après-guerre m'ont appris une leçon que je n'ai pas oubliée : on pouvait se renfermer en soi-même, et, comme mon père, ne jamais retrouver la sortie.

C'était elle, encore : la voix de femme. Comme si le vent avait ouvert la bouche et laissé échapper un cri. Je me souvins soudain de l'endroit où j'étais : le fleuve à ma droite, le champ à gauche. Était-ce le vent ? Ou un corbeau, peut-être ? Mon cerveau me jouait-il des tours ? Je regardai autour de moi.

– Il y a quelqu'un ?

Je longeai le cours d'eau dans un sens et dans l'autre, pataugeai dans la terre détrempée par la pluie. Je sillonnai les berges et les alentours pour m'assurer que j'étais seul.

Je n'avais pas ramassé d'escargots. Penser à Nisha et à mon enfance m'avait épuisé. Je décidai de rentrer. Mais je ne pouvais pas passer une nuit de plus à m'interroger, à croire que j'avais vu son ombre, à me demander si elle était partie ou non.

Avant de monter chez moi, je frappai à la porte de Petra.

11

Petra

Aliki regardait la pluie crépiter sur les pavés par la fenêtre, alors que nous attendions au feu. Je l'emmenais à l'école. Elle paraissait songeuse. Elle s'était coiffée – deux tresses qui tombaient sur ses épaules –, et elle portait un imperméable bleu vif sur un survêtement gris et des baskets. Je savais qu'elle ne voulait ni mouiller ni salir ses Converse. Elle en avait au moins six paires, de divers coloris et motifs, certaines avec des fleurs, d'autres avec des étoiles, des planètes ou des pois. Elle mettait volontairement des chaussures dépareillées. La façon dont elle les assortissait était manifestement très réfléchie. Elle les rangeait contre le mur du couloir, à côté de la porte de sa chambre, et je la voyais parfois essayer différentes combinaisons. Elle secouait la tête et recommençait jusqu'à trouver le look qui lui convenait. Elle attachait la plus haute importance à ses chaussures. Les chats n'avaient pas le droit de dormir dessus. Elle agitait le doigt, et de sa voix la plus adulte leur ordonnait de s'asseoir à côté, pas dessus. S'ils ne coopéraient pas, ce qui était le plus fréquent, elle les chassait. Normalement, je ne laissais pas les chats pénétrer dans la maison – ce sont des nuisibles, par ici –, mais ils se débrouillaient toujours pour se faufiler à l'intérieur, surtout en été, quand toutes les portes étaient ouvertes.

J'attendis devant le portail qu'Aliki entre dans le bâtiment. C'était ce que Nisha aurait fait. Elle marchait lentement, évitant les flaques comme si c'étaient des mines. D'habitude, elle sautait dedans à pieds joints pour faire rire et rouspéter Nisha. Elle me le racontait ensuite. « Votre fille ! Toujours à jouer dans les flaques. Elle a encore trempé ses chaussures et son pantalon. Elle se prend pour Indiana Jones ! »

La rue Onasagorou étant piétonne, je me garai à proximité, et je finis à pied sous la pluie. Lorsque j'arrivai à Sun City, Keti tournait la pancarte « ouvert » sur la porte. Elle s'écarta pour me laisser passer, et courut me chercher une serviette et un café. C'était une jeune fille serviable, toujours avide d'apprendre. Elle étudiait à l'université de Nicosie pour devenir ophtalmologue et travaillait à mi-temps au magasin. Elle était très douée, attentive et méticuleuse. Sun City attirait une clientèle haut de gamme. Hommes politiques, acteurs, propriétaires d'hôtel – et même un prince indien –, tous venaient chez moi lorsqu'ils souhaitaient voir le monde plus nettement, et avec style. J'étais donc particulièrement pointilleuse avec mes employés. Bien qu'ayant une vue parfaite, Keti portait une monture Chanel et des verres neutres : à l'évidence, nos intérêts lui tenaient à cœur. Nous proposions les derniers modèles de Tom Ford, Cartier, Versace, Dior, Bulgari et Chopard. J'avais même une paire brodée par Gazusa. Les plus chères se trouvaient dans une vitrine munie d'une alarme derrière le comptoir, notamment une monture incrustée de diamants roses de 2,85 carats avec des verres roses. J'aimais le soin apporté à la confection de ces pièces uniques, de véritables œuvres d'art.

– Où est Nisha ? me demanda Keti, me tendant une tasse de café chaud.

– Nisha ?

– On est jeudi. Et vous êtes en retard : nous étions censées faire l'inventaire, et vous avez un rendez-vous dans... vingt-trois minutes, dit-elle, consultant sa montre.

– Jeudi ? parvins-je seulement à articuler.

Le jeudi, c'était le jour où Nisha faisait le ménage au magasin. Elle était déchargée des tâches domestiques pour aspirer, laver le sol, épousseter les étagères et faire les vitres de Sun City. Ensuite, elle nettoyait mon cabinet, puis la cuisine à l'arrière. Elle ne ménageait pas sa peine, car elle savait l'importance que j'y attachais.

– Ça va ?

Keti avait relevé ses lunettes comme si cela lui permettrait de mieux voir et elle m'examinait avec curiosité.

– Oui, ça va.

– Alors, où est Nisha ?

– Nisha...

Elle attendait, ses lunettes toujours au-dessus des yeux.

– Je n'en ai aucune idée.

Elle fronça les sourcils.

– C'est vrai. Je ne sais pas où elle est. Elle est partie.

– Partie ?

Elle remit ses lunettes et entreprit de me bombarder de questions. Où était-elle partie ? Avait-elle prévenu ? Pensais-je qu'elle était rentrée au Sri Lanka ? En avait-elle assez de moi ? (« Je plaisantais, ne me regardez pas comme ça. »)

Je lui répondis du mieux que je pus. J'étais épuisée. J'avais l'impression que la fatigue et l'inquiétude accumulées des derniers jours me tombaient d'un coup dessus.

Peu après, notre première cliente franchit la porte. Elle venait chercher une paire de solaires à verres correcteurs : une monture Porsche Design en or 18 carats. C'était une nouvelle cliente, avec un accent que je n'arrivais pas à placer. Grande, un carré blond strict, une frange droite, habillée de noir. Elle était passée quinze jours plus tôt pour faire un test de vue. Elle essaya les lunettes, s'examina dans le miroir quelques instants, puis glissa l'étui dans son sac, paya le reste de la somme qu'elle me devait – elle avait laissé un acompte de 250 euros –, avant de ressortir sous l'averse, ses lunettes de soleil neuves sur le nez.

En temps normal, ce genre de personne aurait rendu Keti intarissable. Elle se serait demandé à haute voix ce qu'elle pouvait faire dans la vie et d'où elle venait. Elle aurait imaginé des histoires à la fois extravagantes et presque plausibles expliquant pourquoi elle portait des lunettes de soleil de luxe sous une pluie battante. Mais aujourd'hui elle était silencieuse. Elle me jetait des regards fréquents de la réserve, où elle faisait l'inventaire. Je la sentais inquiète.

Par chance, la matinée fut calme : quelques rendez-vous, des annulations en raison du temps, et seulement un ou deux curieux. Keti sortit à midi et revint avec des sandwichs grillés halloumi-tomate pour nous deux. Elle ferma le magasin et prépara du café. Assises dans la cuisine, nous écoutions la pluie tomber.

– Donc, réfléchissons, dit-elle, posant une main ouverte sur la table, la paume vers le haut, comme si elle présentait un globe oculaire qu'elle allait disséquer.

Je hochai la tête.

– Nisha a décidé de sacrifier son unique jour de congé hebdomadaire pour aller se promener en montagne avec Aliki et vous ?

J'acquiesçai, ignorant la pique, à laquelle je m'attendais de toute manière.

– Et pendant la promenade, elle a demandé sa soirée – dans la mesure où elle avait plus ou moins passé la journée à s'occuper d'Aliki – pour rendre visite à...

Je hochai la tête une troisième fois.

– Pour rendre visite à qui ?

– Je l'ai interrompue sans lui laisser finir sa phrase, admis-je à contrecœur.

– Donc vous lui avez clairement interdit de sortir.

– Je n'ai pas dit non, mais c'était évident que j'étais contre.

– Et vous ne savez pas du tout qui elle souhaitait voir ?

– Aucune idée.

– Donc vous êtres rentrées, elle a fait le dîner, vous avez mangé toutes les trois ensemble, c'est ça ?

– Oui.

– Et après ?

– Après, je me suis retirée. J'étais fatiguée. Je voulais me coucher tôt. J'ai laissé Nisha mettre Aliki au lit et préparer ses affaires pour l'école.

– Et le lendemain matin...

– Le lendemain matin, elle avait disparu. J'ai trouvé dans sa chambre son passeport et plusieurs objets auxquels elle tient beaucoup. Notamment une bague en or que je n'avais jamais vue, sur sa coiffeuse. Une bague de fiançailles, j'ai l'impression.

Keti semblait aussi désemparée que moi.

– On est jeudi, aujourd'hui. Vous avez prévenu la police ?

– Hier.

Je lui répétai les paroles du policier et lui dis que j'étais sortie de son bureau en piétinant ses papiers. Mais, alors que je parlais, je sentis une douleur sourde dans mon ventre. Il y avait quelque chose qui clochait, quelque chose que je ne comprenais pas. Je pris soudain conscience que les mots du policier ne m'avaient pas étonnée tant que ça, comme s'ils n'étaient que l'écho d'une voix intérieure.

J'avais trop honte pour l'avouer à Keti, mais j'éprouvai un pincement de culpabilité et je rougis, m'efforçant de me concentrer sur ce qu'elle disait.

– Vous devez mener l'enquête vous-même, décréta-t-elle en tapant du poing sur la table entre nous.

– Mais comment ? Je ne saurais même pas par où commencer.

– Vous trouverez. Vous ne pouvez pas rester sans rien faire. Vous ne pouvez pas laisser tomber une femme qui vit chez vous et vous aide depuis des années, comme si elle ne signifiait rien pour vous.

Elle avait raison.

– Votre instinct vous dit qu'il y a un problème ?

– Oui.

– Et ça ne lui ressemble pas ?

– Non.

– Alors, vous n'avez pas le choix.

Sur ces mots, elle regarda sa montre et m'informa que notre pause déjeuner était terminée. J'avais un rendez-vous dans trois minutes.

Il plut encore toute la soirée. La barque était remplie à ras bord. Des trombes se déversaient entre les arbres du jardin et détrempaient le sol. La terrasse scintillait comme un lac. Aliki déambulait dans la maison, serrant le chat noir comme si c'était son seul salut. Parfois, l'animal se montrait obligeant. Il ronronnait, frottait sa truffe contre son oreille. D'autres fois, il repoussait son visage de ses pattes, se dégageait en crachant et filait par la fenêtre.

Je n'avais pas faim, mais je préparai un repas léger pour Aliki. Je repensais à ma conversation avec Keti, et aux paroles de Nilmini. J'entrais et sortais de la chambre de Nisha, espérant réveiller un souvenir, provoquer une révélation. Y avait-il un détail qui m'avait échappé ? Je fouillais ma mémoire, comme si j'essayais de rassembler les fragments d'un rêve à demi oublié.

J'entendais encore Keti : *Vous devez mener l'enquête vous-même.* C'étaient des mots forts, des mots qui me mettaient face à mes responsabilités. Et la veille, Aliki m'avait demandé de la retrouver.

Oui, je devais le faire, mais comment ? Je n'en avais pas la moindre idée.

Il fallait que je parle aux amies de Nisha. C'était un point de départ comme un autre. Elles sauraient peut-être quelque chose. Mais accepteraient-elles de se confier à moi ?

Je me souvenais que Nisha connaissait les employées de la demeure sécurisée au bout de la rue. Une immense bâtisse – protégée par un portail et deux chiens de chasse. Le vendredi après-midi, je fermai un peu plus tôt. La pluie avait enfin cessé, mais je n'avais pas eu grand monde. J'étais seule, car Keti était à l'université, ce jour-là.

Je décidai de préparer le dîner, puis de faire un saut à la résidence sécurisée. Dans le jardin, Aliki s'employait à vider la barque. Je n'avais même pas commencé à cuisiner quand on sonna à la porte.

Yiannis, mon locataire, se tenait devant moi, nimbé de la lumière du magasin d'antiquités. Il resta planté là un moment avant de se résoudre à parler.

– Petra, pardon de vous déranger. Je me demandais…

Il s'interrompit, piétina comme s'il avait changé d'avis et s'apprêtait à faire demi-tour.

– … est-ce que Nisha est ici ?

Il était à contre-jour, et je ne distinguais pas l'expression de son visage, mais sa voix était circonspecte, indécise.

– Non Yiannis, désolée, elle n'est pas là.

Il passa la main dans ses cheveux. Des fils d'argent brillèrent à la lumière de la vitrine derrière lui. Ses gestes étaient si hésitants que je pouvais presque entendre les horloges d'en face.

– Vous savez où elle est ?

– Pourquoi ? demandai-je, peut-être un peu trop vite.

Il frotta son visage mal rasé. Puis il regarda par-dessus mon épaule, balayant le grand salon.

– Eh bien… parce que je ne l'ai pas vue. Je ne l'ai pas vue de la semaine et je m'inquiète.

Son attitude trahissait un désespoir incompréhensible. Il semblait perdu et vulnérable, comme les chiens errants qui vagabondaient dans le quartier, en quête de quelqu'un à aimer. Pourquoi se faisait-il autant de souci pour Nisha ? Il y avait quelque chose qui me tracassait, quelque chose que je sentais depuis longtemps sans vouloir l'admettre. C'est pourquoi je finis par l'inviter à entrer.

Il était bien habillé, comme s'il s'apprêtait à sortir : une chemise noire parfaitement repassée, le bouton du col ouvert et un jean foncé. Mais ses chaussures étaient crottées, et la boue n'avait pas encore eu le temps de sécher.

Il se dandinait au milieu de la pièce, mal à l'aise. Son regard s'attarda sur les meubles, les photographies sur la console, la table. Puis il jeta un coup d'œil vers la cuisine où Nisha passait une bonne partie de ses journées. Il n'était jamais entré chez moi, pourtant, il semblait connaître les lieux.

À présent, le désespoir que j'avais senti dans la pénombre était flagrant. Un pli profond barrait son front et l'inquiétude assombrissait son regard. Nous nous taisions tous les deux. Une fois encore, je me fis la réflexion qu'il était séduisant : des yeux noirs aux cils épais, une barbe soyeuse bien taillée, brune entremêlée de gris. C'était étrange de le voir là, dans mon salon. Nous parlions peu, et nous nous en tenions à des banalités sur le jardin, le poulailler, le temps, le figuier de Barbarie ou les tomates.

Je voulais savoir quelle était sa relation exacte avec Nisha. Je les avais aperçus en train de discuter dehors. J'avais surpris les regards qu'ils échangeaient, bien sûr, leurs mains qui s'effleuraient, les murmures le soir… Je n'imaginais pas ma vie sans Nisha, mais, si j'avais eu la certitude qu'il y avait quelque chose entre eux, j'aurais peut-être dû la congédier. Personne n'autorisait ses domestiques à avoir des relations sexuelles ou amoureuses. Même si certaines finissaient par épouser leur employeur.

Mes yeux s'attardèrent sur ses chaussures boueuses. Je songeai que j'aurais dû lui demander de les ôter à la porte. Ce n'était pas comme si Nisha était encore là pour nettoyer derrière lui. À cette pensée, je me sentis soudain très seule. La maison semblait vide sans elle.

Je lui offris à boire. Il me remercia et réclama de l'alcool.

– N'importe quoi, tant que c'est fort.

Je me rendis à la cuisine et nous servis à tous les deux de la *zivania*.

Lorsque je revins, Yiannis s'était déchaussé. Il se tenait devant la console en chaussettes et étudiait les photographies. J'avais dû regarder ses pieds avec un peu trop d'insistance.

– Je n'aurais pas dû entrer avec mes souliers sales, pardon. J'étais sorti ramasser des escargots. Mais je suis tellement préoccupé que j'ai du mal à réfléchir. C'est votre mari ? ajouta-t-il sans me laisser le temps de dire quoi que ce soit, les yeux sur Stephanos en uniforme militaire.

– Oui.

– Votre fille lui ressemble.

Je remarquai qu'il avait rangé ses chaussures contre le mur, à côté de la porte.

Je posai les verres sur la table basse et allumai un feu. Il s'assit au bord du canapé d'angle, mal à l'aise. Il avala une longue gorgée de *zivania*. Sa mâchoire se crispa et ses yeux brillèrent. Ce n'était pas un homme qui avait l'habitude de boire de l'alcool. Il avait l'air d'attendre que je prenne la parole, mais je ne savais pas quoi dire. J'aurais pu lui raconter les événements de la semaine, la disparition de Nisha, mais, hormis le fait qu'il louait une partie de ma maison, cet homme était pour ainsi dire un étranger.

Il but encore une gorgée et, cette fois, il plissa les yeux. Puis il passa le doigt sur le bord de son verre, perdu dans ses pensées. Je me résolus à entamer la conversation.

– Donc, vous êtes inquiet au sujet de Nisha. Vous la connaissez bien ?

Il posa sa *zivania* sur la table et se frotta les paupières, comme si je venais de le réveiller. Il hocha la tête et reprit son verre.

Il était nerveux, c'était évident. Il ouvrit la bouche pour parler plusieurs fois, sans qu'aucun son ne sorte.

– Quand l'avez-vous vue pour la dernière fois ? demanda-t-il enfin.

– Dimanche soir, répondis-je prudemment. Lundi matin, à mon réveil, elle n'était plus là.

Il semblait encore plus inquiet. Il se leva et se mit à faire les cent pas devant la cheminée. Ses pieds effleuraient le tapis. Son ombre à peine perceptible passait sur les meubles. Soudain, la présence de cet homme en chaussettes dans mon salon me parut absurde.

– Je ne sais pas où elle est, dis-je.

– Vous croyez qu'elle est rentrée chez elle ?

– Non.

– Qu'est-ce qui vous fait dire ça ?

Je réfléchis quelques instants, tandis qu'il me regardait avec des yeux interrogateurs. Puis, peut-être parce qu'il semblait aussi démuni et inquiet que moi, je me levai et allai chercher les possessions de Nisha que j'avais montrées à la police, sauf la bague en or. Je les étalai sur la table basse sans un mot.

Il se rassit et les examina. Il ouvrit le passeport et contempla longuement la photo. Il souleva le médaillon et le soupesa, comme s'il le connaissait. Puis il prit le sachet contenant la mèche de cheveux et le serra si fort entre ses paumes, que je vis saillir les veines sur ses mains.

– Donc elle n'est pas rentrée chez elle, murmura-t-il pour lui-même. Sa voix avait changé. Elle était claire et elle plana un instant au-dessus de nous dans la pièce silencieuse, comme un gong dont l'écho se répercute avant de s'éteindre.

– Vous avez prévenu la police ?

– Je suis allée au poste mercredi.

– Qu'est-ce qu'on vous a dit ?

J'hésitai à m'étendre sur les détails déplaisants de l'histoire.

– Je me suis heurtée à mur. Ils ne veulent pas la rechercher. D'après le policier à qui j'ai parlé, elle s'est sûrement enfuie au Nord pour trouver un autre emploi.

– Nisha ne ferait jamais une chose pareille.

Soudain, j'en eus la certitude. C'était la façon dont son nom roulait sur sa langue, comme s'il l'avait déjà prononcé mille fois. Il l'aimait.

J'avais une foule de questions à lui poser. Mais je décidai de m'en tenir à notre préoccupation commune. Quiconque connaissant un tant soit peu Nisha savait qu'elle ne se serait pas enfuie sans rien dire.

– La seule fois où elle s'est absentée, c'était il y avait quelques mois. Elle est allée passer le week-end chez une cousine à elle, à Limassol. Cette femme s'apprêtait à quitter Chypre et elle voulait lui confier des cadeaux pour Kumari. Elle m'a laissé le nom de sa cousine, celui de ses employeurs, leur numéro de téléphone, au cas où elle ne pourrait pas recharger son portable ou je ne sais quoi... elle n'est pas partie comme ça, tout était très organisé.

Yiannis réfléchissait.

– C'était quand ?

– En août. Je m'en souviens bien. Il faisait très chaud, ce jour-là. Elle avait un petit sac de voyage et elle portait une robe en lin orange que je lui avais donnée. Je l'ai déposée à la gare routière tôt le matin. Elle était en larmes dans la voiture. Quand je lui ai demandé ce qu'elle avait, elle a répondu qu'Aliki allait lui manquer. Je me souviens de l'avoir gentiment grondée : « Ne raconte pas de bêtises ! Tu ne seras absente qu'un week-end ! » Mais c'est vrai que, depuis la naissance d'Aliki, elle n'avait jamais passé deux jours loin de chez nous.

Je pris soudain conscience de ce que je disais. Nisha vivait ici depuis près de dix ans, et pendant tout ce temps, elle ne nous avait quittées que pendant deux jours. Elle avait pris soin de ma fille, l'avait aimée, elle avait récuré mes sols et mes toilettes, elle avait préparé nos repas et entretenu le jardin. Elle époussetait quotidiennement la photo de Stephanos. Mal à l'aise, je songeai à l'expression de son visage lorsqu'elle nettoyait le cadre. Elle aussi avait perdu un époux. Elle nous avait tout donné avec une telle générosité qu'elle était devenue l'âme de cette maison. Et pourtant, j'ignorais tout de sa vie. Je savais qu'elle tenait le médaillon en forme de cœur dans sa main certains soirs, et je savais qu'il y avait une mystérieuse bague en or sur sa table de chevet. Comment son mari était-il mort ? Elle ne me l'avait jamais raconté et je ne l'avais jamais interrogée. Qu'avait-elle éprouvé ? Quel effet ça faisait d'aimer un autre homme, après ? Était-ce Yiannis qui lui avait offert la bague ? Avait-elle aimé son mari comme j'avais aimé Stephanos ? Aimait-elle l'homme assis en face de moi ? Ou était-il lié à sa disparition ? Les pensées se succédaient à toute allure dans ma tête.

J'entendis un choc feutré et j'aperçus le bout d'une Converse rouge dans l'encadrement de la porte. Aliki nous écoutait, mais Yiannis parlait avec une telle animation que je n'osai pas l'interrompre, de crainte de briser le charme.

– Elle n'a rien dit de particulier ? Avant de disparaître ? Rien mentionné qui pourrait nous aider à comprendre ce qui est arrivé ?

– Nous avons passé la journée du dimanche en montagne. Pendant l'excursion, elle m'a demandé si elle pouvait prendre sa soirée. Elle voulait voir quelqu'un, a priori.

– Qui ?

– Je n'en sais rien. Elle n'a pas précisé. Et je n'étais pas d'accord.

Je m'abstins de lui rapporter que Mme Hadjikyriacou avait vu Nisha vers 22 h 30. Quelque chose me retint.

– Donc, le dimanche après-midi, elle était avec vous en montagne.

Il semblait retourner l'idée dans sa tête.

– Et elle avait un rendez-vous ce soir-là. Vous n'étiez pas d'accord, mais vous ne m'avez pas dit si elle était sortie ou non.

– Elle est rentrée avec nous et j'étais au lit à 21 heures. Nisha a couché Aliki. Écoutez, soupirai-je, soudain très lasse. Je me rends compte que vous êtes inquiet, mais je ne sais pas quoi vous dire d'autre.

Je vis que la chaussure d'Aliki avait disparu.

– Il se fait tard et je n'ai pas encore préparé le dîner. Ma fille n'a pas mangé et j'ai travaillé toute la journée.

Il se leva.

– Oui, bien sûr, je suis confus, Petra. Je ne voulais surtout pas vous déranger.

Il hésita, comme s'il ne savait pas s'il devait sortir par la porte de la rue ou par le jardin : d'un côté comme de l'autre, il y avait un escalier qui menait à son appartement. Puis il se souvint de ses chaussures. Il se dirigea vers l'entrée et se pencha pour les enfiler. La boue avait séché entretemps, et elle s'émiettait sur le tapis.

– Merci de m'avoir reçu, Petra. Et si vous apprenez quoi que ce soit…

– Je vous tiens au courant, bien sûr.

Il sortit. Après avoir refermé la porte, je m'approchai de la fenêtre et je le vis immobile dans la lumière de la vitrine d'en face, contemplant son appartement. Je pensai de nouveau à un chien errant, abandonné par son maître parce qu'il n'était plus bon pour la chasse.

La nuit, une chauve-souris tournoie au-dessus du lac, presque invisible sur l'eau noire. Les nuages se déchirent fugacement et la lune illumine ses ailes, son vol haché. La nouvelle lune se cache de nouveau, et c'est comme si elle n'avait jamais existé.

Au-delà du cratère, une odeur fraîche de terre mouillée s'élève du sol. Le pelage du lièvre a commencé à sécher. Plus tôt dans la journée, quand le soleil était haut et l'air plus chaud, les mouches à viande sont revenues pondre leurs œufs sur la chair, là où la peau s'est craquelée, et les diptères ont déposé des larves autour des yeux et dans la bouche.

Ce soir, on ne sait pas où commence la terre et où finit le ciel. Les prés sont tapissés de fleurs blanches, des centaines et des milliers de fleurs. Si la lune était plus grosse et les nuages moins épais, elles brilleraient comme des étoiles, et les cieux et la terre se renverraient leur reflet.

Un homme arrive à pied. Il éclaire le sentier à l'aide de son téléphone. Il a marché des kilomètres le long du fleuve.

La lumière artificielle a une qualité métallique. Il n'a rien d'autre sur lui, ni sac ni portefeuille, seulement le portable qu'il braque devant lui en guise de torche électrique. Le faisceau illumine le lièvre – l'homme a un mouvement de recul –, puis balaie le lac et capture un instant le vol de la chauve-souris. L'homme franchit les quelques mètres qui le séparent du chevalement. Ses lourds godillots militaires laissent leur empreinte dans le sol tendre.

12

Yiannis

Je n'avais pas envie de rentrer chez moi. J'étais trop nerveux.

– *Darrling*, fit une voix en anglais.

Je me retournai et découvris Mme Hadjikyriacou dans son transat, un plaid sur ses épaules. Elle poursuivit en grec, une expression inquiète sur le visage.

– Mon garçon, vous avez l'air bien malheureux.

Je ne répondis pas.

– Que diriez-vous d'une part de baklava ?

Sur une petite table à côté d'elle se trouvait un assortiment de pâtisseries, comme si elle attendait de la visite.

– Non merci, madame Hadjikyriacou. Je pense que je vais aller faire un tour. C'est une belle soirée, même si le fond de l'air est frais.

– Si vous le dites. En ce qui me concerne, je ne sens pas le froid. Je ne sens plus ni le froid ni le chaud depuis la guerre. C'est Ruba qui veut à tout prix me mettre cette couverture ridicule sur les épaules. Elle dit que je vais attraper la mort.

Je lui réponds que je l'ai déjà attrapée maintes fois. Je suis plus forte qu'elle.

J'acquiesçai. Je la croyais sur parole.

– Et par pitié, appelez-moi Julia. J'ai l'impression d'être vieille quand on m'appelle Mme Hadjikyriacou.

Je retins un rire, car elle avait l'air de s'être relevée de sa tombe.

Elle choisit deux parts de baklava, les enveloppa délicatement dans un mouchoir en papier et me les tendit. Elle semblait persuadée que j'étais mal nourri et affamé – mais pour elle, si on n'avait pas une énorme bedaine, on était famélique.

Je la remerciai et m'éloignai avec mon petit paquet. Chez Theo, les chauffages extérieurs étaient allumés et de la fumée s'échappait des fours. Sur la terrasse, quelques clients me saluèrent. Je levai la main et me forçai à sourire. Je poursuivis en direction de la ligne verte. Des chats sillonnaient la rue et sautaient par-dessus la barrière dans la zone tampon. Tout paraissait irréel, comme si le monde continuait sans moi. Seule la lune semblait authentique.

Un chat noir essayait d'attirer mon attention. Il miaulait et se faufilait entre mes jambes tandis que je marchais. Je reconnus l'animal que j'avais souvent vu en compagnie d'Aliki et de Nisha.

Je songeai à son passeport : elle n'avait pas pu rentrer au Sri Lanka sans ses papiers. J'étais à la fois soulagé et inquiet. Si elle n'était pas retournée dans son pays, où était-elle ? Pourquoi n'avait-elle rien dit à personne ? Il y avait aussi le médaillon que lui avait donné son mari et la mèche de Kumari. Elle ne serait jamais partie sans. Même la fois où elle s'était absentée un week-end, elle les avait glissés dans son portefeuille.

Le chat miaulait avec insistance. Lorsque je m'arrêtai, il s'allongea sur le dos, pattes écartées, ventre offert. Je m'assis par terre pour le caresser. Il semblait avoir décidé que c'était ce dont nous avions tous les deux besoin. La rue était sombre et déserte, toutes les maisons plongées dans le noir. La plupart étaient sans doute abandonnées, trop proches de la zone tampon. Dans le ciel, la nouvelle lune était encore un peu teintée de rouge.

Je pensai à la robe en lin orange de Nisha et à ce fameux week-end où elle était allée voir sa cousine Chaturi à Limassol. L'histoire n'était pas aussi simple que le croyait Petra.

Un dimanche d'août, Petra et Aliki étaient allées passer la journée à la plage à Makronissos, dans l'est de l'île. Après avoir mis dans le coffre des transats, des serviettes et des chapeaux, elles avaient pris la route en début de matinée, car il y avait deux heures de trajet. Petra avait dit à Nisha qu'elles dîneraient sans doute à Ayia Napa avec une amie, et rentreraient tard. Ce qui signifiait que Nisha et moi avions toute la journée et la soirée pour paresser ensemble. Il faisait trop chaud pour faire quoi que ce soit, hormis se baigner. Nous avions donc décidé de rester chez moi, les portes-fenêtres du balcon grandes ouvertes. Je n'oublierai jamais cette journée. Il n'y avait pas un souffle de vent, pas un frémissement dans les arbres. Le chant des cigales et le parfum du jasmin emplissaient la chambre. Et même quand une brise légère se levait, elle était brûlante et n'apportait aucun répit.

Un peu avant midi, Nisha avait appelé sa fille sur ma tablette. Elle était assise au bureau, tandis que je les écoutais, allongé sur le lit. Elles parlaient en cinghalais, leurs voix tantôt joyeuses, parfois graves, avec quelques mots en anglais ici et là. Bien que ne comprenant pas ce qu'elles disaient, je connaissais assez Nisha pour me rendre compte qu'elle était préoccupée. J'allai à la cuisine pour faire des cafés frappés avec beaucoup de glaçons. Je mis une double dose de lait et de sucre dans celui de Nisha, qui l'aimait ainsi. Je le lui tendis alors qu'elle raccrochait. Elle but une petite gorgée et le posa sur le bureau, les yeux tournés vers la porte-fenêtre ouverte, silencieuse. Nous préparâmes le déjeuner ensemble, des crêpes srilankaises. Elle remuait la pâte, ne parlant que pour dire « Passe-moi la farine de riz », ou « Ajoute un peu de lait de coco ». Je versai une louche de pâte dans le wok, l'étalai d'un mouvement de poignet, puis elle cassa un œuf dans le puits au centre. Elle me laissa m'occuper des autres, pendant qu'elle préparait la garniture à base d'oignons, de piments et de jus de citron.

– Tu ne crois pas qu'elle est cuite ? dit-elle soudain.

J'avais oublié ma crêpe dans le wok, car j'étais préoccupé, à présent. Je voulais qu'elle me parle de ce qui la tracassait, mais je savais qu'elle n'aimait pas qu'on lui pose des questions. J'attendais donc.

Ce soir-là, c'était la pleine lune. On se bousculait, chez Theo, et les notes du bouzouki montaient jusqu'à nous. Allongée sur le flanc, Nisha regardait le ciel. Elle m'avait demandé d'éteindre. Elle avait moins chaud ainsi, disait-elle. La lune rayonnait d'une lumière froide. Nisha avait les yeux lointains, comme si elle contemplait le vide entre l'astre et elle.

Après un temps qui me parut interminable, elle s'assit en tailleur, face à moi. Je l'imitai. Elle planta son regard dans le mien.

– Je suis enceinte.

– Enceinte ?

Elle hocha la tête.

– Tu es enceinte.

Elle acquiesça encore.

– Pourtant, on a fait attention, ajouta-t-elle.

Je n'arrivais pas à déchiffrer son visage. Il était impénétrable. Elle s'appuya contre moi, la tête sur ma poitrine, et je me rallongeai.

– Qu'est-ce que tu penses ? me demanda-t-elle.

– Je pense que c'est formidable.

– Vraiment ?

– Oui.

Elle se mit sur le dos, prit ma main et la plaça sur son ventre, puis elle posa la sienne par-dessus. Je ne m'étais jamais senti aussi proche de quiconque. Nos corps étaient reliés : le mien, celui de Nisha et le petit fœtus qui se développait en elle. Notre bébé. Le mien et le sien. Une onde de joie me parcourut, comme si quelqu'un avait ouvert une fenêtre sur le paysage de mon enfance, et me rappelait ce que c'était de déborder d'amour et d'émerveillement. À quoi ressemblerait ce bébé ? C'était sans doute précipité, mais j'imaginais qu'il serait le portrait craché de Nisha. Ces images étaient une averse rafraîchissante pour mon esprit.

– À quoi tu penses ? demanda-t-elle encore.

– Je suis heureux. Je t'aime.

– C'est parce que tu ressens et que tu ne penses pas.

– C'est faux. Mes sentiments et mes pensées sont en harmonie parfaite ! Pour une fois !

Je ris, songeant au nombre de fois où nous avions dit tous les deux les mots *sentiments* et *pensées*.

Mais Nisha était très sérieuse. Elle retira doucement sa main, souleva la mienne, et continua à regarder dehors.

– Je vais perdre ma place, dit-elle enfin. Personne ne veut d'une employée de maison enceinte.

– On se débrouillera. Je t'aiderai à trouver autre chose. Ou je travaillerai pour deux. On fera ce que tu veux.

– Tu ne comprends pas. Et Kumari ? Il faut que je lui envoie de l'argent. Sinon, comment est-ce qu'elle va s'en sortir ? J'ai des dettes à rembourser. Je dois encore beaucoup à l'agence, Yiannis, je n'ai pas fini de payer mon voyage. Et ma mère ? Elle compte sur moi, elle aussi. C'est grâce à mon travail ici qu'elles peuvent vivre et manger. Si je le perds, qu'est-ce qu'elles vont devenir ? Il n'y a pas que toi, moi et ce bébé.

Elle avait parlé d'une traite et sa voix se brisa. Je crus qu'elle allait pleurer mais elle ravala ses larmes.

– Je comprends.

Je la serrai contre moi.

– Et si je t'aidais financièrement ? Si je te donnais de quoi rembourser ta dette et entretenir ta famille ?

– Comment ? En vendant des asperges sauvages et des escargots ? dit-elle avec un accent de dérision.

Elle avait raison. Si je n'avais réellement eu que ça pour vivre, ma proposition aurait été absurde. J'étais tenté de lui avouer que je braconnais, mais je savais que cela lui briserait le cœur.

– Le paradoxe, c'est que, sans cette dette, je serais sans doute déjà rentrée au Sri Lanka et nous ne serions pas ici tous les deux… pas dans cette situation, en tout cas.

Elle était factuelle et catégorique. Ses mots portaient un coup brutal à mon rêve fragile. Puis elle reprit ma main et elle l'appuya contre son ventre, un petit geste qui me fit sentir toute la force de son amour.

Le lendemain soir, j'étais résolu à lui parler des oiseaux chanteurs. C'était la seule solution pour qu'elle me croie quand je lui disais avoir les moyens de l'aider financièrement. Je voulais ce bébé, notre bébé, plus que tout. Il était tard lorsqu'elle apparut à ma porte. Nous avions retrouvé notre emploi du temps habituel, puisque Petra et Aliki étaient rentrées.

À 23 heures, après avoir préparé le dîner et couché Aliki, elle monta chez moi. Je la pris par la main et je la conduisis à la chambre d'amis. Je tournai la clé dans la serrure et, pendant quelques instants, elle regarda autour d'elle, sidérée. Ses yeux se posèrent sur l'un des grands réfrigérateurs industriels.

– C'est quoi ?

– J'ai un autre moyen de gagner de l'argent. Je veux que tu saches que j'ai assez économisé pour vous faire vivre, toi, Kumari et ta mère.

– Je croyais que tu gardais cette porte fermée parce que c'était le bazar ?

En réalité, la pièce était impeccable. Je la voyais qui examinait les gluaux, la gibecière en osier, les appeaux noirs alignés sur le petit bureau, les boîtes contre le mur.

– On se croirait dans *Indiana Jones*, les frigos en plus. Qu'est-ce que tu fais ?

– Après avoir perdu mon emploi à la banque, je me suis tourné vers la chasse. J'étais sans ressources. Je ne m'en serais jamais sorti en vendant des champignons et…

– Et tu chasses quoi ? m'interrompit-elle.

– Des oiseaux chanteurs, bredouillai-je.

– Des oiseaux chanteurs ?

Elle se dirigea vers l'un des réfrigérateurs et regarda à l'intérieur. Par chance, ils étaient tous vides, ce jour-là. Elle le referma, jeta un coup d'œil dans le deuxième, puis le troisième. Laissant celui-ci ouvert, elle se tourna vers moi.

– Ils sont où ?

– Je viens de faire une livraison, je n'en ai plus.

Elle hocha la tête. La déception se lisait sur son visage. Mais c'était un sentiment intime qu'elle ne souhaitait pas exprimer avec des mots.

– Ça ne me plaît pas de faire ça, m'efforçai-je de lui expliquer. Mais une fois qu'on a commencé, c'est difficile d'arrêter. C'est un peu comme le trafic de drogue. Il y a une grosse organisation derrière, et on ne te lâche pas facilement. C'est trop risqué.

Je ne lui avouai pas que, la semaine précédente, un type que je connaissais avait donné sa démission. La nuit suivante, son hangar à bateau avait mystérieusement été réduit en cendres.

– Qui c'est, *on* ?

– Ceux qui sont au sommet.

– Si je comprends bien, maintenant que tu as assez d'argent, tu voudrais arrêter mais tu es coincé ?

– Oui.

Elle referma la porte du réfrigérateur et posa la main sur son ventre, les yeux baissés.

– Je te promets que je vais me débrouiller. J'ai largement de quoi subvenir à nos besoins jusqu'à ce que je trouve un autre emploi. La récession est derrière nous. J'ai de l'expérience dans la finance. Je sais que la façon dont j'ai gagné de l'argent n'est pas idéale, mais nous pouvons fonder une famille.

– Pas idéale, murmura-t-elle.

Elle sortit de la pièce et se dirigea vers la porte qui descendait au jardin. La main sur la poignée, elle se retourna et dit : « Je vais y réfléchir », avant de disparaître dans l'escalier.

Après cet épisode, je ne la vis pas de plusieurs jours. Environ une semaine plus tard, je la trouvai sur le seuil. C'était un vendredi matin. Normalement, elle ne passait jamais en pleine journée. Elle rayonnait dans une robe orange vif qui rehaussait l'or de ses yeux. Ses cheveux étaient attachés en queue-de-cheval. Elle avait même mis du gloss. En revanche, aux pieds, elle portait de confortables sandales de marche éculées.

J'avais envie de la prendre dans mes bras.

– Entre.

– Non, je ne peux pas rester Je voulais juste te dire que j'allais à Limassol chez ma cousine Chaturi, ce week-end. Tu te souviens qu'elle est venue ici ?

– Bien sûr.

– Elle rentre au Sri Lanka la semaine prochaine. Je veux lui donner quelques cadeaux pour ma famille à Galle.

Je hochai la tête.

– J'ai besoin de prendre un peu de recul pour réfléchir.

Encore une fois, j'opinai.

– N'essaie pas de m'appeler. Je ne serai absente que deux jours.

– Ne t'inquiète pas, je comprends.

Elle esquissa un sourire timide, mais il y avait de la tristesse dans ses yeux. Elle redescendit l'escalier et je la suivis du regard jusqu'à la porte-fenêtre de sa chambre.

Elle revint après le week-end, comme promis. Le lundi soir, tard, elle frappa chez moi. Elle portait une chemise de nuit blanche qui luisait dans l'obscurité et un gilet rose sur ses épaules. Ses cheveux étaient dénoués, ses joues rouges comme si elle avait couru.

– Tu m'as manqué, dit-elle.

Elle m'enlaça et blottit son visage au creux de mon cou. Je sentais la chaleur humide de son corps contre le mien. Une vague de soulagement et de joie me submergea. J'étais heureux de la retrouver.

– Je voulais monter hier soir, mais Aliki avait de la fièvre. Je ne pouvais pas la laisser.

Nous nous allongeâmes sur le lit. Une légère brise estivale rafraîchissait la chambre. Elle était sur le dos, et moi sur le flanc. J'embrassai son épaule et lui caressai les cheveux. Je n'arrivais pas à croire qu'elle était là.

– Comment va Chaturi ?

– Ma chemise de nuit te plaît ? Elle me l'a offerte. C'est elle qui l'a faite. C'est de la dentelle *beeralu*, un artisanat de ma région.

– Elle est magnifique.

Elle l'était véritablement. Je caressai les délicats motifs fleuris. Un jardin virginal.

– Elle a d'abord fait un dessin sur du papier millimétré, puis elle l'a fixé avec des épingles au *kotta boley*, un socle en bois arrondi garni d'un petit coussin. Ensuite, elle a passé chaque fil autour des épingles. Tu imagines le travail ?

– C'est impressionnant.

– Ses patrons étaient absents ce week-end. On avait donc la maison pour nous toutes seules. Je l'ai aidée à faire le ménage, et le reste du temps, on a bavardé dans le jardin, pendant qu'elle tissait. Elle voulait à tout prix terminer la chemise avant son départ. Elle disait qu'elle avait le pressentiment qu'elle ne me reverrait pas avant longtemps.

Nisha voyait Chaturi environ tous les deux mois, en général le dimanche, quand elle venait en visite à Nicosie avec ses employeurs. Ils avaient de la famille ici et ils la déposaient chez Petra au passage, puis la récupéraient le soir, avant de rentrer à Limassol. C'était toujours une fête, pour Nisha. Les deux femmes faisaient de l'*aluwa*, une friandise aux noix de cajou, ou mon dessert préféré, l'*aasmi*, à base de noix de coco et de jus de feuilles de cannelle. Chaturi repartait avec un ou deux Tupperware remplis de douceurs. Nisha en mettait plusieurs parts de côté pour moi, dans du papier aluminium. Le soir, elle me rapportait leurs conversations, les plaisanteries de sa cousine, les nouvelles du pays.

– J'espère qu'elle se trompe, qu'on se reverra bientôt.

Ses doigts caressèrent les fleurs sur la chemise de nuit.

– Je suis sûr que ce ne sera pas si long, dis-je pour la rassurer.

Elle se tut quelques instants.

– J'avais pris rendez-vous à la clinique de Limassol pour avorter. Mais je n'ai pas pu m'y résoudre. Ce bébé va grandir en moi et je vais me retrouver sans toit ni travail, dit-elle, les yeux arrondis par l'angoisse. Tu sais ce qui arrive aux femmes comme moi quand elles enfreignent les règles ?

Les mots se bousculaient sur ses lèvres et j'avais du mal à la suivre.

– Mon amie Mary, des Philippines, eh bien, son employeuse l'a vue se glisser dehors en pleine nuit pour aller rejoindre un garçon. Elle a été renvoyée sur-le-champ. Après ça, personne n'a voulu l'embaucher, car sa patronne était connue et respectée dans le quartier. Elle s'est retrouvée dans un foyer avec quinze femmes, à l'autre bout de l'île. Elles vivaient dans des conditions tellement abominables qu'elle a fini par vendre son corps pour pouvoir loger avec trois femmes, dans la villa d'un vieux bonhomme, sur la côte.

Je tendis la main vers elle mais elle me repoussa, son regard planté dans le mien.

– Et la petite Diwata, qui habite pas très loin d'ici, ses anciens employeurs la frappaient. Elle avait les bras et les jambes couverts de bleus, et mangeait si peu qu'elle dépérissait. On lui aurait donné douze ans ! Mais je suppose qu'elle a eu de la chance, car elle a trouvé un nouveau travail. Son patron lui a fourni une voiture, il ne la bat pas, il lui offre des vêtements et lui prête sa carte de crédit pour acheter tout ce qu'elle veut. Pourquoi, à ton avis ?

Elle me regardait sans ciller. Je ne dis rien.

– Petra me renverra. Ça ne fait aucun doute. Qui sait où j'atterrirai ? Pour trouver un autre emploi, de toute façon, je devrai abandonner le bébé. Et si je n'y arrive pas ? Comme l'avortement ?

Les larmes ruisselaient sur ses joues et elle les essuya rapidement.

– J'ai franchi la porte. Je suis allée à la clinique.

Je ne pouvais rien dire. J'aurais voulu lui jurer que tout se passerait bien, que ce serait différent pour elle, que je serais toujours là pour l'aider. Mais que savais-je de son monde ? De sa dette ? Je n'avais pas le droit de lui faire des promesses creuses.

Au bout d'un moment, elle reprit la parole.

– Quoi qu'il arrive, tu dois me promettre que tu vas arrêter de tuer ces oiseaux. Ce n'est pas bien.

– Je te le promets. Ça, je peux le promettre.

Soudain, les oreilles du chat s'aplatirent et il cracha. J'entendis des pas derrière moi. Je me retournai. C'était Spyros et son chien. Spyros, le facteur. Un type baraqué, couvert de tatouages du cou aux chevilles. Son caniche était minuscule, toiletté, vêtu d'un bombers kaki pour chien. En été, il avait un petit parasol accroché à sa laisse. Le contraste entre eux faisait toujours hurler de rire Nisha lorsqu'elle les voyait passer sous le balcon, le dimanche. Elle se penchait discrètement, pour éviter les regards curieux des voisins, et sifflotait la musique d'*Indiana Jones*, et il lui répondait. Cela signifiait : *Je sais que tu es là et je garderai le secret*. Spyros le facteur était au courant de toutes les histoires du quartier, ou presque, mais il était une tombe. Nisha adorait ce petit jeu : elle se sentait plus acceptée, plus humaine, affirmait-elle. Elle m'avait dit une fois qu'*Indiana Jones et le temple maudit* avait été filmé à Kandy, dans les années 1980. Enfant, elle se plaisait à imaginer les aventures palpitantes qui se passaient à deux cents kilomètres à peine de chez elle.

Le chat tournait en feulant autour du caniche, qui grognait et tirait ostensiblement sur sa laisse. Le chien montra ses petites dents et le félin cracha encore. C'était un duel amusant et j'aurais ri si je n'avais pas été aussi préoccupé.

– Au pied, Agamemnon ! fit Spyros.

Le chien obéit – plus ou moins –, continuant de gronder sourdement.

– Qu'est-ce que tu fais là ? me demanda-t-il.

– Je réfléchis.

– Par terre ? Au milieu de la rue ?

– Oui.

Il s'assit à côté de moi.

– Ça ne va pas ?

– Nisha a disparu. Je ne sais pas où elle est.

– Depuis quand ?

– Presque une semaine. Depuis dimanche soir ou lundi matin.

Spyros fronça les sourcils.

– Je l'ai croisée dimanche, vers 22 h 30. J'ai sorti Agamemnon un peu plus tard que d'habitude, parce que ma mère était venue me voir. J'ai fait le trajet habituel. J'étais dans cette rue, justement. Elle m'a doublé d'un bon pas. Elle était pressée. Je lui ai demandé où elle allait, et elle m'a répondu qu'elle avait rendez-vous avec Seraphim au Maria.

– Avec Seraphim ? répétai-je, un frisson glacé me parcourant l'échine. Pourquoi ?

– Ça, elle ne me l'a pas dit. C'est tout ce que je sais. Mais je l'ai vue, et je suis sûr que c'était dimanche.

Le chat me suivit jusqu'à chez moi comme une ombre minuscule, puis se fondit dans l'obscurité du jardin. J'eus la surprise de trouver le petit oiseau sur le tapis dans l'entrée, près de la porte. Il était capable de se déplacer en sautillant, à présent. Je lui donnai de l'eau fraîche et du pain, puis je m'assis sur le balcon. J'ouvris une bière que je vidai rapidement. Pourquoi Nisha était-elle allée voir Seraphim ? Pourquoi ne m'en avait-il rien dit ? Et que faisait-elle dans un endroit pareil ? Je connaissais ce bar. C'était là que Seraphim m'avait donné rendez-vous quand il m'avait recruté.

J'eus du mal à trouver le sommeil et je fus réveillé à 5 heures par mon iPad. Je me levai et je vis le nom de Kumari sur l'écran. La sonnerie ne s'interrompit que pour reprendre presque aussitôt. Encore une fois, j'étais paralysé. Mais les lettres clignotantes me suppliaient de répondre, elles tambourinaient désespérément dans l'obscurité.

J'effleurai l'écran.

Kumari écarquilla les yeux, surprise de me voir.

– Où est *amma* ? demanda-t-elle, se dévissant le cou pour chercher sa mère derrière moi.

Elle portait un uniforme scolaire et un sac à dos à brides violettes sur les épaules.

– Je m'appelle Yiannis. Tu te souviens de moi ?

– Bien sûr que je me souviens de vous, monsieur Yiannis. Nous avons discuté plusieurs fois. Vous êtes l'ami d'*amma*.

– Oui. Ta grand-mère est là ? Je peux lui parler ?

– Elle est sortie faire une course.

– Ta maman travaille. Elle a laissé la tablette chez moi. Elle m'a demandé de te dire qu'elle t'aimait, que tu devais être sage à l'école et qu'elle t'appellerait bientôt.

Elle hocha la tête.

– D'accord, monsieur Yiannis. Merci. Soyez sage au travail, vous aussi.

Elle sourit. Elle avait l'impertinence espiègle de sa mère. Mon cœur se serra.

Puis elle disparut et l'écran redevint noir.

13

Petra

Le samedi matin, je décidai d'aller à la résidence sécurisée qui se trouvait au bout de la rue. Je dis à Aliki que Mme Hadjikyriacou la surveillerait et qu'elle pouvait jouer dans le jardin. Cela n'avait pas l'air de la déranger outre mesure. Elle prit l'un de ses livres préférés et se dirigea vers la barque. Elle grimpa dedans et se plongea aussitôt dans sa lecture. Je lui apportai des quartiers d'orange sur une assiette, l'embrassai sur le front et remerciai Mme Hadjikyriacou, lui assurant que je ne serais pas longue. Je lui avais expliqué où j'allais et elle était ravie de pouvoir m'aider.

Je m'arrêtai d'abord chez Yiakoumi. J'avais pris le journal intime de Nisha et je le serrais contre ma poitrine. Il n'y avait aucun client à cette heure matinale, mais, ainsi que je m'y attendais, Nilmini était déjà là, occupée à faire le ménage. Accroupie, elle époussetait les vitrines sous le comptoir. Yiakoumi n'était nulle part en vue.

– Bonjour.

– Bonjour, madame.

Elle interrompit sa tâche et se releva. Ses yeux s'attardèrent sur le cahier que je tenais à la main.

– Nilmini, tu peux me rendre un service, s'il te plaît ? Ou plutôt, rendre un service à Nisha.

– Bien sûr, madame.

– C'est son journal intime, dis-je en le posant sur le comptoir. Tu pourrais me dire s'il y a là quelque chose qui pourrait m'aider à la retrouver ?

Elle le feuilleta, parcourant quelques pages.

– Je m'en occupe. Je vais le lire et je vous dirai.

J'étais pressée. Je la remerciai et je repris ma route. Debout derrière la vitrine, elle me suivit du regard et m'adressa un signe alors que je m'éloignais dans la rue.

Je longeai l'église, respirant les effluves de lavande qui venaient du jardin. Le soleil était encore bas dans le ciel. L'après-midi s'annonçait frais et lumineux, une belle journée d'automne. Une domestique nettoyait l'allée devant l'édifice, balayant feuilles mortes et cafards. Elle leva les yeux à mon passage et me salua d'un hochement de tête.

J'arrivai à la hauteur de l'atelier de sculpture, qui se trouvait dans une rangée de maisons mitoyennes. Il n'avait ni façade, ni porte, ni fenêtre, juste une entrée béante toujours ouverte. Il n'y avait même pas de volet roulant qu'on aurait pu baisser le soir pour protéger les lieux. Le vaste espace caverneux était parsemé de planches cassées, de clous rouillés, de boîtes à outils et de branches noueuses, dispersées ici et là comme des membres sectionnés. De temps en temps, j'apercevais le sculpteur, un homme du nom de Muyia, mais le plus souvent, l'endroit ressemblait à un garage désaffecté. Une fois n'est pas coutume, ce matin, il était présent. Il travaillait un bloc de bois, une pièce qui lui tenait à cœur, manifestement : il avait le front plissé et les lèvres serrées par la concentration.

Le bruit de mes pas l'arracha à sa tâche. Il leva la tête et me fit signe.

– Petra ! Ton excursion en montagne s'est bien passée ?

– En montagne ? dis-je, m'approchant.

– Oui, Nisha m'a dit que vous partiez vous promener toutes les trois. Entre, entre ! Il faut que je te montre quelque chose.

J'enjambai les morceaux de fils de fer tordus et les chutes de bois. L'espace était profond, et il aurait été sombre sans la lumière éclatante des deux lampes au-dessus de son établi. C'était la première fois que je pénétrais dans son antre, et je découvris que ce n'était pas le chaos que j'imaginais. Il y avait une gigantesque étagère où se trouvaient de magnifiques pièces de bois sculptées. Des visages, surtout, mais également des animaux : un serpent, un éléphant, trois libellules suspendues au bout de fils invisibles, ainsi que des fleurs délicatement ouvragées, divers oiseaux et poissons, et même un globe terrestre. Toutes réalisées avec amour, et une attention extrême aux détails. Elles n'étaient pas peintes. Elles avaient donc gardé leur chaude couleur miel et le grain du bois était apparent. J'avais l'impression d'avoir pénétré dans une forêt magique.

– Mes sculptures te plaisent ?

– Elles sont extraordinaires.

Il sourit.

– Regarde celle-ci.

C'était une madone à l'enfant, énorme, presque grandeur nature. Une beauté paisible émanait de la femme. L'arrondi des pommettes, l'arc des yeux et du nez, le visage en forme de cœur : tout chez elle respirait la sérénité. Une mèche de cheveux tombait devant un œil et une petite chouette était perchée sur son épaule. Mais ce qui était saisissant, c'était qu'elle semblait presque vivante, pas uniquement à cause de la finesse des détails, mais parce qu'on avait percevait son essence, son énergie, sa force et sa compétence. On sentait tout cela dans le regard doux et sûr qu'elle posait sur le bébé dans ses bras, la pression ferme et tendre des doigts sur sa cuisse.

– Elle porte son enfant, dit-il en insistant sur le mot *son*.

Il examinait sa création comme s'il avait oublié que j'étais là. Plissant les yeux, il passa le pouce sur l'aile de l'oiseau.

– Hum. Il faut que j'arrange ça. L'angle est trop marqué. Ça n'exprime pas la véritable nature de la chouette.

– Je serais bien en peine de dire quelle est la nature de la chouette.

Il me dévisagea, puis il fronça les sourcils et hocha la tête pour lui-même, comme s'il avait compris ou s'était rappelé quelque chose.

– C'est marrant, dit-il. On n'avait jamais vraiment discuté tous les deux. Depuis le temps qu'on est voisins, et c'est la première fois qu'on échange plus de quelques mots.

J'étudiai encore la statue et notai quelque chose qui ne m'avait pas frappée tout de suite : une immense tristesse. Dans le regard de la femme, mais aussi dans sa posture, sa caresse silencieuse, son immobilité, et même dans le grain du bois. Plus étrange : elle ressemblait à Nisha.

– Tu veux un café ? Je peux aller chercher un autre tabouret si tu veux t'asseoir.

– Non. Désolée, je n'ai pas le temps.

J'éprouvai le soudain besoin de fuir cet endroit. Les questions se bousculaient dans ma tête, mais je n'étais pas prête à entendre les réponses. Avait-elle posé pour cette statue ? Était-elle sa muse ? Combien d'hommes connaissait-elle dans le voisinage ? Je commençais à redouter ce que j'allais découvrir sur cette étrangère qui avait vécu sous mon toit, élevé ma fille, orchestré nos vies, fait de notre maison un foyer après la mort de Stephanos. Qui était cette femme que jusque-là je voyais comme une simple émanation de ma personne ? Une ombre belle et silencieuse qui s'affairait, chaussée de vieilles sandales, une étincelle dans les yeux.

J'avais soudain l'impression que c'était moi, son ombre.

Je pris congé de Muyia. Balbutiant des excuses, je promis que je passerais boire un café une autre fois. J'étais curieuse de discuter avec lui, mais j'avais besoin de réfléchir à ce que je voulais lui demander. De toute façon, j'étais réellement pressée. Je devais libérer Mme Hadjikyriacou.

Je me hâtai dans la rue jusqu'à la grande demeure sécurisée, un bâtiment néoclassique monumental, à la façade ornée de balcons. J'appuyai sur la sonnette et regardai la caméra.

– Entrez, madame, grésilla l'interphone. Un déclic bruyant retentit et le portail s'ouvrit en grinçant.

J'étais venue chez les Kosta une seule fois, à l'occasion d'une réception de Nouvel An. Tous les voisins avaient été invités – du moins ceux qu'ils devaient estimer dignes d'eux –, et je faisais partie des élus. Je suppose que c'était uniquement parce que mon travail me mettait en relation avec des personnalités riches et célèbres. Ils pensaient peut-être que j'aurais des anecdotes intéressantes à raconter. Ils s'étaient installés dans cette vaste demeure à leur retraite, après avoir vécu à Londres, où M. Kosta possédait une compagnie d'assurances.

L'allée traversait un verger soigneusement entretenu. D'un côté, des figuiers de Barbarie, des cactus, des pommiers et des poiriers, de l'autre, des citronniers, des cerisiers, des abricotiers, des vignes et des plants de tomates. En cette saison, les arbres perdaient leurs feuilles, mais, au printemps, des bourgeons pointeraient sur les branches, et, quelques semaines plus tard, le jardin embaumerait de mille parfums.

Comme j'approchais de la maison, j'hésitai, surprise de ne voir personne pour m'accueillir sur le perron.

– Par ici, madame ! entendis-je.

Suivant la voix, je contournai le bâtiment et débouchai sur une vaste pelouse. Dans une grande cage métallique se trouvaient deux chiens de chasse couleur sable. Ils étaient fins et musclés. En dépit de leur apparence impressionnante, leurs yeux étaient doux et dociles. Une femme était courbée en deux, occupée à nettoyer l'arrière-train de l'un des animaux.

– Madame, dit-elle en se relevant, ses mains gantées derrière son dos. Binsa… c'est elle qui vous a ouvert, dit-elle en indiquant la porte qui donnait sur une terrasse couverte. Elle est à l'intérieur. Entrez, je vous en prie. Il faut que je lave le chien. Il a des problèmes de digestion, aujourd'hui.

Pendant tout ce temps, l'animal était resté avec le postérieur en l'air, les pattes avant tendues, attendant patiemment qu'elle reprenne sa tâche.

Je la remerciai et gravis les deux marches qui menaient à la terrasse. Par la baie vitrée ouverte s'échappaient des fumets appétissants.

– Par ici !

Binsa faisait de la friture dans la cuisine.

– Je suis désolée, je n'ai pas pu venir à la porte. Je fais des *keftedes* pour Monsieur et Madame. Je ne pouvais pas les laisser dans l'huile. Ce n'est pas bon. Comment va Nisha ? Ça fait un petit moment qu'elle n'est pas venue au portail pour dire bonjour. Elle nous manque. Je l'ai appelée, mais rien. Vous savez que nous n'avons pas le droit de sortir. C'est pour ça que je ne suis pas allée la voir. J'espère qu'elle va bien…

Elle leva brièvement les yeux vers moi, avant de se concentrer de nouveau sur le bain de friture.

– Où sont Monsieur et Madame ?

– Ils sont allés faire des courses. Si vous revenez dans une heure, ils seront rentrés.

– En fait, Binsa, c'est à toi que je souhaitais parler.

Elle releva la tête un instant, fronçant les sourcils.

– Très bien, madame. Je termine mes boulettes, trois minutes. Et nous pourrons discuter avant que je lance les suivantes. Vous pouvez patienter quelques instants ?

– Bien sûr, Binsa, prends ton temps.

Sur le plan de travail, à côté d'elle, se trouvait un grand plat couvert de boulettes de viande farinées, qui attendaient d'être cuites. Nisha parlait souvent de Binsa et Soneeya. Elles venaient du Népal. La vingtaine, environ dix ans de moins que Nisha. Lorsqu'elles étaient arrivées ici, c'était la première fois qu'elles quittaient leur pays. Avant d'émigrer, Binsa était animatrice radio dans une station locale. Soneeya était nounou, je crois. Leur anglais n'était pas aussi bon que celui de Nisha, qui l'avait appris à l'école, au Sri Lanka. Mais Binsa et Soneeya étaient là depuis deux ans, maintenant, et elles avaient fait des progrès impressionnants. Apparemment, Mme Kosta leur donnait des cours le soir. Nisha m'avait raconté qu'elles n'avaient pas le droit de quitter la propriété, car leurs employeurs craignaient qu'elles se dévergondent.

Entretemps, Soneeya était rentrée. Elle ôta ses gants en caoutchouc bleus, les jeta à la poubelle et se lava consciencieusement les mains avec beaucoup de savon. Quelques instants plus tard, je me retrouvai dans le salon, une tasse de thé devant moi. Les deux femmes me dévisageaient avec curiosité.

– Je suis inquiète au sujet de Nisha.

À ces mots, Soneeya donna un petit coup sur la cuisse de Binsa et marmonna quelques mots en népalais. Puis elle sortit de la pièce et revint avec un bijou brillant. Elle me le tendit. C'était un bracelet d'argent, avec un charme contre le mauvais œil. Le souffle coupé, je le retournai dans ma main. Le prénom d'Aliki était gravé à l'intérieur. Nous l'avions offert à Nisha pour son anniversaire, quelques années plus tôt. Elle le portait tous les jours. Je constatai que le fermoir était cassé.

– Où l'avez-vous trouvé ? demandai-je, sentant ma respiration s'accélérer, la panique serrer ma poitrine.

– Ça fait plusieurs fois que je dis à Binsa de demander votre numéro à Madame. Nous avons essayé le téléphone de Nisha, mais elle ne répond pas. Je n'ai pas demandé à Madame, car Binsa est sa préférée. Je suis numéro deux. C'était à Binsa de le faire.

– Soneeya l'a trouvé par terre, intervint Binsa. Elle promenait les chiens du côté de Chez Maria. Il y a une vieille maison, là-bas. Elle est abandonnée. Soneeya laisse parfois les chiens faire leurs besoins dans le jardin, dit-elle en jetant à son amie un regard désapprobateur. Elle a vu quelque chose briller devant la porte. C'était le bracelet de Nisha. Et nous étions inquiètes.

– Très inquiètes.

– Comme Nisha ne répondait pas au téléphone, on a pensé qu'elle était peut-être allée chez sa cousine. Ou qu'elle était partie. Ce n'est pas nos affaires. C'est ce que j'ai dit à Soneeya.

Je posai la tasse sur la table.

– Je ne sais pas où elle se trouve, expliquai-je d'une voix hésitante. Elle a disparu. Elle a laissé son passeport et plusieurs objets auxquels elle tenait. Elle ne répond pas au téléphone. Son ami Yiannis n'a pas de nouvelles non plus, mais plusieurs voisins disent l'avoir vue sortir dimanche soir.

Les femmes se regardèrent et échangèrent encore quelques mots en népalais. Leur débit était rapide et passionné. La voix de Soneeya montait parfois dans les aigus, alors que Binsa semblait plus calme.

– Madame, demanda soudain cette dernière, est-ce que vous avez prévenu la police ?

Cela n'avait servi à rien, leur expliquai-je, sans répéter ce que mon interlocuteur avait dit au sujet des employées immigrées.

– Je suis venue vous voir parce que j'espérais que vous auriez une idée de l'endroit où elle avait pu aller.

Elles secouèrent toutes les deux la tête.

– Elle n'a jamais mentionné qu'elle voulait partir de chez moi ? Peut-être chercher un autre travail dans le Nord ?

– Jamais, s'écria Soneeya. Nisha n'y penserait même pas, madame. Ce n'est pas son genre.

J'acquiesçai. Je savais qu'elle avait raison.

– Et Yiannis, vous le connaissez ?

Elles échangèrent en népalais à voix basse, comme si elles se figuraient que je pouvais comprendre ce qu'elles disaient. Elles n'étaient manifestement pas d'accord. Enfin, Soneeya se décida.

– Madame, Binsa pense que nous ne devrions rien dire, mais je crois que vous vous souciez vraiment de Nisha. Je veux vous en parler, car Yiannis sait peut-être des choses que vous ignorez.

Je me redressai sur ma chaise, et Binsa dut le remarquer, car elle se rembrunit. Elle marmonna quelques mots, mais sa camarade la fit taire.

– Cet homme, Yiannis, il aime beaucoup Nisha. Il l'aime, madame. Je ne sais pas comment vous expliquer. Il l'aime d'ici à la lune, ajouta Soneeya, écartant les mains.

– Je vois. Et elle, elle l'aime ?

C'était une question logique, me semblait-il.

– Oui, madame. Si quelqu'un sait où elle est, c'est lui. Elle lui confie tous ses secrets. Tous.

Je hochai la tête, le ventre noué. Si j'en croyais l'inquiétude de Yiannis, la veille, il n'avait pas plus d'informations que nous.

– Madame, dit Binsa, interrompant le cours de mes pensées. Ne répétez pas ça à Nisha. Elle serait très fâchée. Elle aime son travail, elle ne veut pas le perdre. Elle a peur que vous soyez mécontente si elle est avec Yiannis.

– Promis. Je ne dirai rien.

Une sonnerie retentit dans la pièce.

– Ah !

Binsa se leva d'un bond et s'approcha de la grande fenêtre. Elle sortit une télécommande de la poche de son tablier et appuya plusieurs fois sur le bouton.

– Monsieur et Madame arrivent, dit Soneeya, débarrassant nos tasses.

J'entendis le grincement métallique du portail, le ronronnement feutré d'un moteur. Des portières claquèrent. Je fouillai rapidement dans mon sac et trouvai un vieux ticket de caisse sur lequel je griffonnai mon numéro de téléphone.

– Soneeya, dis-je, le lui donnant. S'il vous plaît, appelez-moi, si vous repensez à autre chose, quoi que ce soit.

Elle acquiesça et rangea le papier dans sa poche, avant d'emporter le plateau avec les tasses.

Binsa ouvrit la porte d'entrée. M. et Mme Kosta apparurent. Ils portaient le même uniforme : pull en cachemire soyeux, jean et chaussures de sport. Mme Kosta souleva ses lunettes Armani à montures dorées (je les reconnaissais, c'est moi qui les lui avais vendues).

– Petra, quelle charmante surprise ! Quel bon vent vous amène ? Soneeya, ajouta-t-elle sans me laisser le temps de répondre. Les courses sont dans la voiture. Va.

– Oui, madame. Tout de suite.

Elle se précipita dehors pour aider Binsa, qui posait déjà des sacs dans l'entrée.

M. Kosta, un homme à l'abondante tignasse brune, me salua et s'excusa : il avait un appel à passer. Binsa regagna la cuisine pour terminer la cuisson des boulettes qu'elle avait abandonnées pendant notre conversation, s'affairant pour rattraper le temps perdu. Mme Kosta posa ses clés dans une grande coupe au milieu de la table ronde en marbre, accrocha son sac au portemanteau sur pied à côté de la porte, puis se tourna vers moi.

– Petra, comment allez-vous ? Cela fait une éternité. Mes petites Népalaises se sont bien occupées de vous, j'espère ? Elles font des progrès. J'ai fait leur éducation, mais si vous saviez, quelles pipelettes, j'envisage de les séparer, d'en envoyer une ailleurs. Elles se distraient mutuellement, et, soyons réalistes, ai-je vraiment besoin de deux employées ?

Elle s'interrompit devant moi, baissant ses lunettes sur son nez. De près, on voyait qu'elle s'était fait retoucher le front et les lèvres.

– Ma foi, je n'en sais rien, dis-je. Tout dépend de ce qu'il y a à faire.

– Oh, je croule sous le travail ! Entre mes galas de charité et cette maison, elle est si grande…

Elle rit et soupira, comme si ses tâches étaient trop immenses pour les énumérer. Elle m'indiqua un fauteuil dans le salon d'une main ridée, aux longs ongles rouges en forme de cercueil.

– Je vous remercie, mais je dois y aller.

– Voyons, je viens d'arriver.

– En fait, je souhaitais parler à Binsa et Soneeya.

– Ah ? fit-elle d'un air suspicieux.

– Eh bien, c'est que Nisha, mon employée, ma... Sri Lankaise a... comment dire... Elle a disparu depuis plusieurs jours et je me demandais si Soneeya et Binsa avaient des nouvelles ou si elles avaient entendu quelque chose.

– Je vois, dit-elle en jetant un regard vers la cuisine où les deux jeunes femmes s'activaient. Cela m'étonnerait qu'elles sachent quelque chose. Elles n'ont ni amis ni relations ici, je veille au grain.

Soneeya réapparut avec un plateau sur lequel étaient posées une théière et deux tasses sur leur soucoupe.

– Vous êtes sûre que vous ne voulez pas de thé ? Je peux demander à Soneeya d'apporter une autre tasse, il y en a largement pour trois. Soneeya ! Qu'est-ce que je t'ai dit ? Nous prenons notre thé avec du lait, dans cette maison ! Va en chercher. Verses-en un peu dans le petit pot. Dieu du Ciel, je le lui ai pourtant répété je ne sais combien de fois. Ces filles ont la capacité de concentration d'un poisson rouge, soupira-t-elle. Petra, ma chère, vous avez l'air morte d'inquiétude. Arrêtez de vous faire du mauvais sang pour rien. Si Nisha est partie, elle est partie. Ce sont des choses qui arrivent, vous savez. Ces femmes se laissent porter par le courant, elles peuvent partir au bout du monde sur un coup de tête. Ah, j'aimerais pouvoir me permettre un tel luxe...

Une grimace froissa son visage, mais son front resta lisse comme le marbre.

– Bon...

– Alors, plus de distractions pour Soneeya et Binsa, d'accord ? m'interrompit-elle, chuchotant d'une voix distincte.

Là-dessus, elle se dirigea vers la porte, me signalant que notre conversation était terminée. Elle m'adressa un signe alors que je m'éloignais dans l'allée qui serpentait à travers le verger, en direction du portail qui s'ouvrit à mon approche.

– Revenez prendre le café ! Appelez-moi !

En fin d'après-midi, le coucher de soleil et le lac se confondent. Des traînées délavées roses et rouges strient le ciel lumineux. Le lièvre est méconnaissable. Sa peau s'est déchirée et il est dans un état de décomposition avancée. Les œufs ont éclos et des asticots grouillent dans son œil et dans la blessure qui s'élargit autour du cou. Les larves repues de sa chair ont grossi dans sa bouche. Les mêmes larves prolifèrent dans son ventre béant, voraces, digérant les tissus et se les appropriant. Le lièvre disparaît lentement. Mais ses pattes postérieures semblent solides et ses oreilles ont toujours l'air de voler au vent. Sa fourrure a encore la teinte chaude de la terre.

La structure métallique du chevalement paraît ocre à la lumière rose qui baigne le site. Les gens du coin pensent que, par temps clair et calme, on peut entendre les fantômes des hommes qui se sont tués à la tâche dans les galeries de la mine. Aujourd'hui, on ne sait plus rien d'eux, mais leur labeur était déjà largement ignoré de leur vivant – pas de leur famille, bien sûr, mais du reste du monde. Ils besognaient, inlassables fourmis, tandis que le cuivre qu'ils avaient arraché au sous-sol rutilait à la surface.

Si on écoute attentivement, dit-on, on les entend encore se héler sous terre.

14

Yiannis

Pourquoi Nisha était-elle allée retrouver Seraphim au bar ? Cette question me tourmentait depuis le vendredi soir. J'y avais pensé tout le samedi, alors que j'emballais les oiseaux et que je préparais la livraison, vérifiant chaque contenant, cochant les commandes, m'assurant qu'elles étaient correctement réparties. Je voulais l'appeler et l'interroger, mais il s'était absenté deux jours. Je décidai donc d'attendre. Nous devions aller chasser ensemble bientôt, et je préférais lui parler en face, voir l'expression sur son visage, pas uniquement entendre sa voix.

Le dimanche, je partis faire ma tournée. Je savais que j'en aurais pour toute la journée. La plupart des oiseaux étaient destinés à des habitués et je pouvais rouler sans réfléchir. Une partie de mon cerveau guidait la camionnette dans les ruelles, ralentissait aux intersections, et évitait les voitures, pendant que je revisitais le passé.

Je songeai au soir où Nisha était montée me voir en rentrant de chez Chaturi. C'était au mois d'août, et il faisait une chaleur accablante. Lorsqu'elle m'avait annoncé qu'elle n'avait pas pu se résoudre à avorter, le lendemain, j'étais allé lui acheter une bague. Je m'étais rendu dans une bijouterie de la rue Ledra et j'avais choisi un anneau d'or tout simple, avec un diamant rond. Je n'allais pas me contenter de la demander en mariage, j'allais lui proposer de quitter Chypre avec moi pour aller vivre au Sri Lanka. À mes yeux, c'était faire d'une pierre deux coups : Nisha et sa fille seraient enfin réunies, et moi, je pourrais arrêter le braconnage sans craintes des représailles. Je trouverais un travail sans trop de mal, au Sri Lanka. Je comptais sur ma connaissance du secteur de la finance et mon expérience des marchés étrangers. De plus, je parlais couramment l'anglais et le grec.

Si mon plan semblait mûrement réfléchi, dans le fond, il s'agissait d'une décision impulsive. C'était dans ma nature et c'était pour cette raison que j'avais si bien réussi à la banque. J'obéissais à mon cœur plus qu'à ma tête, c'est pourquoi je ne voyais pas les faiblesses de mon projet. Notamment, le fait que Nisha dépendrait de moi financièrement. Et aurions-nous de quoi rembourser sa dette à l'agence chypriote, ou prévoyais-je de l'inciter à s'enfuir sans payer ? Nisha était-elle prête à quitter Petra et Aliki ? En dépit de son désir d'être avec sa fille, serait-il facile pour elle de laisser la petite Chypriote qu'elle avait élevée ? Tout à mon rêve d'une vie libre avec la femme que j'aimais, j'évitais de m'appesantir sur ces questions.

Le week-end suivant, je me rendis au supermarché pour acheter les ingrédients de son curry de légumes préféré. J'avais du riz *kekulu* à la maison et quelques produits de base : de la noix de coco et du curcuma, des piments du jardin que Nisha avait fait pousser et sécher. Je pris de l'ananas, des patates douces, des aubergines. C'était un plat simple mais qui rappellerait à Nisha son pays.

Le dimanche, elle me regarda préparer le déjeuner, assise dans la cuisine. Aliki et Petra étaient retournées à la plage, et rentreraient tard. Nisha avait donc toute sa soirée en plus de la journée. Je ne voulais pas qu'elle lève le petit doigt. Elle travaillait constamment, n'avait pour ainsi dire jamais une minute à elle. Elle avait relevé ses pieds nus sur la chaise, les bras autour des jambes, le menton sur les genoux. Elle portait une robe d'été bleu ciel ayant appartenu à Petra. L'une des brides avait glissé, dénudant son épaule lisse brun doré. Le bleu crayeux contrastait avec sa peau, qui scintillait presque. Elle était belle. Nisha était toujours belle, quelle que soit la manière dont on la regardait.

Je coupais l'ananas lorsqu'elle déclara :

– Je te reconnaîtrais si tu étais un lion.

– Pardon ?

Elle avait parfois de drôles de réflexions, mais c'était étrange, même venant d'elle.

– Si tu te réincarnais en lion, je pense que je te reconnaîtrais et que je t'aimerais quand même.

– Et si j'étais un serpent ?

– Je saurais que c'est toi.

– Une méduse ?

– Pareil.

– Un cafard.

– Sans problème.

– Mais pour cela, il faudrait qu'on soit tous les deux des lions ou des cafards ?

– Oui.

– Et si tu étais une biche et moi un lion, tu m'aimerais encore ?

Elle réfléchit, tandis que je jetais les morceaux d'ananas dans le wok puis m'attaquais à l'aubergine.

– Je pense qu'on se retrouvera dans toutes nos prochaines vies.

J'ajoutai les épices aux légumes et mis le riz à cuire.

– Ça t'embête si je m'allonge un instant ? demanda-t-elle.

– Vas-y. Je t'appellerai quand ce sera prêt.

Elle se rendit dans la chambre et je l'entendis allumer le ventilateur. Je pensais à ce qu'elle avait dit. *Je te reconnaîtrais si tu étais un lion.* Soudain, la phrase revêtit un sens tout autre. Car, en réalité, dans cette vie, j'étais un prédateur. J'étais un prédateur lorsque je travaillais dans la finance, et j'en étais un pour les oiseaux chanteurs. Faisait-elle allusion à cet aspect de ma personnalité ? Je ne pouvais pas en être sûr. Mais un profond sentiment de culpabilité m'envahit. J'avais juré à Nisha d'arrêter, et je comptais tenir ma promesse. Mais était-ce assez ? Cela suffirait-il à changer ce que j'étais fondamentalement, un chasseur, un prédateur ? Ou le braconnage n'était-il qu'une partie du problème ?

J'avais le sentiment dérangeant qu'elle était amoureuse de l'homme que j'aurais dû être.

Je me servis un grand verre de vin et l'avalai d'un trait pour noyer toutes ces questions.

Lorsque le repas fut prêt, j'allai voir Nisha dans la chambre. Elle était étendue sur le lit, les yeux clos.

– Tu dors ? murmurai-je.

Elle secoua la tête. Je m'assis à côté d'elle.

– Dans une histoire, un homme et une femme mariés vont trouver Bouddha. Ils veulent savoir comment faire pour rester ensemble dans cette vie et dans toutes celles à venir. Bouddha répond : « Si le mari et la femme souhaitent tous deux se voir dans cette vie et dans les suivantes, ils doivent avoir le même comportement vertueux, la même générosité, la même sagesse. » Je sais que tu n'es pas mon mari, mais si nous désirons vraiment rester ensemble, nous devons essayer d'avoir le même…

Elle tressaillit.

– Qu'est-ce qu'il y a ?

– Ça fait mal.

– Où ?

Elle prit ma main et la posa sur son bas-ventre, près du bassin, exactement à l'endroit où elle avait placé ma paume deux semaines plus tôt. Je me penchai et l'embrassai sous le nombril. Lorsque je me redressai, je découvris que du sang imbibait les draps blancs.

Soit elle vit l'expression sur mon visage, soit elle sentit l'humidité sur sa peau, car elle sauta du lit et regarda sous elle. Je constatai alors que l'arrière de sa robe était trempé et que du sang coulait sur sa jambe.

Je m'efforçai de calmer le tremblement de mes mains et j'appelai le numéro d'urgence de mon médecin pour lui demander de passer. Entretemps, Nisha s'était traînée jusqu'à la salle de bains et elle était sur les toilettes, la porte ouverte. Son visage était empourpré et bouffi par la douleur. Sa culotte pendait autour de ses chevilles et il y avait des filets rouges sur ses cuisses. Elle marmonnait quelque chose que je ne comprenais pas.

Je m'assis par terre à côté d'elle et pris sa main ; elle serra la mienne comme si elle se trouvait au bord d'un précipice. Ses mots devinrent plus audibles. Elle répétait quelque chose en cinghalais, peut-être une prière.

J'étais incapable de faire un geste ou de prononcer une parole. Je pouvais seulement lui tenir la main pour l'empêcher de glisser dans l'abîme qui s'était ouvert sous nos pieds.

Le Dr Pantelis arriva sans bruit : je vis simplement les phares de sa voiture déformés par le verre dépoli de la fenêtre de la salle de bains. Je voulus la laisser pour aller l'accueillir, mais Nisha me retint.

– Tu peux te lever ? demandai-je.

Elle hocha la tête et elle se redressa lentement, avec effort. Elle s'accrocha à moi jusqu'à la porte. Le Dr Pantelis était déjà en haut de l'escalier. Il prit aussitôt le relais, efficace et professionnel. Nisha consentit enfin à me lâcher la main. Il me demanda d'aller chercher une chaise. J'obéis. Puis il me réclama un verre d'eau. Pendant ce temps, il avait ouvert son sac sur le sol, puis il avait examiné ses pupilles et mesuré sa tension, son taux d'oxygène et sa fréquence cardiaque. Il lui donna alors une petite bouteille d'oxygène et un masque à plaquer contre sa bouche.

Dès qu'elle commença à respirer dedans, je vis ses épaules se détendre. Elle me regarda par-dessus le masque et je compris ce qu'elle essayait de me dire.

J'aidai le médecin à la mettre au lit et je la bordai. Puis il demanda à aller dans la salle de bains.

Il jeta un coup d'œil dans la cuvette.

– Je crains qu'elle ait perdu le bébé.

C'était brutal, mais il y avait une telle douceur dans sa voix que je faillis éclater en sanglots. Je déglutis péniblement.

– Qu'est-ce que je peux faire ?

– Veillez à ce qu'elle ait toujours de l'oxygène. Ne quittez pas son chevet. Si elle se remet à saigner et que ça ne s'arrête pas, il faudra sans doute la conduire à l'hôpital. Mais, pour l'instant, elle peut rester ici.

Je demeurai auprès d'elle toute la nuit. Je la déshabillai et l'aidai à enfiler un de mes vieux tee-shirts à la place de sa robe souillée. Nous fîmes tout cela sans échanger un mot. Elle voulait que je lui tienne la main pour dormir.

– Comment ça va ? demandai-je, chaque fois qu'elle entrouvrait les yeux.

– Ça va.

De l'autre côté de la porte-fenêtre, j'entendais le murmure des passants dans la rue. L'aboiement d'un chien. Les roues d'une voiture, des bruits de pas, le tintement des assiettes chez Theo. Tout semblait se dérouler à des kilomètres. J'étais entre deux mondes. Derrière moi il y avait une route qui débouchait sur un cul-de-sac, un enfant qui ne serait jamais. Je le voyais, pourtant : une ombre floue qui avait les yeux brillants de Nisha. Je m'étais emballé, j'avais laissé galoper mon imagination. J'avais été trop sûr de moi. Cet enfant qui ne naîtrait pas était tellement réel pour moi. Il emplissait notre cocon, au même titre que le soleil et le pépiement des oiseaux qui pénétraient dans la chambre au petit matin.

Bien sûr, songeai-je. *Un chant d'oiseau brille comme un rayon de soleil.* Une idée étrange, qui se dissipa alors que je luttais contre le sommeil. Je me levai et m'approchai de la fenêtre pour rester éveillé.

Lorsque Nisha rouvrit les yeux, vers 5 heures, j'étais assis sur le lit à côté d'elle.

– Bonjour, me dit-elle avec une tristesse qui me brisa le cœur.

– Bonjour. Tu as pu dormir ?

– Un peu, oui.

– Comment tu te sens ?

– Je n'ai plus mal. Mais je suis fatiguée.

Je l'embrassai sur la joue et j'allai lui chercher un verre d'eau que j'approchai de ses lèvres. Elle but quelques gorgées.

– Je suis vide.

Un simple constat. L'air dans l'appartement était lourd et moite. Je sentais mes vêtements humides de transpiration.

Nisha avait quelques affaires chez moi : des dessous, une robe de plage rouge à fleurs jaunes qu'elle portait souvent dans le jardin. Je l'aidai à s'habiller. Elle semblait à demi endormie, ses bras et son corps malléables comme de l'argile. Elle se laissait manipuler sans offrir de résistance. Jamais je ne l'avais vue aussi vulnérable. Elle que j'avais toujours connue forte, intrépide et pleine de bon sens s'en remettait soudain entièrement à moi.

Elle prononça seulement quelques mots. Elle dirait à Petra qu'elle avait une grippe intestinale. Avec un peu de repos, elle serait bientôt sur pied. À chaque parole, chaque petite décision, je sentais qu'elle reprenait des forces, le dos plus droit, le visage retrouvant des couleurs.

Je descendis dans le jardin et l'escortai jusqu'à sa chambre. La robe rouge me rappelait sa robe bleue imbibée de sang. Je l'aidai à se coucher pour qu'elle récupère avant le réveil de Petra et d'Aliki.

– Tu peux rester un peu avec moi ? me demanda-t-elle doucement, avec toujours cette tristesse infinie dans sa voix.

– Bien sûr.

Je m'assis sur le lit et lui caressai les cheveux.

– Tu sais, dit-elle après un long silence, chacun de nous naît avec un certain nombre de respirations en lui. Quand on arrive au bout, c'est fini. Peu importe l'endroit où on se trouve et ce qu'on fait, l'énergie quitte notre corps. Ce bébé n'avait tout simplement pas assez de respirations pour venir au monde.

Je l'écoutai sans rien dire. Il régnait une forme d'inertie dans la chambre. Le ventilateur était éteint et il faisait une chaleur étouffante.

– Quand on meurt, l'énergie est transférée dans un nouveau corps, reprit-elle. Imagine deux bougies. La flamme passe de l'une à l'autre.

Je me rendais compte qu'elle parlait de notre enfant, de notre enfant qui ne verrait jamais le jour, qui ne deviendrait jamais notre fille ou notre fils. Mais je ne répondis pas. Je ne savais pas quoi dire. Alors, je l'écoutais et je continuais de lui caresser les cheveux. Elle ne tarda pas à s'endormir.

J'examinai la pièce. Sur la table de chevet se trouvaient une statuette religieuse et ses lunettes de lecture. Sur la vieille coiffeuse en bois, son maquillage et ses bijoux. Dans un coin, une planche à repasser, à côté d'une panière dans laquelle étaient pliés des serviettes et des draps propres. Derrière, un plumeau et deux tabliers multicolores étaient accrochés au mur.

Bien sûr, je l'avais déjà vue s'occuper du jardin, mais jamais je n'avais vraiment imaginé sa vie derrière la porte de sa chambre, son quotidien de domestique dans cette maison.

Je déposai un baiser léger sur son front sans la réveiller et je remontai chez moi. Dans la salle de bains, la cuvette des toilettes était encore pleine de sang, de caillots et de tissu gris. J'eus un haut-le-cœur. Je n'avais pas le choix. Je tirai la chasse d'eau.

Le dîner que nous n'avions pas mangé était toujours dans la cuisine, les verres vides sur le plan de travail. La bague était dans ma poche. Je la sortis et regardai le diamant scintiller à la lumière. Puis je la rangeai dans un tiroir. Je savais que je ne pouvais pas la demander en mariage maintenant. Il faudrait attendre qu'elle aille mieux, attendre le bon moment.

Le soleil se couchait lorsque j'achevai ma dernière livraison. J'étais prêt à rentrer, à retrouver la chambre d'amis désormais vide. Mais pas pour longtemps. Je retournerais à la chasse avec Seraphim dans moins d'une semaine. Et j'avais beaucoup de questions à lui poser.

15

Petra

Le lundi matin, à la boutique, je montrai le bracelet à Keti. Elle le tourna en tous sens et fronça les sourcils à la vue du fermoir cassé.

– A priori, elle ne l'a pas enlevé volontairement.

– Non.

– Vous allez le porter à la police ?

– À quoi bon ?

Elle hocha la tête.

– On devrait mettre des affiches. Quelqu'un l'a peut-être vue… Je peux en créer une sur l'ordinateur, si vous voulez.

– Bonne idée.

– Vous avez des photos de Nisha sur votre téléphone ?

Je finis par en dénicher une. Prise avec Aliki, le jour de l'anniversaire de ma fille, l'année précédente. Elles se tenaient sous un arbre dans le jardin, le bras de Nisha sur les épaules d'Aliki. Elles souriaient.

Keti s'installa dans le bureau à l'arrière pour taper un avis de recherche :

CETTE FEMME A DISPARU
SI VOUS L'AVEZ VUE
MERCI D'APPELER LE 9-------
RÉCOMPENSE GÉNÉREUSE

Elle recadra la photo pour couper Aliki et zooma sur le visage de Nisha. Elle avait un regard saisissant. Si quelqu'un l'avait croisée, il la reconnaîtrait immédiatement. On n'oubliait pas facilement les yeux de Nisha.

Keti imprima de nombreuses copies et je lui en laissai la moitié. Même si Keti habitait à côté de l'université, nous pensions que ce n'était pas idiot d'en mettre au-delà de mon quartier.

Avant de fermer, je la remerciai du fond du cœur.

– C'est la moindre des choses. Nisha est une amie.

Bientôt, le visage de Nisha tapissa les rues du voisinage.

Le magasin ne souffrait pas de son absence, en grande partie grâce à Keti qui venait plus tôt pour épousseter et balayer. Je ne pouvais pas me résoudre à embaucher une femme de ménage. Pas encore. Ç'aurait été admettre que Nisha ne reviendrait pas.

En revanche, à la maison c'était une autre histoire. Je devais préparer le petit-déjeuner d'Aliki et l'emmener à l'école, et je m'en remettais à Keti pour faire l'ouverture sans moi. En début d'après-midi, je devais m'absenter pour aller la chercher et c'était Mme Hadjikyriacou qui la gardait pendant que je retournais au travail. Le soir, je rentrais souvent plus tard que prévu, le temps de finir tout ce que j'avais à faire au magasin, m'efforçant de caser autant de rendez-vous que possible. J'étais épuisée. J'avais l'impression d'être dépassée sur tous les fronts.

Aliki était à cran. À la maison, elle tournait en rond, mettait une paire de Converse puis une autre. Elle associait deux couleurs différentes puis regrettait son choix. Elle en chaussait une rose et une à carreaux. Puis une verte et une rayée. Le chat Ouistiti la suivait partout, reniflait ses pieds, frottait son museau contre ses mains quand elle nouait ses lacets. Elle évitait le jardin et je ne pouvais pas le lui reprocher : il était envahi d'escargots. Sur la barque notamment, il devait y en avoir au moins trente, de tailles diverses, la coquille brillante, l'œil vif au bout de leurs cornes, rampant sur la proue et la poupe, escaladant nonchalamment la coque. Après la pluie, Nisha les retirait un par un, délicatement pour ne pas leur faire mal. En son absence, la nature reprenait ses droits.

Le mardi soir, je dus rester tard au magasin. Je rentrai à 21 heures passées. Mme Hadjikyriacou dormait dans le fauteuil devant la cheminée. Elle avait la photo de Stephanos en uniforme sur les genoux, les mains posées dessus. Lorsqu'elle m'entendit, elle ouvrit les yeux. Le feu était mourant.

– Ah, Petra, vous voilà.

Elle se souvint soudain qu'elle tenait le cadre. Elle passa ses doigts blancs sur le verre.

– Il était beau, n'est-ce pas ?

Je hochai la tête.

– Et il avait un cœur d'or. Il m'apportait toujours des grillades quand il faisait un barbecue. Vous vous rappelez la fois où il était venu me chercher à l'aéroport ? C'était un dimanche, son unique jour de congé, mais ça ne l'a pas arrêté.

– Je m'en souviens.

– Pardon, mon petit. Je ne voulais pas vous attrister. Vous n'avez certainement pas envie de ressasser tout ça maintenant. Je me sens toujours plus seule la nuit, pas vous ?

J'acquiesçai encore.

– Vous avez de la chance d'avoir Aliki. Cette enfant est très intelligente. Et elle a de bonnes histoires. Elle m'en a raconté une tirée d'un livre qui s'appelle *Le Mahadenamutta et ses élèves*. Fascinante et très drôle.

Elle me tendit le cadre et se leva lentement.

Je la remerciai avec effusion d'avoir gardé Aliki et d'être restée si tard.

– Je vous en prie, mon petit.

Elle rentra chez elle, où Ruba devait l'attendre.

Je trouvai Aliki assoupie sur le lit de Nisha, avec le chat noir. Elle serrait le bouddha qui était normalement sur la table de chevet. Je posai un plaid sur elle et l'embrassai sur la joue. Elle ne remua pas. Le chat, irrité d'avoir été dérangé, me décocha un regard mauvais et se rendormit aussitôt.

J'inspectai la chambre de Nisha. Elle était austère et ne contenait que le strict nécessaire. Elle avait accroché aux murs quelques images, mais la pièce avait quelque chose de provisoire, alors qu'elle y vivait depuis près de dix ans. Mes yeux s'arrêtèrent sur la commode et je me rendis compte que je ne l'avais pas fouillée. J'avais simplement regardé dans le bureau, là où a priori elle devait conserver les papiers et les objets importants.

Je fis coulisser les tiroirs avec précaution pour ne pas réveiller Aliki qui dormait toujours paisiblement. Dans l'un d'eux, elle rangeait ses sous-vêtements – des culottes en coton, blanches et crème – toutes bien pliées. C'était étrange de contempler les dessous d'une autre femme, de fouiller dans ses affaires les plus intimes.

Dans le troisième tiroir, sous une pile de tee-shirts, je trouvai un album de photos. La couverture était en cuir souple, bleue, de la couleur de la mer. Il s'ouvrait sur son mariage. Elle était fraîche et innocente. Une Nisha différente de celle que je connaissais. Une jeune femme qui rêvait d'un autre avenir. Son mari était jeune lui aussi, le visage lisse, le corps mince. Il rayonnait. J'imaginai un homme qui racontait des blagues dans les soirées. Elle portait une robe blanche brodée de fleurs rouges et elle avait un bouquet de roses rouges à la main. Il y avait des dates en dessous, que j'avais du mal à déchiffrer dans la pénombre.

C'était une fenêtre sur sa vie au Sri Lanka. Une histoire en images. Son mari se tenait seul au bord d'une rue tapissée de fleurs rouges dans laquelle passait un bus rouge qui affichait sur le pare-brise en lettres lumineuses 22 KANDY, entre des arbres ornés de fleurs rouges. Plus loin, une cascade dévalait une falaise, à l'arrière-plan d'un marché animé. Parmi la foule, Nisha et une autre femme agitaient la main en direction de l'objectif. J'avais l'impression de pouvoir entendre les bruits autour d'elles.

Vers la fin, son mari disparaissait brutalement des photos. Elles avaient dû être prises après sa mort.

Les dernières pages étaient consacrées à Kumari, âgée de quelques jours à deux ans. Jusqu'au moment où Nisha avait quitté le Sri Lanka pour venir travailler chez nous. Sur la photo qui refermait l'album, Nisha tenait ma propre fille dans ses bras. Elle avait deux ans elle aussi, mais elle était plus potelée que Kumari. Curieusement, les fillettes avaient toutes deux d'épais cheveux bruns. Nisha les portait de la même manière.

Je songeai à la sculpture chez Muyia. La mère et l'enfant. C'était Nisha, j'en étais sûre. Et Kumari. Je m'allongeai à côté de ma fille et du chat qui ronronnait, et je m'endormis.

Le lendemain matin, j'allai voir Nilmini pendant qu'Aliki prenait son petit-déjeuner.

– Je sais que vous avez promis que vous liriez le journal intime de Nisha, lui dis-je tandis qu'elle balayait. Mais j'ai aussi trouvé cet album hier soir. Je voulais vous le donner. Ça vous aidera peut-être à identifier les gens qu'elle mentionne.

La jeune femme posa le balai contre le mur. Elle me prit l'album des mains et le tint contre sa poitrine, comme elle avait fait avec le cahier.

– Et j'ai pensé que vous aimeriez peut-être voir ces photos.

– Merci, madame. J'ai commencé à lire le journal. Je peux déjà vous dire qu'il contient seulement douze lettres, écrites à sa fille Kumari au cours de sa première année ici, à Nicosie.

– Rien de plus récent ?

– Non, madame. Elles sont datées.

– Ah.

Je devais avoir l'air déçue et découragée, car elle ajouta :

– Mais même si on ne trouve rien de révélateur, il y aura peut-être des détails qui nous permettront de mieux comprendre Nisha.

– C'est vrai, admis-je en souriant.

Elle serra soudain mes doigts. Ses mains étaient plus douces et chaudes que je ne l'aurais cru. Je vis qu'elle avait les larmes aux yeux.

– C'est très beau, son journal. Nisha devrait écrire. Dans les lettres, elle parle de sa vie au pays et de sa vie ici. J'ai l'impression d'entendre sa voix. Elle me manque beaucoup.

– Je n'en doute pas, Nilmini. Elle me manque à moi aussi.

– Je suis désolée, madame.

– Pourquoi ?

– Parce que je n'ai pas trouvé ce que vous cherchiez.

Ce soir-là, j'invitai Mme Hadjikyriacou à dîner avec nous. Elle commença par refuser, sous prétexte que Nuba ne saurait pas quoi faire sans elle, mais Aliki insista et elle finit par céder. J'avais fait du dahl, mais mon curry était loin d'être aussi bon que celui de Nisha. Il n'était pas assez parfumé et j'avais mis trois fois trop de lait de coco, si bien qu'il était pâteux. Aliki mangea malgré tout de bon appétit. Après le repas, nous nous assîmes autour du feu pour boire du thé.

Les yeux gris voilés de la vieille dame me dévisageaient avec assurance et bienveillance. Puis elle tourna son attention vers Aliki.

– Viens ici, ma chérie. Je peux te raconter une histoire. Qu'est-ce qui te plairait ? Mais d'abord, dis-moi pourquoi tu portes des chaussures dépareillées ?

– J'aime quand c'est différent, dit-elle en riant. Et je veux bien que vous me racontiez une histoire.

C'était agréable d'entendre ma fille et je savourais ce moment. Depuis le départ de Nisha, elle n'avait plus personne à qui parler à la maison. Hormis les chats. Sa voix était un privilège que j'avais perdu, nous le savions toutes les deux.

– Très bien. Assieds-toi à côté de moi. Je vais te parler de Foinikas, « le palmier », c'est le nom du village où je suis née. J'y ai grandi, je m'y suis mariée et j'y ai eu cinq enfants. C'est un endroit très ancien. Il était déjà habité à l'époque des croisés. Tu sais qui étaient les croisés ?

– Oui, on l'a appris à l'école. C'est quand vous êtes née ?

– Non, sourit Mme Hadjikyriacou. Tu crois que j'ai quel âge, petite peste ? Huit cents ans ?

Aliki rit aux éclats, puis elle se tut devant les sourcils froncés de la vieille dame.

– Bon, allons-y. Tu es prête ?

Aliki se redressa sur le canapé et hocha la tête.

– Autrefois, la résidence du commandeur des Templiers était bâtie sur le point culminant du village. Dans les temps modernes, il a été abandonné en 1974, après la guerre qui a partagé l'île en deux. Aujourd'hui, il est souvent inondé par l'eau du barrage, mais, avant, crois-moi, c'était un endroit d'une grande beauté.

J'éprouvai un pincement de jalousie en voyant ma fille fascinée par le récit de notre voisine. Je n'avais jamais réussi à la captiver ainsi, mais que lui avais-je offert ? C'était Nisha qui lui racontait des histoires, Nisha qui jouait avec elle, stimulait son imagination, lui apprenait à regarder le monde. Je songeai au jour où nous étions allées à la montagne. Dans le car, Nisha et Aliki étaient assises ensemble, alors que je me trouvais de l'autre côté de la travée, près d'un vieux monsieur qui avait un pot de jasmin sur les genoux. Il avait dû le faire pousser à l'intérieur, sur le rebord d'une fenêtre, car il embaumait comme en plein été. C'était très étrange de sentir ce parfum par une fraîche journée d'octobre. L'homme ronflait et sa tête dodelinait doucement au rythme des cahots. Nisha et Aliki jouaient aux devinettes.

– Je vois, je vois quelque chose qui commence par N ! avait lancé Aliki.

– Hum, c'est dur, avait répondu Nisha.

Elle faisait semblant de chercher partout autour d'elle dans le bus. Puis elle s'était penchée par-dessus Aliki et avait ostensiblement regardé par la fenêtre. Ma fille avait ri.

– Je ne sais pas… La nature ?

– Non.

– Des noisettes !

– Où tu vois des noisettes ?

– Il y a des noisetiers sur la colline.

– S’il y en a, je ne les vois pas.
– Aliki, c’est trop difficile.
– Allez, essaie encore !
– Du nylon ? Et avant que tu poses la question : la femme qui lit un roman, dans l’autre rangée, porte des bas en nylon.
– Bien vu, mais non.
– Nacre ?
– Non.
– Nonne ?
Je me souvenais qu’Aliki avait regardé autour d’elle puis elle avait éclaté de rire.
– Nisha, où tu vois une nonne ?
– On est passés devant une église et il y avait une nonne dans le jardin.
– Rien ne t’échappe.
– Tu devrais être plus observatrice.
– Alors, tu donnes ta langue au chat ?
– Laisse-moi essayer une dernière fois…
Il y avait eu un long silence.
– Narine !
– La réponse, c’était Nisha.
– Moi ?
Aliki avait hoché la tête.
– C’est de la triche. Je ne me vois pas !
– Pourquoi ? Moi je te vois !
– Je n’aurais jamais deviné. J’aurais pu chercher toute la semaine et je n’aurais jamais trouvé.
– C’est drôle, non ? avait fait Aliki de sa voix la plus adulte. Tu vois tout, sauf toi-même.

Le vendredi soir, vers 22 heures, je reçus un appel affolé de Soneeya.

– Madame, s'il vous plaît, il faut que vous veniez, j'ai des informations. Vous pouvez me retrouver au portail dans cinq minutes ?

Je lui dis que oui, bien sûr. Je jetai un coup d'œil à Aliki dans sa chambre. Elle était profondément endormie. À son habitude, Mme Hadjikyriacou était assise dehors, et je lui demandai si elle voulait bien garder Aliki cinq minutes.

– Avec plaisir, mon petit, dit-elle plaçant sa main sur la mienne. Ma fille ne viendra pas me voir, finalement. À cause de son travail. Ils ont dû annuler le voyage. J'ai donc tout le temps du monde. Allez vite et ne vous inquiétez pas.

Je l'embrassai sur la joue en guise de remerciement, comme je l'aurais fait avec ma mère ou ma grand-mère, et je la laissai dans le salon, feuilletant un magazine de mode devant la cheminée.

Lorsque j'arrivai à la résidence, Binsa et Soneeya m'attendaient toutes les deux derrière les grilles du portail monumental, sous la lumière crue de la lampe à détecteur de mouvement. Les deux chiens de chasse étaient hors de leur cage. Le premier humait l'air, le museau entre les barreaux. Le second était allongé, la tête sur ses pattes avant. Leurs manteaux sable luisaient. Le faisceau du projecteur dessinait leurs muscles.

– Madame, dit Soneeya. Il y a une femme disparaît.

– Pardon ?

– Soneeya veut dire qu'une autre femme a disparu. Cette semaine, nous avons appelé pour savoir si quelqu'un avait des nouvelles de Nisha. Et quelqu'un nous a dit que la sœur d'une de ses amies avait disparu. Elle travaillait pour une famille, à Nicosie aussi, mais pas dans ce quartier. Elle est sortie un soir et elle n'est jamais revenue.

Je m'efforçai de garder la tête froidc.

– C'était quand ?

– Il y a environ trois semaines, madame, dit Binsa.

– Et personne n'a eu de nouvelles ?

– Non, madame, rien.

J'avais soudain la bouche sèche. J'espérais toujours voir réapparaître Nisha et maintenant il était question d'une autre employée de maison qui s'était volatilisée sans explication.

– Nous ne connaissons pas tous les détails, dis-je. La sœur de cette femme a pu quitter cette famille pour un tas de raisons.

Soneeya secoua la tête. Binsa sortit un morceau de papier de la poche de son tablier.

– Nous avons un numéro. Vous pouvez appeler.

Je pris le papier qu'elle me tendait entre les barreaux et je lus ce qui était noté dessus : *M. Tony, Le Tigre bleu, Limassol, 09-------*

– Qui est M. Tony ? Et le Tigre bleu, c'est quoi ?

– Le Tigre bleu, je n'ai jamais été là-bas, mais il paraît que c'est très bien, un endroit où les femmes se retrouvent le dimanche pour manger et danser. Le reste de la semaine, c'est le restaurant de M. Tony. Mais le dimanche, il s'occupe des employées de maison. Il leur trouve du travail. Il les aide quand ça ne se passe pas bien. Parfois, elles habitent chez lui en attendant d'avoir une bonne place. On dit que M. Tony est un brave homme et qu'il sait beaucoup de choses. En cas de problème, les domestiques vont voir M. Tony.

– Je doute qu'il puisse faire grand-chose pour moi. Le Tigre bleu se trouve dans une autre ville. Que pourrait-il me dire sur Nisha ?

Je me souvenais cependant qu'elle était allée à Limassol il n'y avait pas si longtemps. Peut-être connaissait-il Nisha, ou sa cousine Chaturi ?

– Il est au courant pour l'autre femme qui a disparu. Nous n'avons pas plus de renseignements, mais lui, il aura peut-être des réponses.

Soneeya plongea des yeux suppliants dans les miens. Elle serait sans aucun doute partie à la recherche de Nisha elle-même si elle avait été libre de le faire.

Son agitation s'était communiquée aux chiens qui faisaient les cent pas derrière elle. Je regardai leur pelage doré à la lumière, leur tête courbée, l'ondulation de leurs muscles, leur queue basse, et, l'espace d'un instant, j'eus l'impression de voir des lions. Des lions en captivité, arrachés à leur pays natal.

Sur le trajet du retour, je me dis que je pourrais en profiter pour faire un crochet par le bar de nuit près de la ligne verte, Chez Maria. C'était dans cette direction que Mme Hadjikyriacou avait vu Nisha s'éloigner le soir de sa disparition. Quelqu'un aurait peut-être des informations, là-bas. J'étais consciente que je ne pouvais pas abuser de la gentillesse de ma voisine, mais je ne m'attarderais pas. Quitte à simplement déposer une affichette.

Deux femmes fumaient sous un lampadaire. En dépit du froid, elles portaient des petits débardeurs à fines bretelles et des minijupes. Elles discutaient avec animation. Je pénétrai dans une salle enfumée qui empestait la bière. Sur une piste presque déserte, une danseuse orientale vêtue de rose et de sequins roulait des hanches et agitait des clochettes. Il n'y avait que des hommes au comptoir. Des serveuses en robe noire moulante allaient et venaient, proposant des boissons et des amuse-gueules sur des plateaux d'argent. Des bougies étaient allumées sur les tables, mais rien n'aurait pu rendre ce bouge élégant. C'était un cabaret sombre et mal famé qui sentait la concupiscence, l'avidité et le désespoir.

Je détonnais dans mon jogging, mes baskets et mon gilet aux manches trop longues. Mais puisque j'étais là, autant poser quelques questions. Des hommes se retournèrent à mon entrée pour me déshabiller du regard, mais ils se désintéressèrent très vite de moi, à mon vif soulagement. Je commandai une eau minérale au comptoir. Je préférais garder toute ma lucidité dans un lieu pareil. Une fille qui semblait avoir à peine dix-huit ans était assise sur les genoux de mon voisin. Elle lui léchait l'oreille, tandis qu'il jouait avec la bride de sa robe rose et lui bécotait le bras. Je détournai les yeux. De l'autre côté, une femme seule fumait une cigarette électronique qui sentait la cerise. Ses cheveux noirs lui tombaient jusqu'aux reins.

Après avoir payé mon verre, je demandai à la serveuse si je pouvais parler en privé au gérant.

– Pourquoi ?

– Je cherche du travail.

Elle me toisa, l'air de penser *Sérieusement ?* puis m'indiqua une porte en bois au fond de la salle.

– Il est dans son bureau. Frappez trois fois et attendez.

J'obéis. Il s'écoula cinq bonnes minutes avant qu'on ne m'ouvre. Un homme qui ressemblait à un hamster m'accueillit avec un grand sourire révélant des dents d'une blancheur éclatante. Son ventre replet débordait de son pantalon. Mais il avait un port de roi.

– Que désirez-vous, jeune dame ?

– Je ne suis plus vraiment une jeune dame.

– Tout est relatif, rétorqua-t-il, amusé.

Je ne tenais pas à savoir ce qu'il entendait par là.

Il m'invita à entrer. Je m'assis sur un tabouret bas devant un bureau ancien beaucoup plus haut. Lui-même s'installa sur un siège pivotant en cuir souple doté de larges accoudoirs, me dominant de toute sa hauteur.

– Vous avez frappé trois fois. Vous cherchez donc du travail.

– Non.

Il haussa les sourcils, et pour la première fois une expression irritée passa sur son visage. Il jeta un coup d'œil à l'horloge au mur. En dépit de la musique dans la salle, le bureau était bizarrement silencieux.

– Je sais que de nombreuses employées de maison étrangères *travaillent* ici. Et je me demandais si vous aviez déjà vu cette femme…

Je sortis l'une des affichettes de Keti de mon sac et indiquai la photo de Nisha.

Il tira de la poche de sa chemise une paire de lunettes dorées de mauvaise qualité et prit l'avis de recherche pour l'étudier. Il le regarda longuement d'un air pénétré avant de relever les yeux.

– Non, dit-il enfin.

– Vous ne l'avez jamais vue ?

– Jamais.

– Elle n'a jamais mis les pieds ici, vous en êtes sûr ?

– Si elle est venue, je ne l'ai pas vue. Je ne passe pas mon temps à la porte à épier tous les gens qui entrent et sortent du bar.

Il regarda encore l'horloge et se leva.

– Il y a beaucoup d'employées étrangères chez vous. Elles ont peut-être aperçu Nisha. Elles ont peut-être entendu quelque chose, insistai-je, suppliante.

– Nisha ? répéta-t-il en souriant. Vous savez qu'en sanskrit, cela signifie *nuit* ?

J'avouai que je l'ignorais.

– Toutes les Nisha que j'ai croisées étaient belles et mystérieuses. Si je l'avais rencontrée, je m'en souviendrais.

Laissez-moi votre avis de recherche, je l'afficherai. Ne vous inquiétez pas.

Je décidai d'en distribuer quand même quelques-uns aux femmes du bar. Un grand nombre d'entre elles étaient des travailleuses immigrées. Certaines connaissaient peut-être Nisha. L'une d'elles l'avait peut-être aperçue ce soir-là. Ces femmes étaient habituellement confinées dans nos maisons, accaparées par nos corvées domestiques. Je songeai que l'émancipation des unes reposait trop souvent sur la servitude des autres. Ces réflexions me taraudaient. Je craignais de ne jamais avoir l'occasion de dire à Nisha ce que j'avais compris.

Je balayai du regard la salle éclairée par des bougies, les mains crispées sur les affichettes.

À une table à côté de moi, trois jeunes femmes bavardaient et riaient. Elles buvaient du thé dans de minuscules verres.

– Pardon, bredouillai-je, consciente de déranger.

Trois paires d'yeux se levèrent vers moi.

– Bonsoir, madame, dit la plus proche.

– Je me demandais si vous aviez déjà vu cette femme ?

Je leur présentai une affichette et elles se penchèrent pour l'examiner.

– Oui, décréta la femme de gauche. Je la connais.

Elle était mince, avec des boucles noires.

– Moi aussi, renchérit sa voisine. C'est Nisha… J'ai oublié son nom de famille.

La première posa son verre et regarda à son tour la photo, inquiète.

– Oui, c'est mon amie Nisha. Parfois, nous allons à l'église le dimanche, quand elle est libre. Nous nous retrouvons à l'autre café, un peu plus loin, celui où nous nous réunissons toutes, le week-end, et nous buvons un thé ensemble.

– Nisha a disparu.

– Quand ? demanda la deuxième femme, surprise.

– Il y a deux semaines. Vous ne savez rien ? La police pense qu'elle est peut-être allée au Nord.

La première femme laissa échapper un rire si sombre que la salle autour de nous parut s'obscurcir encore.

– Bien sûr, c'est ce qu'on dit toujours. On dit aussi que nous sommes des voleuses. La madame pour qui je travaillais, elle était convaincue que j'avais volé son alliance. C'est comme ça que j'ai été renvoyée. Et que j'ai atterri ici.

Elle secoua la tête, puis baissa de nouveau les yeux vers la photo de Nisha.

– J'espère que vous la retrouverez, madame.

Alors que je m'éloignais, je pris conscience que je ne leur avais même pas demandé leur nom. Elles m'avaient appelée madame. À partir de là, je mis un point d'honneur à leur tendre la main et à me présenter.

– Bonsoir. Je m'appelle Petra.

Je rencontrai beaucoup de femmes ce soir-là.

Diwata Caasi, originaire des Philippines, avait 61 ans. Ses patrons ne l'autorisaient pas à boire dans un verre. Elle devait se contenter d'un pot de confiture, parce qu'elle n'était qu'une bonne. Sa nourriture était tellement rationnée qu'elle mangeait moins que le chat. Elle avait fini par démissionner et s'était retrouvée sans ressources.

Mutya Santos, une autre Philippine, venait de Manille. Elle était sage-femme dans son pays. Elle s'entendait bien avec sa première employeuse et dînait avec elle chaque soir. À la mort de la vieille dame, on l'avait placée chez un homme qui essayait constamment de la tripoter, entrait dans la salle de bains quand elle était sous la douche et se glissait dans sa chambre pendant son sommeil. Elle s'était plainte à l'agence qui avait refusé d'intervenir. Lorsque son patron l'avait appris, il l'avait congédiée. Elle aussi s'était retrouvée sans rien, avec une énorme dette à rembourser.

Ayomi Pathirana était sri lankaise. Ses parents étaient tous les deux agriculteurs. Enfant, elle se levait tôt le matin pour les aider aux champs avant d'aller à l'école. Plus tard, elle avait entamé des études supérieures, mais avait dû quitter l'université car ses parents n'avaient pas les moyens de l'aider. Elle avait travaillé pendant deux ans dans une librairie. Elle gagnait peu et n'avait aucun espoir d'évolution, sans compter que ses parents vieillissaient. Sa cousine l'avait poussée à postuler pour être nounou à l'étranger. Elle était allée au Koweït où elle s'était retrouvée dans une situation délicate. Puis elle était venue à Chypre où elle avait dû faire face à des problèmes similaires. Elle était très jeune à son arrivée. Elle avait rencontré un homme qui lui avait proposé du travail. Ce n'était pas ce qu'elle voulait faire, mais elle était trop endettée pour rentrer au Sri Lanka.

Etisha avait dû laisser au Népal sa fille d'un an, Feba, la lumière de sa vie, parce que son époux et elle ne trouvaient pas de travail. Elle était venue en tant qu'étudiante. On lui avait fait miroiter un emploi sur place, mais il n'y avait rien pour elle.

Chacune d'entre elles avait une histoire. J'aurais pu passer la nuit à les écouter. Mais les barreaux aux fenêtres et l'éclairage me donnaient l'impression d'être piégée. Je voulais m'échapper. Pourtant, ces femmes… elles me touchaient, elles ouvraient quelque chose en moi.

L'une des jeunes filles à qui je parlais se mit à pleurer. Elle en fut la première surprise. Je lui avais montré la photo de Nisha. Elle ne la connaissait pas. Quand je lui demandai d'où elle venait, des sanglots sortirent à la place des mots. Les larmes ruisselaient sur ses joues et faisaient couler son maquillage. Je glissai ma main dans la sienne. Elle posa sur moi ses yeux noirs dans lesquels se reflétait la flamme de la bougie.

– Je veux rentrer chez moi, madame, dit-elle, sans préciser où.

– Vous ne pouvez pas ? Faites vos sacs et partez.

Elle rit à travers ses larmes.

– Ce n'est pas si simple. Vous n'avez pas idée.

Alors que je m'apprêtais à quitter le bar, je reconnus un homme au comptoir. Il rendait souvent visite à Yiannis : Seraphim. Je supposais qu'ils travaillaient ensemble, car il le ramenait souvent à la maison, quand il allait ramasser des escargots et des champignons en forêt. Il me saluait poliment chaque fois qu'il me croisait. Il était assis seul devant un verre de whisky. Débraillé, les cheveux ébouriffés. Il me restait deux ou trois affichettes dans mon sac et je décidai de l'aborder.

– Bonsoir, Seraphim, dis-je, m'approchant de lui.

– Petra, s'écria-t-il, interloqué. Que faites-vous ici ?

– Je cherche ma femme de ménage. Nisha. Vous vous souvenez d'elle ?

– Bien sûr. Je la connais.

– Vous avez vu Yiannis, récemment ? Il a peut-être mentionné qu'elle avait disparu ?

– Ça ne me dit rien. Mais je suis désolé de l'apprendre.

– Ma foi, puisque vous êtes ici…

Je lui tendis l'un des avis de recherche. Il étudia longuement la photo. J'avais l'impression qu'on avait monté le son de la musique. La danseuse du ventre scintillait et cliquetait toujours à la lueur des flammes.

– Une très belle femme, entendis-je à travers le vacarme. Vous ne trouvez pas ? C'est à cause de ses yeux, je crois. Ils semblent savoir beaucoup de choses.

Je ne dis rien. Il me tendit le papier.

– Je regrette. Je suis sûr qu'elle vous rendait de grands services. Elle finira certainement par réapparaître, et sinon, ne soyez pas surprise. Ces femmes, elles vont et viennent comme la pluie, vous savez.

Je ne répondis pas à son sourire. Cet homme était déplaisant. Il était toujours parfaitement courtois quand il attendait Yiannis devant la maison, mais à présent je remarquais chez lui une intensité qui m'avait échappé jusque-là. Il était tout en angles : son nez, ses pommettes, même ses coudes. Sa silhouette tout entière, son ossature semblait tranchante. C'était flagrant à la lumière des bougies. Ou était-ce mon imagination qui me jouait des tours ? Je me rendais compte que j'étais de plus en plus anxieuse, de plus en plus perturbée depuis la disparition de Nisha.

– Restez boire un verre avec moi. Vous avez de la chance de me trouver, ce soir. Je m'étais absenté quelques jours et je suis rentré un peu plus tôt que prévu.

– Non merci, je dois rentrer. Donc, quand vous êtes en ville, vous venez souvent dans ce bar ?

Il haussa les sourcils.

– Je pose la question car je me demandais si vous aviez déjà croisé Nisha ici. La vieille dame qui habite à côté de chez moi m'a dit l'avoir vue partir dans cette direction, le soir de sa disparition.

– Quel soir ?

– Il y a quinze jours. Le dimanche.

À nouveau, il resta silencieux quelques instants, réfléchissant.

– J'aimerais pouvoir vous dire que je l'ai vue, mais non.

J'aspirai à pleins poumons l'air frais de la rue. La nuit était froide et je m'éloignai d'un pas vif. J'entendais encore les voix des femmes du bar. J'étais pressée de rentrer, mais en passant devant l'atelier de Muyia, je me souvins de la statue. J'éprouvai le besoin subit de la revoir. J'entrai. L'atelier était grand ouvert, comme d'habitude. Il faisait noir à l'intérieur et je devais avancer avec précaution pour ne pas trébucher sur les débris qui traînaient par terre. Mes yeux s'habituèrent progressivement à l'obscurité et je distinguai bientôt l'établi. À tâtons, je cherchai l'interrupteur de l'une des lampes.

La mère à l'enfant était recouverte d'un drap blanc. Je le retirai et m'assis en face d'elle, sur le tabouret, frappée une fois encore par la ressemblance avec Nisha. Je sentais presque l'énergie qui se dégageait d'elle, la complexité des émotions. Elle avait une histoire, une vie entière. Un amour constant et fort pour l'enfant dans ses bras. Un amour que rien ne pouvait remplacer. Pourquoi Muyia l'avait-il sculptée ? Car c'était Nisha, à n'en pas douter. Son visage en cœur, ses yeux farouches. Même la fossette sur sa joue droite. Une part de moi espérait qu'elle allait briser sa gangue de bois et s'adresser à moi.

– Nisha, murmurai-je. Dis-moi où tu es.

J'attendis, comme si elle allait me répondre. Je regardais avec intensité ses traits immobiles, mais on n'entendait que le bruissement du vent – rien d'autre que le vent dans les feuilles.

Je recouvris la statue et rentrai chez moi.

Dans le village, il y a une chambre d'hôtes : une petite construction branlante aux volets bruns et à la façade blanchie à la chaux, dans le jardin d'une veuve. On n'y a pas vu de client depuis des années. Très occasionnellement, quelqu'un appelle d'un pays lointain pour réserver quelques nuits. La vieille femme note les renseignements dans un cahier noir qu'elle garde à côté du téléphone. Puis elle fait un grand ménage, secoue les serviettes et bat les coussins. Elle met des sachets de thé, du miel et du sucre sur un plateau, place des pralines aux amandes sur les oreillers, prépare des gâteaux aux pistaches qu'elle dispose sur la coiffeuse, enveloppés de cellophane et décorés de marguerites en papier. Elle balaie les feuilles et la poussière sur la terrasse, et laisse un dépliant touristique sur le lit.

Il fait nuit lorsque le téléphone sonne. Le jeune homme qui appelle d'un hôtel à Beyrouth a un accent américain comme elle n'en a entendu qu'à la télé. Il visite l'Europe en compagnie de son épouse. Ils seront à Chypre la semaine prochaine, sauf imprévu. La femme note son nom, son numéro et la date de son arrivée dans le cahier noir, sous un dessin représentant un clown sur un âne, fait par sa petite fille.

Les nuits s'allongent et se rafraîchissent. Elle sort récupérer le linge qui sèche sur le fil. Les enfants d'en face sont rentrés et leur nounou ramasse des pommes dans l'obscurité. Il y a du vent. Bonsoir, dit-elle, mais la brise emporte sa voix. Le chemin disparaît en partie dans la brume. Il fait sombre, car il n'y a pas de maison pour éclairer le passage. Plus loin, il n'y a que les arbres et les nuages. Puis l'étendue irrégulière et aride autour du lac rouge, qui en ce moment est aussi noir que la nuit et que l'orbite vide du lièvre fixant le ciel.

16

Yiannis

Le samedi, Seraphim passa me prendre avant l'aube. Il m'emmenait à la base d'Akrotiri, à une heure et demie de Nicosie. Le trajet se déroula en grande partie dans le silence. Nous étions à moitié endormis. Seraphim avait l'air d'être sorti tard. Je préférais attendre. Je voulais lui parler et j'avais besoin de toute son attention.

Cette fois, il avait apporté quatre appeaux vivants dans deux cages : trois fauvettes à tête noire et un merle. Ils étaient enfermés dans l'obscurité depuis des mois. Ainsi, on était sûr qu'ils chanteraient à pleins poumons dès qu'ils verraient la lumière du jour. Des leurres malgré eux, censés attirer le plus grand nombre d'oiseaux possible dans notre filet.

Les cages étaient posées à l'arrière de la camionnette, sous un drap noir. Je somnolai jusqu'aux marais, un site ornithologique protégé de 150 hectares. Si tout se passait comme prévu et si nous étions prudents, la chasse serait bonne.

Cependant, la disparition de Nisha et le souvenir de ses paroles me travaillaient. J'imaginais tous ces oiseaux qui allaient se retrouver pris au piège et j'avais la nausée à l'idée de les tuer.

Ils battent des ailes tant qu'ils peuvent, ils essaient de s'envoler, mais le ciel se referme sur eux.

Je songeais au passereau chez moi qui avait fini par m'accorder sa confiance.

Si Seraphim sentait mes doutes, j'allais m'attirer de gros ennuis. Je tâchai donc de chasser mes appréhensions. Il y avait eu un nouvel incendie criminel quelques jours plus tôt. Chez Louis, un homme qui avait voulu renoncer au braconnage lorsqu'il avait compris qu'il n'était pas fait pour ça. On avait mis le feu à sa voiture, comme dans le cas de son prédécesseur, sauf que cette fois, le fils de Louis se trouvait à l'intérieur, en train de fumer une cigarette en cachette. L'adolescent avait réussi à s'extraire du véhicule, mais il avait le bras grièvement brûlé. La nouvelle faisait la une de la presse locale. Une enquête était en cours, mais Louis ne risquait pas de révéler ce qu'il savait. Il ne dirait jamais rien à la police.

J'étais convaincu que c'était Seraphim qui l'avait dénoncé à l'organisation. Évidemment. C'était un vrai serpent : furtif, l'œil vif, rusé, fuyant, sournois, magouilleur. Et surtout, il était loyal, ce qui était le plus dangereux. J'avais rencontré Louis : il nous avait accompagnés deux ou trois fois. Il apprenait le métier et nous lui avions montré quelques coins où poser des pièges. Seraphim l'avait mal pris lorsqu'il avait décidé d'arrêter. « Mieux vaut les balancer avant qu'ils ne nous balancent », aimait-il à dire, plissant les yeux avec un grand sourire. Les incendies étaient censés être des avertissements.

– Tu es encore plus silencieux que d'habitude, dit enfin Seraphim. Tu penses à Nisha ?

– Oui.

Je voyais le reflet de la lune dans l'étendue d'eau de l'autre côté de la vitre.

Seraphim se gara. Nous sortîmes le filet japonais et les perches de l'arrière de la camionnette, avant de les transporter plus loin sur le terrain boueux. Puis ce fut le tour des appeaux. Il y avait une base militaire anglaise à proximité. Les Britanniques étaient très stricts en ce qui concernait la chasse. Ils sillonnaient souvent la zone pour arrêter les braconniers. Il fallait donc être particulièrement discrets. Il était peu probable, mais pas impossible qu'il y ait une patrouille à une heure pareille : il était 3 h 30 du matin. Et le terrain était si plat, la végétation si basse que nous verrions arriver un intrus de loin. Tant que nous ne relâchions pas notre vigilance, nous avions peu de chances de nous faire prendre.

Je suivais Seraphim qui était équipé d'une frontale. Une fois le filet attaché à des perches de deux mètres cinquante, il éteignit la lampe et retira délicatement les draps qui masquaient les cages. Les oiseaux restèrent silencieux, car le jour n'était pas encore levé. Les plumes du merle étaient noires comme l'ébène, aussi impénétrables que la nuit. Je dus lutter contre l'impulsion de le libérer pour qu'il puisse se fondre dans le ciel.

Les cages furent posées par terre, dans les marais miroitants, sous le filet qui flottait au-dessus du sol, fantomatique. Ensuite, nous trouvâmes une cachette tranquille à proximité, parmi les pins et le romarin. Seraphim avait apporté une petite bouteille de gaz et je sortis de mon sac à dos du pain, de l'halloumi et des olives pour les faire griller. L'ombre des flammes dansait sur le visage de mon compagnon.

– L'autre dimanche, quand Nisha a disparu…

Il hocha la tête, regardant les olives piquées sur une baguette qu'il tenait au-dessus du feu.

– C'est toi qu'elle allait voir ?

Seraphim releva les yeux.

– Pourquoi tu me demandes ça ?

– Je discutais avec quelqu'un que je connais, qui pensait que Nisha devait te rejoindre, ce soir-là. Vers 22 h 30.

– Pourquoi Nisha serait venue me voir moi ?

– J'espérais que tu pourrais me le dire.

Seraphim se tut, la nuit totalement opaque derrière lui.

– Celui qui t'a rapporté ça ne dit pas la vérité.

– Pourquoi mentir à ce sujet ?

– Il ne ment peut-être pas. Mais ce n'est pas la vérité. Il confond. Ou s'il ment délibérément, il doit avoir ses raisons, mais je ne vais pas me livrer à des spéculations, parce que je n'ai aucune idée de l'identité de la personne en question.

Sur ces mots, il s'allongea, les mains sous la tête, mettant un terme à la conversation. Il m'ordonna de monter la garde pendant qu'il faisait un somme et bientôt un léger ronflement s'échappait de sa bouche béante.

Les marais endormis nous enveloppaient. Ici et là, des éclats d'argent perçaient les ténèbres, reflets de la lune dans l'eau. Peu à peu, je vis l'horizon blanchir, l'obscurité devenir moins opaque. À ce signal, les oiseaux se réveillèrent. Un chœur mélodique s'éleva des cages et s'amplifia – une explosion musicale après un long silence.

C'est alors que je l'entendis de nouveau : la femme. Mais je ne comprenais pas ce qu'elle disait, car le chant des oiseaux couvrait sa voix.

Je me levai et je regardai autour de moi. Je n'aurais pas dû laisser Seraphim alors qu'il dormait, mais, poussé par l'instinct, je suivis les appels jusqu'au filet japonais. Au bord de l'eau, la voix se tut subitement. Il n'y avait personne. Dans toutes les directions, la terre s'étirait jusqu'à l'horizon, vide.

Les oiseaux emplirent soudain le ciel, ou plutôt, leur musique l'emplit. Ils descendaient par milliers, leurs ailes illuminées par le soleil : or, rouge, bleu. Attirés par les appeaux vivants, ils prirent un virage abrupt et plongèrent vers la rive, où la mort les attendait.

Paralysé, je voyais leur voyage s'achever, le piège se refermer sur eux. Toutes ces ailes enchevêtrées, ces oiseaux arrêtés en plein vol. Leur gazouillis s'altéra et les trilles se muèrent en cris. C'était en tout cas ce qu'il me parut. Certains continuaient cependant de chanter à tue-tête comme si le ciel allait s'ouvrir et les relâcher.

– À quoi tu joues ? fit une voix derrière moi.

Je me retournai. Seraphim me fusillait du regard.

– J'ai cru entendre quelque chose.

– Et tu me laisses seul ? Si quelqu'un était venu pendant que je dormais ? J'étais cuit.

– Désolé, j'ai fait une connerie.

Il me fixa sans ciller.

– Une connerie ? Une connerie, c'est d'oublier la bonbonne de gaz pour les olives.

Les oiseaux piaillaient à tue-tête autour de nous.

– Bon, poursuivit-il. On ne va pas y passer la nuit. On en a capturé assez.

Il lança un coup d'œil au filet, évaluant notre prise.

– On embarque ce qu'on a et on rentre.

Je l'aidai à abaisser le filet. Nous travaillions sans dire un mot, en rythme, tuant les oiseaux au fur et à mesure que nous les retirions. Je les dégageai et les passai à Seraphim qui leur mordait le cou et les jetait dans le sac-poubelle noir. Je sentais chaque petit être trembler dans mes mains, son cœur minuscule affolé, les ailes qui frissonnaient contre ma paume. La caresse des plumes sur ma peau. Il devait y avoir au moins vingt espèces différentes. Je veillai à ne montrer aucune hésitation. Je ne voulais pas que Seraphim se méfie plus que nécessaire. Et pendant tout ce temps, ils continuaient de chanter. C'était ce qui me perturbait le plus. Ils chantaient jusqu'à leur dernier souffle.

Je rentrai chez moi vers 9 heures du matin, nourris le petit oiseau et m'allongeai. J'étais exténué. La conversation avec Seraphim ne m'avait pas convaincu. Mentait-il ? Spyros avait-il mal compris ce que Nisha lui avait dit ? Ou Seraphim essayait-il de détourner mes soupçons ? Elle me manquait cruellement.

Je rêvai d'elle. Nous étions dans les marais. Elle se tenait dans l'eau jusqu'aux chevilles, un ciel bleu dégagé derrière elle. Elle portait sa chemise de nuit en dentelle ornée de fleurs blanches, celle que Chaturi lui avait offerte. Elle me parlait. Ses lèvres bougeaient mais je n'entendais rien.

– Qu'y a-t-il, Nisha ?

Elle me montrait quelque chose au-dessus de moi. Je levai la tête et soudain tout devint noir. Il faisait nuit. Lorsque je me retournai, Nisha avait disparu. À sa place, la lune flottait sur l'horizon, si grosse que je pensais pouvoir la toucher. L'éclat de son reflet faisait mal aux yeux, une flaque d'argent au milieu de l'eau sombre. J'ôtai mes chaussures et j'avançai. Je voulais retrouver Nisha, mais lorsque je m'approchai, je m'aperçus que ce que j'avais pris pour le reflet de la lune était un puits. Un puits sans fond. Il n'était pas sombre. Une vive lumière blanche s'en échappait, éclairait ses parois pavées et éclaboussait l'eau. Il dégageait aussi une chaleur intense.

Je me réveillai trempé de sueur. Je baignais dans les rayons du soleil pâle qui brillait de l'autre côté de la fenêtre. Posé sur ma poitrine, le petit oiseau gazouillait. Je caressai ses plumes soyeuses. L'hiver serait bientôt là. Le mois d'octobre s'était achevé et Nisha n'était pas rentrée. Alors que le passereau chantait le jour, pour la première fois depuis très longtemps, je pleurai.

J'entendis encore ce bruit : les appels de la femme. Mais cette fois, je compris que les cris ne venaient pas de l'extérieur mais de l'intérieur, qu'ils résonnaient dans les recoins sombres de mon esprit. C'était un son pur et imprévisible : comme le vent, il affluait et refluait, s'apaisait pour forcir de nouveau. Il venait d'un endroit qui n'appartenait pas qu'à moi. C'était une sensation si étrange et terrifiante que je sautai du lit, faisant tomber l'oiseau. Il voleta jusqu'au sol. Ce bruit, si léger soit-il, me ramena à la réalité, à la pièce dans laquelle je me trouvais, au soleil qui pénétrait par la fenêtre.

J'avais la nausée. Des remontées acides me brûlaient l'œsophage. J'allai vomir dans les toilettes. Au moment de tirer la chasse, je me souvins du sang et des tissus gris dans la cuvette : l'enfant qui ne verrait jamais le jour.

Je me rallongeai. Après sa fausse couche, Nisha avait changé. Elle venait tard le soir, comme d'habitude, et elle s'étendait à côté de moi, les mains sur le ventre. Un peu comme on croise les mains d'un mort, mais sur l'estomac, pas sur la poitrine.

Elle regardait l'été s'éteindre par la fenêtre, chaque jour apportant une nouvelle équation : « Aujourd'hui, j'aurais été enceinte de huit semaines. Au lieu de quoi, je suis vide depuis sept jours. » Ou : « Aujourd'hui, j'aurais été enceinte de neuf semaines, mais je suis vide depuis quatorze jours. »

À 5 heures du matin, elle se réveillait pour appeler Kumari. Il était 7 h 30 au Sri Lanka et elle voulait parler à sa fille avant qu'elle ne parte pour l'école. Je sentais encore la chaleur de son corps à côté de moi dans le lit et je somnolais pendant qu'elle s'asseyait au bureau. Leur discussion et la lumière de la tablette me parvenaient de très loin. Parfois, mes yeux s'entrouvraient et je distinguais sa silhouette, j'entendais ses mots en cinghalais et la réponse de Kumari. Bien que ne comprenant pas la langue, je m'étais habitué à leurs intonations et à leur rythme. Je devinais si elles plaisantaient, se disputaient ou parlaient de l'école, des devoirs de Kumari ou de ses amies. Je savais quand Nisha était fâchée, quand elle était ferme et insistante. Parfois, j'entendais l'amour dans sa voix, et d'autres fois l'inquiétude, la joie, l'irritation, la détermination. Tantôt Kumari était effrontée, tantôt elle était adorable. Souvent, elle était si bavarde que Nisha ne pouvait pas placer un mot. Il lui arrivait également d'être solennelle ou maussade. Je commençais aussi à percevoir les premiers signes de rébellion adolescente. La palette habituelle des émotions entre une mère et une fille, à la différence près que tout se passait par écran interposé.

Nisha donnait des cours d'anglais à Kumari lors de ces conversations. Elles avaient toutes les deux un exemplaire d'un roman intitulé *Le Jardin secret,* et elles lisaient à voix haute chacune leur tour. Parfois, elles butaient toutes les deux sur un mot, mais Nisha gardait un dictionnaire à côté de mon lit – un cadeau de son amie Nilmini –, qu'elle consultait si nécessaire. Leurs conversations s'insinuaient dans mes rêves comme l'écho d'un chant d'oiseau. Une fois, elle m'avait appelé :

– Yiannis, viens. Kumari veut te dire bonjour.

– Tu lui as parlé de moi ? murmurai-je.

– Bien sûr, répondit-elle, m'adressant un regard d'encouragement.

C'était environ un an plus tôt. Kumari avait donc dix ans. Elle portait son uniforme, prête pour l'école, un énorme sac à dos sur les épaules.

– Bonjour, monsieur Yiannis, lança-t-elle en souriant.

Elle avait la peau et les yeux plus foncés que sa mère, mais le même sourire et les mêmes expressions.

– Bonjour, Kumari. Je suis ravi de faire enfin ta connaissance.

– Enfin ? Vous avez entendu parler de moi ?

– Oui, beaucoup.

– En bien ?

– En très bien.

– Alors, ça va. Donc, vous êtes l'ami d'*amma* ? ajouta-t-elle avec une grimace.

– Oui.

– Elle dit que vous donnez à manger aux poules dans le jardin.

– C'est vrai.

– Et sinon vous faites quoi dans la vie, monsieur Yiannis ? Ou bien c'est votre métier de nourrir les poules ?

J'éclatai de rire.

– Je ne fais pas que ça, non. Je vais dans la forêt pour cueillir des herbes sauvages et ramasser des escargots.

– Ah. Et après ?

– Je les vends.

– D'accord. Je suppose que c'est OK.

À la fin de la conversation, Nisha s'allongea à côté de moi, et emmêla ses bras et ses jambes aux miens.

– J'ai encore un peu de temps. Serre-moi fort.

Ce que je fis, bien sûr. Je ne demandais pas mieux. En général, son réveil sonnait juste avant 6 heures. Certaines nuits, alors que j'oscillais entre veille et sommeil, je l'entendais pleurer.

– Nisha ? murmurais-je dans le noir. Qu'est-ce qu'il y a ?

– Rien, je viens de me souvenir de quelque chose, c'est tout.

– Quoi ? Dis-moi.

Pendant la période qui suivit sa fausse couche, elle me raconta trois histoires. La première était au sujet de la mort de sa sœur. La deuxième portait sur celle de son mari. La troisième concernait la difficile décision de laisser sa fille pour venir travailler ici. Sa petite sœur était décédée pendant *Vesak Poya*, la fête des Lumières, qui se tient à la première pleine lune du mois de mai. Nisha avait douze ans et Kiyoma dix. Le soir, des lanternes blanches brûlaient au-dessus de toutes les portes, sauf chez eux. Sa sœur était morte le matin. L'année précédente, elles étaient allées à Koggala. Là, elles avaient pris une barque pour se rendre sur une île minuscule, où se trouvait un temple bouddhiste. Les lampions se comptaient par centaines, et mille lumières flottaient sur l'eau, alors qu'elles glissaient sur le lagon. *Des petites lunes dans un ciel étoilé*, avait dit sa sœur. Un monde rempli de petites lunes.

Au temple, c'était une débauche de fleurs et d'encens. Il y avait des danseurs, des chanteurs et des gens qui marchaient sur des braises. Kiyoma lui tenait la main, le visage éclairé par toutes les lumières. Elle n'avait que deux ans de moins que Nisha, mais en raison de sa maladie, elle paraissait beaucoup plus jeune. Son nom signifiait *bonne mère*, car c'était le vœu le plus cher de leur propre mère, Lakshitha : elle espérait que sa fille vivrait assez longtemps pour être épouse et maman à son tour. Nisha imaginait le cœur de sa sœur comme un oiseau minuscule qui battait des ailes dans sa poitrine. Elle savait qu'un jour prochain il s'échapperait de sa cage et s'envolerait.

Elle le savait, car elle avait perçu le changement de rythme de sa respiration. C'était subtil. Personne d'autre ne semblait s'en rendre compte, mais les deux fillettes dormaient dans le même lit.

Kiyoma portait toujours un *panchauda*, un pendentif en or orné de cinq armes : un arc et une flèche, une épée, un disque, un trident et une conque, pour chasser le mauvais œil. Lakshitha veillait à ce qu'elle ne l'ôte jamais, et Nisha le voyait briller à la lumière des lampions et des feux, lorsqu'elles visitaient le temple sur l'île. Mais à leur retour, le collier avait disparu. C'est Nisha qui s'en aperçut la première. « Où est ton pendentif ? » demanda-t-elle à sa sœur, l'air effrayé. Kiyoma haussa les épaules.

À la maison, leur mère était dans tous ses états. « Qu'est-ce que ça signifie ? Nisha, tu ne l'as pas vu tomber ? Kiyoma, tu n'as pas senti qu'il se détachait ? Aucune de vous deux ne l'a entendu tomber ? »

Après cet épisode, l'inquiétude de Lakshitha tourna à l'obsession. Certains jours, elle se raisonnait et semblait résignée à l'idée qu'il ne restait peut-être plus beaucoup de respirations à sa fille, tâche presque impossible pour une mère. Mais, la plupart du temps, elle consultait des astrologues et guettait les présages, bons ou mauvais : qui Kiyoma avait-elle rencontré à quel moment de la journée, qui lui avait dit quoi, ou que transportait la personne qui s'était adressée à elle. Elle la bombardait de questions. D'autres fois, elle appliquait des lotions, des potions et des huiles sur la cicatrice qui barrait le torse de sa cadette, de la poitrine au nombril.

Kiyoma était une fillette perspicace pour son âge. Un après-midi, alors qu'elles rentraient à pied des rizières où travaillaient leurs parents, elle avoua à sa sœur qu'elle avait jeté le pendentif dans le lagon le soir de *Vesak Poya*, quand elles étaient à bord de la barque.

– Pourquoi ? Pourquoi ? *Pourquoi* tu as fait ça ? la gronda Nisha.

– Parce que c'était comme une chaîne à mon cou, répondit-elle avec de grands yeux candides.

Exactement un an plus tard, le matin de *Vesak Poya*, juste avant les premières lueurs de l'aube, Kiyoma poussa son dernier soupir et son cœur s'envola. Nisha était profondément endormie, mais elle rêva qu'un oiseau aux plumes d'or très douces la caressait un instant de ses ailes avant de s'enfuir par la fenêtre ouverte.

Elle se réveilla aussitôt et se tourna dans la pénombre vers sa sœur. Elle vit que sa poitrine ne se soulevait pas, que ses paupières ne frémissaient pas. Elle se pencha sur elle, approcha l'oreille de sa bouche et de son nez. Alors, elle sentit quelque chose qui jusque-là lui était totalement inconnu. L'immobilité et le silence de la mort.

Le cercueil ouvert resta exposé plusieurs jours à la maison. Des moines vinrent psalmodier des prières et célébrer l'impermanence de la vie. Son corps avait été placé face à l'ouest. Sa mère ne quittait pas son chevet, pour empêcher les mauvais esprits de s'installer chez eux. Les images aux murs avaient été retournées, ou posées à l'envers sur des tables. Des proches et des voisins leur portaient des offrandes de fleurs blanches et jaunes.

Lakshitha fit le nécessaire pour que la transition de sa fille de cette vie à la suivante se déroule sans heurts. Elle donna aux moines plusieurs mètres de tissu blanc pour en faire des robes. Puis des parents et des amis versèrent de l'eau dans un récipient qui débordait en récitant des prières.

Nisha assista à la cérémonie, fascinée. Elle n'avait jamais rien vu d'aussi beau que cette eau ruisselante, qui scintillait à la lumière comme du cristal. Et pour la première fois, elle comprit que tout – tout – devait s'achever un jour.

17

Petra

Le dimanche, je me préparai pour aller à Limassol. Je devais retrouver M. Tony au Tigre bleu à 15 heures. C'était à une heure de route. Après déjeuner, je laissai Aliki chez Mme Hadjikyriacou, qui était assise dans le jardin avec les chats. C'était une décision de dernière minute. Mais quand je lui avais demandé la veille en fin d'après-midi si elle pourrait la garder, elle avait paru ravie à la perspective de passer un peu de temps avec Aliki. « C'est une petite fille très espiègle ! » avait-elle dit avec un grand sourire qui plissait sa peau parcheminée.

Aliki mit une éternité à choisir les chaussures qu'elle porterait. Finalement, elle opta pour une Converse en jean grise et une bleu vif à fleurs. Puis elle prit à la main une autre paire de Converse ornée de pattes de chat rouges et une écarlate.

– Tu as vraiment besoin d'une paire de rechange ? demandai-je.

– Non.

En arrivant chez la voisine, elle les posa aux pieds de celle-ci. La vieille dame les regarda.

– C'est pour vous, dit Aliki.

– Pour moi ?

– C'est un cadeau. Je n'aime pas vos chaussures de vieille dame. Elles sont moches.

Mme Hadjikyriacou éclata de rire.

– La dernière fois, nous avons découvert que nous faisions la même pointure, me dit-elle. En tout cas, ces deux-là vont très bien ensemble, merci, ajouta-t-elle à l'intention d'Aliki.

Elle appela Ruba. Celle-ci arriva, un torchon à la main. Elle nous salua chaleureusement, puis s'agenouilla pour l'aider à retirer ses chaussures de vieille dame et lui enfiler ses nouvelles Converse.

Le contraste avec le blanc maladif de ses mollets et la jupe noire mi-longue était saisissant. Mme Hadjikyriacou se pencha tant bien que mal et admira ses pieds, frappant le sol du salon comme si elle allait s'envoler pour Oz. Aliki gloussa joyeusement. Les chats s'enfuirent, appelés par quelque affaire urgente. J'en profitai pour m'éclipser, tandis que le rire de ma fille cascadait derrière moi.

C'était une belle journée. Je baissai les vitres de ma Range Rover, alors que je roulais vers le sud-ouest. Il faisait un peu frais, mais c'était agréable : une petite brise revigorante venant des montagnes, bientôt remplacée par un vent marin qui apportait jusqu'à moi des cris d'oiseaux. Le temps s'abolit soudain à l'approche de la mer. L'air salin et la façon qu'il avait de m'envelopper me transportaient en arrière. *Toute l'eau sur Terre a été amenée par des astéroïdes et des comètes.* C'est mon père qui disait ça. Il était pêcheur. Il avait une petite bibliothèque à la cave, où il entreposait aussi des pommes de terre. C'était là qu'il puisait ses connaissances. On lui avait volé ses livres pendant la guerre, mais il se souvenait de chaque titre et de chaque auteur. Avec les vitres baissées et la Méditerranée scintillante devant moi, je pouvais presque entendre sa voix. *Depuis son arrivée sur Terre, l'eau a circulé à travers l'air, les roches, les animaux et les plantes. Chaque molécule a effectué un voyage fabuleux. Lorsque tu te sens seule, essaie de te rappeler que l'eau à l'intérieur de ton corps a aussi été dans les dinosaures, les mers, la calotte polaire, ou peut-être un orage, ou une tempête au-dessus d'un lointain océan, à une époque où cette mer n'avait pas encore de nom. L'eau franchit les millénaires, les obstacles et les frontières.*

Pendant des années, j'avais oublié les paroles de mon père. Et elles me revenaient d'un coup. *Souviens-toi que nous avons tous quelque chose en commun, c'est l'eau qui nous traverse.*

Le Tigre bleu n'était pas très loin de la plage, dans l'une des petites rues qui menaient à la mer. C'était un bâtiment délabré, avec deux grandes fenêtres de part et d'autre de la porte, la façade décorée de fresques représentant des scènes sportives : footballeurs dans un stade bondé et basketteurs aux genoux pliés. En hauteur, sur le mur et l'auvent en béton, s'entortillaient des lianes peintes, dont les tiges épaisses et les feuilles géantes grimpaient vers le ciel d'azur. À gauche, au-dessus d'une fenêtre munie de barreaux et de deux climatiseurs, un tigre bleu aux yeux jaunes guettait parmi la végétation.

Je regardai l'heure sur mon téléphone : 14 h 46.

Sous le tigre un panneau annonçait :

ASSOCIATION DES EMPLOYÉES DE MAISON DE CHYPRE

LIMASSOL

SIÈGE SOCIAL

Sur le trottoir, à côté de la porte à double battant se trouvait une ardoise à deux pans où était inscrit le menu : HAMBURGERS, HOT DOGS, MAXI HOT DOGS, CHILI CON CARNE.

Deux hommes discutaient et fumaient à côté d'une moto.

– Vous êtes perdue ? demanda l'un d'eux avec un accent prononcé que je ne parvins pas à placer.

– Je cherche M. Tony, dis-je d'une voix enrouée, comme si je venais de me réveiller. J'ai rendez-vous.

– Alors vous êtes au bon endroit, sourit-il. Il est dans son bureau. À droite.

De la musique et des effluves épicés s'échappaient des entrailles de la maison. Je remerciai l'homme et je franchis le seuil. Je ne savais toujours pas ce que je faisais là ni ce que j'attendais de ce M. Tony, mais j'avais atteint un point où j'étais prête à m'accrocher à la moindre lueur d'espoir.

Dans une cuisine ouverte à gauche, des femmes s'affairaient autour de marmites et de woks. D'autres étaient installées à des tables, où elles buvaient du thé et mangeaient des bouchées qu'elles trempaient dans une sauce orange vif. La plupart venaient du Népal, des Philippines, du Sri Lanka ou du Vietnam. Un Chypriote était assis à l'écart, chauve, une barbe blanche de deux jours, et les yeux brillants. Il lorgnait les jeunes femmes qui passaient avec des plateaux. C'était à peine s'il ne bavait pas. Il m'adressa un sourire et je me détournai, dégoûtée. Au fond de la cuisine, une double porte s'ouvrait sur une vaste salle et une scène. C'était de là que venait la musique. On dansait : des hommes et des femmes tourbillonnaient sous un dais de drapeaux multicolores.

Je repérai ce qui devait être le bureau de M. Tony : un compartiment en verre, à droite de la zone de restauration. À l'intérieur, un homme grand et large d'épaules parlait avec animation au téléphone, l'air irrité. Le ventilateur au-dessus de lui ébouriffait ses cheveux blancs. Il raccrocha. J'attendis quelques instants avant de m'approcher et je frappai.

– Entrez !

Il était assis sur une chaise pivotante, devant un ordinateur. Il sourit, haussant les sourcils. Il m'arrêta comme je m'apprêtais à refermer.

– Laissez ouvert. On étouffe, là-dedans.

– Monsieur Tony ?

– Tony, ça fera l'affaire.

– Petra.

– Ah, oui, bien sûr.

Il s'essuya la main sur son pantalon avant de serrer la mienne. Sa poigne était chaude et moite.

– Asseyez-vous, dit-il, indiquant une chaise en plastique dans un coin.

L'établissement était un tourbillon de rires, de musique et de parfums, qui pénétrait par la porte ouverte et envahissait le petit bureau.

– Cet endroit est extraordinaire. Vous dirigez cette organisation seul ?

Il hocha la tête en souriant.

– Il ne faut pas se faire d'illusions. Ces Asiatiques, c'est un peuple ingrat.

Son sourire s'effaça et il baissa les yeux vers le sol.

– Ah bon. Et pourquoi les aider, dans ce cas ?

– J'étais marié à une Asiatique. Ça vous embête si je fume ?

– Je vous en prie.

Il prit une cigarette et en approcha une grande allumette. Puis il la secoua avant de la jeter dans un cendrier en cristal posé sur un bloc-notes.

– En plus, je me suis rendu compte qu'il y avait beaucoup d'injustices.

À cet instant, le téléphone sonna. Il regarda l'écran de son portable et soupira.

– Excusez-moi, dit-il avant de décrocher. Allô ? Bonjour, madame Kaligori. Est-ce que je peux vous rappeler dans…

– Non, l'interrompit la voix au bout du fil. Elle ne convient pas, Tony. Elle ne parle même pas anglais.

Son interlocutrice continua de protester. Je regardai de l'autre côté de la paroi vitrée, où une belle jeune femme en sari vert et or passait avec un plat de nouilles fumantes. Derrière, les cuisinières s'activaient toujours, coupant et vidant le contenu de leurs woks dans de grands récipients bleus.

– Pas de problème. On va trouver une solution, dit Tony d'une voix forte. J'ai un rendez-vous. Je vous rappelle dans une demi-heure.

La femme acquiesça. C'est ce que j'en déduisis du moins, car elle parlait beaucoup plus bas, à présent, et je ne distinguais pas ce qu'elle disait.

– Je travaille différemment des agences, m'expliqua-t-il après avoir raccroché. Les employeurs s'adressent à moi directement. Ils peuvent prendre les femmes à l'essai, et si elles ne leur conviennent pas, ils me les renvoient. Comme Mme Kaligori. Vous n'avez pas à vous engager à embaucher quelqu'un qui se trouve encore au Népal. Ces femmes, poursuivit-il avec un geste de la main désignant la salle autour de lui, ont besoin de quelqu'un qui les aide. Pour les agences, elles sont des marchandises, pas des êtres humains.

– Donc, elles ne contractent pas de dette auprès de vous ?

– Non. Surtout pas. C'est pour ça que les agences me détestent.

Je hochai la tête, tandis qu'il tirait goulûment sur sa cigarette. Il plissa les yeux, ébloui par un rai de lumière venant des portes coulissantes à l'avant de l'établissement. Sur son bureau, appuyée contre une pile de papiers, je remarquai une petite photo un peu floue d'une femme, dans un cadre en bronze. Il suivit mon regard.

– Votre épouse ?

– Ex. Une Vietnamienne.

Je crus qu'il allait poursuivre, mais il inhala une longue bouffée de cigarette, avant de souffler la fumée en ligne droite vers le ventilateur.

– Donc, vous avez besoin de quelqu'un ?

– Pas tout à fait.

– Au téléphone, vous m'avez dit que vous désiriez me rencontrer au sujet d'une affaire urgente. En règle générale, quand on me dit ça, c'est qu'on a besoin d'une nouvelle employée parce qu'on a des problèmes avec celle qu'on a.

– Je vois.

– Alors, que puis-je pour vous ? demanda-t-il, avec un sourire encore plus large.

Il avait quelque chose d'un saint qui fréquente les tripots : il y avait un déséquilibre, une étrange dissonance, chez cet homme.

– Eh bien…

J'hésitai. Il m'encouragea à continuer, avec un mélange de patience et d'exaspération.

– J'ai bien une femme de ménage, mais elle a disparu. Elle s'est volatilisée du jour au lendemain. On m'a dit que vous pourriez peut-être m'aider.

J'entendis ma voix se briser. J'avais l'impression de prendre soudain pleinement conscience de la situation. C'était le fait de prononcer les mots à voix haute devant un inconnu – un inconnu déroutant, qui plus est.

– Volatilisée ?

Je hochai la tête.

– Quand ?

– Dimanche il y a quinze jours.

– Et vous avez prévenu la police.

Ce n'était pas une question. Je confirmai que oui.

– Comment ça s'est passé ?

– Une perte de temps. On m'a dit qu'elle avait dû s'enfuir pour aller au nord de l'île. Je sais qu'elle n'aurait jamais fait ça.

Il s'empara du bloc-notes sous le cendrier et le feuilleta. Sans me regarder, il demanda :

– Son nom ?

– Nisha Jayakody.

– Vous habitez où ?

Je lui répondis, tandis qu'il continuait à chercher dans le carnet, son doigt courant le long des pages. Il prit une autre bouffée de cigarette. Le ventilateur faisait tourbillonner la fumée autour de lui. Il survolait les lignes, tournait les pages, revenait en arrière, posait la cigarette dans le cendrier, passait la main dans ses cheveux. J'ignorais ce qu'il cherchait, mais il finit par saisir un stylo pour griffonner quelque chose.

– Au cours du mois, on m'a signalé la disparition de deux autres femmes, dit-il en insistant sur les derniers mots.

Il avait relevé la tête, le front plissé. La pointe de ses sourcils rebiquait sur ses tempes.

– Deux ?

– Philippines toutes les deux. La première travaillait à Akrotiri, la seconde à Nicosie. D'où vient la vôtre ?

– Du Sri Lanka.

Il le nota aussi. Je me sentais glacée, en dépit de la chaleur qui régnait dans le bureau. Deux autres disparues ?

– Qu'est-ce que ça signifie, à votre avis ? parvins-je à articuler.

J'avais la bouche sèche et la langue qui collait à mon palais. Il s'en aperçut peut-être, car il héla une des femmes qui passaient devant la vitre.

– Bilhana ! Bilhana !

Une femme en sari orange fit volte-face et s'arrêta sur le seuil.

– Dis à Devna, deux cafés.

Il parlait lentement, levant deux doigts. Il se tourna vers moi.

– Du sucre ?

Je secouai la tête.

– Vous croyez qu'il y a un lien ? demandai-je, une fois la femme partie.

Il se contenta de hausser les épaules, me présentant ses paumes. Il n'en savait pas plus que moi.

– J'ai compris qu'il y avait un problème quand la première fille a disparu. Rosamie. C'est moi qui l'avais placée. Elle est arrivée à Chypre il y a trois ans, avec une agence. On l'avait envoyée chez un homme qui la maltraitait. Il la battait. Et Dieu sait quoi. Elle m'a demandé de l'aide. Non sans mal, je l'ai tirée des griffes de son agence et je lui ai trouvé de meilleurs employeurs. Elle a été embauchée par une famille anglaise à Akrotiri. Des gens très corrects. Elle se plaisait chez eux. Tous les dimanches, elle venait ici et elle discutait avec les autres femmes. Elle était bonne danseuse, et elle adorait la musique qu'on passait. Un dimanche, on ne l'a pas vue.

Il s'interrompit et tapota sa cigarette au-dessus du cendrier. Son portable sonna de nouveau, mais cette fois il le retourna et l'ignora. Les notes de « Billie Jean » nous parvenaient de la salle et deux femmes bavardaient à côté du bureau.

– Le dimanche d'après, elle n'était pas là non plus. J'ai trouvé ça étrange. La semaine suivante, son employeuse est venue ici pour m'annoncer qu'elle avait disparu.

– Disparu, répétai-je, incapable de dire autre chose.

– Mme Manning s'est adressée à la police, mais on lui a soutenu que Rosamie s'était enfuie pour aller chercher du travail au Nord. La femme ne savait que croire. Mais je connaissais Rosamie. Elle venait ici tous les dimanches et elle avait l'air radieuse, parce que ses bleus s'effaçaient, parce qu'elle était heureuse chez les Manning. Elle m'apportait un gâteau ou des biscuits, ne cessait de me remercier. Elle affirmait que je lui avais sauvé la vie. Pourquoi se serait-elle enfuie ? C'est absurde. Vous voyez, quand on met tout le monde dans le même panier, sans essayer de comprendre les histoires individuelles, on finit par inventer n'importe quelle connerie et se persuader que c'est vrai.

Sa cigarette était presque entièrement consumée, et la cendre devenait dangereusement longue. Il l'écrasa dans le cendrier et en prit une nouvelle dans le paquet, la faisant tourner entre ses doigts sans l'allumer. Devna entra avec un plateau sur lequel se trouvaient deux cafés, deux verres d'eau et une assiette de biscuits au sésame. C'était une mince jeune fille qui, physiquement, ne faisait guère plus de quinze ans. Mais elle se comportait avec une assurance et une confiance suggérant qu'elle était plus âgée. Je l'espérais, en tout cas. Elle portait un jean délavé déchiré aux genoux, et un tee-shirt de couleurs vives. Je vis de larges créoles argentées briller dans sa chevelure brune lorsqu'elle se pencha pour poser le plateau sur une pile de papier.

– Elles ne savent rien de la vie, dit Tony, les yeux sur elle. Elles viennent de la campagne, de villages agricoles.

Je regardais les doigts de Devna disposer les verres et les tasses sur la table : longs, sombres, élégants, les ongles vert olive.

– Elles disent qu'elles sont là pour envoyer de l'argent à leur famille, mais beaucoup rêvent de s'émanciper. Elles imaginent qu'elles seront libres comme l'air en Europe. Au pays, elles ne gagnent pas plus de deux cents dollars par mois, ici, on leur en donne cinq cents. Mais pour faire quoi ? Elles regardent Tik Tok et des photos sur leur iPhone toute la journée et elles cherchent un garçon qui leur plaît. Je me trompe, Devna ?

Elle rit et ne répondit pas.

– Tu n'aimes pas les garçons ?

– Si. Mais ce n'est pas pour ça que je suis ici.

– Dans ce cas, que fais-tu ici ? Dis à Petra pourquoi tu es ici.

– Voici votre café et votre verre d'eau, madame, dit-elle sans se départir de son sourire, les lèvres scintillantes.

– Si elles avaient un peu de jugeote, reprit Tony plus fort, s'adressant à Devna plus qu'à moi, elles économiseraient !

Devna lui tourna le dos et me fit un clin d'œil avec un léger sourire. Ce qui pour moi signifiait : *Ne l'écoutez pas. Nous savons parfaitement pourquoi nous sommes ici.*

Quelqu'un appela Tony dans la cuisine.

– Excusez-moi un instant, dit-il en se levant.

– Je vais vous dire pourquoi je suis là, déclara-t-elle d'une voix plus affirmée et plus forte, à présent que nous étions seules. Tony est un brave homme mais il ne comprend pas. Je suis ici parce que, chez moi, je n'avais aucun avenir. Pas de travail, rien à faire. J'ai un frère handicapé qui ne peut ni marcher ni parler. Mes parents sont vieux, maintenant. Je dois leur envoyer de l'argent. Qui le fera, si ce n'est pas moi ? Je travaillais jour et nuit, dans mon pays, et ce n'était jamais assez. Ils disent qu'on a une vie meilleure, ici, mais est-ce une raison pour nous traiter comme des enfants, ou pire, des animaux ? demanda-t-elle avec une soudaine violence. Vous comprenez ?

Elle posait sur moi un regard ferme et pénétrant.

– Oui, répondis-je sans détourner les yeux, mesurant toute la détermination et la force de cette femme. Oui, je comprends. Vous avez dit ça à Tony ?

– Bien sûr. Il sait. Il sait. Il aime me taquiner. Mais les autres ne savent pas. Ils pensent que je suis un robot.

Je vidai mon verre d'eau et le reposai sur le plateau.

Tony revint. Devna m'adressa encore un clin d'œil, sourit et s'éclipsa.

– Je me rends compte que vous êtes inquiète, et je veux entendre votre histoire. Mais d'abord, permettez-moi de vous parler de ma seconde disparue, Reyna… Reyna, c'était une autre paire de manches. Elle est arrivée il y a cinq ans avec sa sœur, par le biais d'une agence. Sa sœur, Ligaya, était relativement satisfaite de ses employeurs, mais Reyna était malheureuse. Elle travaillait pour une vieille dame qui lui criait après et elle avait le mal du pays. Un soir, elle est sortie et elle n'est jamais revenue. Ligaya a débarqué ici une semaine plus tard, dans tous ses états. Elle n'arrêtait pas de pleurer et j'ai dû attendre qu'elle se calme pour comprendre ce qui se passait. Le téléphone de Reyna était éteint. Elle avait tout laissé : son passeport, des objets auxquels elle tenait. Elle est sortie avec les vêtements qu'elle avait sur le dos et les chaussures à ses pieds, et on ne l'a pas revue. Sa patronne ne s'en est pas émue. On lui a conseillé de prendre une nouvelle femme de ménage, ce qu'elle a fait. La pauvre Ligaya avait entendu parler de moi par d'autres filles et elle est venue me trouver, parce qu'elle avait peur d'aller à la police.

– Peur ? Elle est en situation irrégulière ?

– Non. Elle est ici tout ce qu'il y a de plus légalement. Elle avait peur de la façon dont la police la recevrait.

Il gratta une allumette et approcha la flamme de sa cigarette. Il souffla des ronds de fumée qui se dispersèrent en fines volutes dans le bureau. Il porta la tasse à ses lèvres.

– Servez-vous, dit-il en indiquant du regard mon café et les biscuits sur le plateau.

J'avalai une gorgée. Il était trop sucré, mais je décidai de le boire quand même : j'en avais besoin dans ce petit espace confiné, où le ventilateur recyclait le même air enfumé. Des scénarios défilaient dans ma tête. Les trois femmes avaient-elles été impliquées dans une affaire qui avait conduit à leur disparition ? Nisha connaissait-elle Reyna et Rosamie ? Une ombre planait dans un coin de mon esprit. S'était-il passé autre chose, de plus sinistre ? Cette simple pensée m'était insupportable.

– Alors, qu'est-ce qui vous fait croire que Nisha ne s'est pas enfuie ? Car je présume que vous ne seriez pas ici, sinon.

Je terminai mon café d'un trait, pris une grande inspiration et lui racontai toute l'histoire. L'excursion en montagne, son désir de sortir ce soir-là, auquel elle n'avait plus fait allusion, le fracas dans le jardin en pleine nuit, la découverte de la disparition de Nisha le lendemain matin, le lit dans lequel elle n'avait pas dormi, le passeport, le médaillon et la mèche de cheveux de sa fille qu'elle avait laissés, et surtout le fait qu'elle n'avait pas dit adieu à Aliki. J'ajoutai qu'on l'avait vue quitter la maison à 22 h 30, alors que j'étais déjà couchée, et qu'elle se dirigeait vers Chez Maria, un établissement qui était ni plus ni moins un bar de prostituées.

Il m'écoutait en hochant la tête et prenait des notes de temps en temps. Bientôt, il ne resta de sa cigarette qu'un long tube de cendres qui tomba sur son pantalon beige. Il l'épousseta, mais ne réussit qu'à l'étaler.

– Où se trouve le bar exactement ?

Je lui donnai l'adresse qu'il recopia également.

Puis je lui montrai le bracelet que je serrais dans ma main depuis le début.

– Des amies de Nisha l'ont ramassé près de la ligne verte, pas très loin de Chez Maria. Regardez, le fermoir est cassé.

– Je peux ? demanda-t-il.

Je le laissai tomber dans sa paume. Il l'examina sous tous ses angles et passa le doigt sur le nom gravé en dessous.

– Qui est Aliki ?

– Ma fille. Nous l'avons offert à Nisha pour son anniversaire, il y a quelques années.

Il me le rendit et réfléchit. Le silence s'éternisa. « Livin' La Vida Loca » de Ricky Martin nous parvenait, mêlé au tintement des couverts, des rires et des conversations. Tony jeta un coup d'œil à l'espace de restauration par la vitre, comme un capitaine sur la passerelle de son navire.

– Est-ce qu'il pourrait y avoir un lien entre ces trois femmes ?

En guise de réponse, il arracha une page du bloc-notes et écrivit leur nom et la date de leur disparition.

– Je suppose que vous êtes en relation avec des amies de Nisha ?

– Oui, bien sûr.

Il me tendit la feuille.

– Demandez-leur si elles les connaissent. Est-ce qu'elle a mentionné leur nom ? Est-ce qu'elles font partie de leur cercle ? Je ne doute pas que, quand vous commencerez à les interroger, d'autres questions surgiront. Mais sait-on jamais, il pourrait y avoir quelques réponses au milieu.

Je relus plusieurs fois ce qui était écrit sur le papier : *Rosamie Cotabu, 12 octobre 2018* et *Reyna Gatan, 23 octobre 2018*. Que leur était-il arrivé ? Comment avaient-elles pu disparaître sans laisser de traces ? Et à présent, on pouvait ajouter Nisha à la liste. *Nisha Jayakody, 31 octobre 2018.*

Outre celui de Nisha, Tony me demanda mon nom complet, mes numéros de portable et de fixe, ainsi que mon adresse. Il nota tout sur son carnet.

– Je vais retourner voir la police. J'enverrai des e-mails, j'irai sur place, je camperai devant la porte s'il le faut. Si c'était une Chypriote qui avait disparu, ils remueraient ciel et terre pour la retrouver. Ils ne se soucient pas de ces femmes. Pourquoi ? Parce qu'elles sont étrangères. Elles ne sont pas chypriotes, elles ne sont pas citoyennes. Elles ne comptent pas.

Alors que je roulais en direction de Nicosie, laissant la mer derrière moi, j'avais encore la musique dans mes oreilles, je sentais encore l'odeur de la nourriture sur mes vêtements. La route était presque déserte, en ce dimanche après-midi. J'étais à la fois rassurée et perturbée par ma conversation avec Tony. Pendant tout le trajet, je vis défiler les noms et les dates dans mon esprit. Nisha avait-elle déjà mentionné ces femmes ? Il ne me semblait pas. Ces disparitions consécutives relevaient peut-être de la coïncidence. Mais mon instinct me soufflait que ce n'était pas le cas. Une sinistre conviction qui s'enracinait en moi.

J'arrivai à la maison peu après 18 heures. Devant chez elle, la jupe remontée aux genoux, Mme Hadjikyriacou apprenait à Aliki un pas de danse, levant fièrement ses nouvelles Converse. Aliki prenait la leçon très au sérieux. Ruba avait ouvert une table pliante en bois dans le jardin et sortait avec des plats fumants.

À ma vue, un sourire éclaira le visage de Mme Hadjikyriacou.

– Nous nous sommes amusées comme des folles. Mais je commence à être un peu fatiguée.

Elle laissa sa jupe retomber sur ses chevilles et insista pour que je dîne avec elles.

Tout le monde s'assit autour de la table. Ma fille devait être affamée car elle brandissait déjà son couteau et sa fourchette, impatiente d'attaquer. Elle dévorait des yeux le plat, une spécialité népalaise à base de vermicelles et de légumes qui me rappela les fumets qui flottaient au Tigre bleu. Il y avait une carafe de citronnade maison, des bols de yaourt de chèvre blanc crémeux, et du pain chaud.

– J'allais vous demander de nous raconter votre rendez-vous, mais vous avez l'air morte de faim. Mangeons d'abord.

Ruba alluma le radiateur extérieur et sortit des plaids crochetés de couleur vive qu'elle posa sur nos épaules. Ils étaient en laine douce et sentaient bon le jasmin.

– Je les ai tricotés après la guerre. Quand je suis arrivée ici. Chacun représente une fleur que je cultivais dans mon jardin, autrefois.

Pendant que nous mangions, elle récita la liste des fleurs par ordre alphabétique.

Aliki se prit au jeu, et s'empressa de tester les connaissances de notre hôtesse, l'interrogeant sur des espèces encore plus obscures.

– Et le cyclamen Cyprium ?

– Il ne pousse qu'en montagne.

– Et l'orchidée abeille de Chypre ? Elle est trop belle. À l'école, le maître aime les fleurs. Il nous apprend plein de choses dessus.

– On les trouve plutôt dans les prairies et les pinèdes.

– Et la tulipe Cypria ? D'après M. Thomas, elle est très rare et elle a la couleur du sang. Vous en aviez dans votre jardin ?

– Non, mais je suis presque sûre qu'il y en avait chez ma tante Lucia. Figurez-vous qu'elle avait trois pouces. À ce propos, vous avez entendu parler du monstre qui vit dans les grottes sous-marines, près du cap Greco ?

Aliki fit signe que non, les yeux écarquillés.

– On raconte qu'il a plusieurs têtes et une multitude de tentacules. Mais il paraît que c'est un monstre gentil. On dit qu'il remonte des profondeurs, attiré par les poissons capturés dans les filets. Certains croient que c'est un serpent de mer géant ou un grand crocodile qui se serait échappé d'un bassin. Mais je l'ai vu de mes propres yeux et je peux vous assurer qu'il ressemble à un plésiosaure préhistorique. C'était il y a très longtemps, quand j'avais exactement ton âge, Aliki. Mes parents nous avaient emmenés, mes sept frères et sœurs et moi, en vacances au bord des eaux scintillantes de la côte est…

Je l'écoutais tout en mangeant avec appétit. Ruba dînait avec nous, mais elle veillait à ce que personne ne manque de rien. Elle remplissait nos verres de citronnade dès qu'ils étaient vides, passait le pain et le yaourt. Ses yeux étaient constamment aux aguets. De temps en temps, elle nous souriait à Aliki et à moi, mais elle se taisait.

Il y avait de la lumière au premier étage de ma maison. Yiannis était assis sur le balcon qui donnait sur la rue. Je savais que j'allais devoir lui parler, lui rapporter ce que Tony m'avait dit au Tigre bleu. J'espérais qu'il pourrait me renseigner.

L'homme en godillots militaires et coupe-vent est assis sur un rocher. Il boit du thé chaud dans une Thermos et contemple sans ciller l'eau immobile du lac. Il y a une valise noire à côté de lui. Au bout d'un moment, il redresse le dos, ses yeux s'animent, il regarde autour de lui et pose la main sur la valise.

Cinq ou six scarabées courent sur la fourrure du lièvre. Certains se nourrissent des œufs de mouche, des larves et des vers, d'autres mangent la chair. Ils aiment l'obscurité. C'est là qu'ils se sentent le plus libres. Grâce à leur corps plat, ils se faufilent sans mal dans les orbites vides, se guidant à l'aide de leurs longues antennes. Un serpent noir rampe sur le sol, lève la tête et continue jusqu'au cratère. Il s'approche du lac, pareil à un ruisseau luisant, mais n'entre pas dans l'eau.

Il n'y a pas un souffle de vent, ce soir, et le ciel est émaillé d'étoiles. Une lune gibbeuse couleur d'os éclaire le pacanier et les fruitiers, la rivière plus loin vrombissant de libellules, les tournesols et le chemin de terre qui conduit au village, où la plupart des habitants sont endormis. Une télévision scintille dans une chambre, une veilleuse luit dans une autre. À la pension, un cafard attiré par les pralines aux amandes grignote les pages d'un vieux livre de contes sur une étagère en bois. La veuve ronfle. Elle a laissé le linge étendu dehors. Derrière un buisson de romarin, un chat rayé comme un tigre guette une libellule égarée loin de la rivière : un insecte écarlate aux ailes fantomatiques veinées de rouge.

Quand le vent se lève, l'homme aux godillots et la valise ont disparu.

18

Yiannis

La photo de Nisha était affichée dans tout le quartier. Je tombais sur elle à chaque coin de rue. Je la voyais même de mon balcon, collée à un lampadaire devant le magasin de Yiakoumi. Elle était accrochée à l'auvent de Theo, aux poteaux de bois et aux murs du restaurant. Seules les autres employées de maison s'arrêtaient pour l'examiner, avec une lueur dans les yeux qui ressemblait à de la peur. Ou peut-être était-ce la sensation troublante de se reconnaître dans un miroir.

Les oiseaux d'Akrotiri remplissaient les frigos de la chambre d'amis. Il fallait que je les nettoie, mais je n'arrivais pas à m'y résoudre. Je me sentais incapable de m'asseoir et de me concentrer.

Mal à l'aise, je pris ma veste et je descendis. Je traversai la rue, arrachai l'une des affichettes et me dirigeai vers le poste de police de Lykavittos.

J'attendis quarante-cinq minutes pour parler à l'inspecteur Vasilis Kyprianou.

– J'ai cru comprendre que vous veniez signaler une disparition, dit-il, ouvrant un calepin et appuyant sur le poussoir d'un stylo argenté.

Je hochai la tête et posai l'avis de recherche sur le bureau.

Il y jeta un bref regard.

– Je vois. Vous désirez un café ?

– Non merci.

Il décrocha son téléphone et demanda un café et des biscuits. Je lui expliquai que Nisha avait disparu en laissant son passeport derrière elle.

– Je sais que son employeuse est passée pour déclarer la disparition, et qu'on a refusé de l'écouter, ajoutai-je.

Il reposa son stylo, et, avec un geste qui semblait signifier qu'il n'était pas vexé, il referma le dossier.

– Et quels sont vos liens avec cette femme ? demanda-t-il en tapotant la photo du doigt.

J'hésitai.

– Son amant ? suggéra-t-il, esquissant un sourire narquois.

– Ce n'est pas le mot que j'emploierais.

Il souriait franchement, à présent.

– Ce n'est pas moi qui vais vous jeter la pierre. Beaucoup d'entre elles sont très belles. Je me demande d'ailleurs parfois si elles le sont autant qu'on le croit, ou si c'est parce qu'elles sont différentes, exotiques, quoi. Vous voyez ce que je veux dire ?

Je ne répondis pas. Je sentais mon cou et mon visage s'empourprer.

– Alors, quel est le mot que vous emploieriez ?

– J'aime beaucoup Nisha. Depuis dix ans, elle travaille dur pour envoyer de l'argent à sa famille…

Son sourire s'élargit encore et il agita la main, comme s'il connaissait la suite par cœur.

– Allons, ces femmes se moquent de tout ça. Elles n'ont pas de racines. Elles sont prêtes à abandonner leur famille sur un coup de tête. C'est pour ça qu'elles sont capables de venir chez nous, ou même d'aller plus loin, en Europe, dans les émirats arabes, et Dieu sait où. Vous imaginez une Chypriote prendre une décision pareille ? Laisser ses enfants ? C'est impensable, quelles que soient les circonstances. Bien sûr elles ont une vie de merde dans leur pays. Des paysannes. Sans avenir. Elles débarquent ici et on leur donne plus que tout ce qu'elles pouvaient espérer : elles sont bien logées, bien nourries, bien payées. Mais elles n'ont aucune gratitude : certaines volent, d'autres vendent leur corps, d'autres encore vont voir ailleurs si l'herbe est plus verte. On pourrait attendre un minimum de reconnaissance, mais non. Ne faites pas l'erreur de croire qu'elles nous ressemblent. Elles ne sont pas comme nous. Je sais de quoi je parle.

– Quoi que vous pensiez, elle a disparu et j'aimerais qu'une enquête soit ouverte.

– Écoutez, j'ai autre chose à faire que courir après ces femmes. Elles ne trouvent pas ce qu'elles cherchent. Alors elles s'enfuient pour ne pas rembourser leur dette aux agences. Vous ne croyez pas que l'argent du contribuable devrait être utilisé à meilleur escient ?

Un connard de première classe. Et son crâne était un mur impénétrable. Je me concentrai sur les veines bleues qui barraient son front dégarni, l'arête tranchante du nez, les dents jaunes. Je serrais les poings sous la table pour contenir ma colère.

Une femme entra avec un café et une assiette de biscuits qu'elle plaça devant lui. Il but une gorgée et poussa un soupir satisfait. Je me levai pour partir. Je m'apprêtai à récupérer la photo sur son bureau, puis me ravisai. Il n'avait qu'à la jeter à la poubelle.

De retour chez moi, je me décidai à nettoyer les oiseaux. Machinalement, systématiquement. Il fallait le faire. Je plumai les fauvettes, les grives musiciennes et les pouillots véloces. Ils seraient marinés, rôtis et avalés, le tout en secret. L'oiseau que j'avais recueilli sautillait à côté de moi. Il gazouillait de temps en temps. Au bout de quelques tentatives, il parvint à voleter jusqu'à la table afin de picorer des baies. Puis il redescendit maladroitement pour se baigner dans le bol que je lui avais sorti. Il se rétablissait petit à petit et son aile allait mieux, mais il avait encore besoin de se requinquer. C'était à dessein que je mettais sa nourriture sur la table et sa baignoire par terre, pour qu'il s'exerce à voler et teste ses forces.

Lorsque j'avais commencé à braconner, je m'étais documenté sur l'intelligence aviaire, espérant trouver une confirmation des clichés sur la « cervelle d'oiseau » et ainsi apaiser ma conscience. Au lieu de quoi, j'avais appris que certaines espèces étaient si intelligentes qu'on les considérait comme des « singes à plumes ». Pendant des décennies, les scientifiques avaient cru que les oiseaux n'étaient pas capables d'innovation, car ils ne possédaient pas de cortex cérébral, puis on avait découvert qu'une autre partie du cerveau – le pallium – avait évolué pour jouer un rôle similaire.

Au fond de mon cœur, ce n'était pas une révélation. Je savais depuis tout petit qu'ils avaient une vie intérieure, depuis que j'avais tenu la bergeronnette morte entre mes mains. Tout au long de mon enfance, j'avais vu les oiseaux résoudre des problèmes avec des facultés cognitives qui allaient au-delà de l'instinct. La souplesse et la vivacité de leur esprit ne faisaient aucun doute pour moi. J'avais même eu un ami corbeau que j'avais baptisé Batman : je le regardais fabriquer des outils avec des brindilles et du bois. Parfois, je lui donnais un bout de fil de fer avec lequel j'avais créé un casse-tête. Je m'asseyais sous un arbre et j'attendais qu'il trouve la solution.

Seraphim finit par tuer Batman avec un fusil à air comprimé. C'était son père qui le lui avait offert pour qu'il s'entraîne à viser, avant d'aller à la chasse avec les hommes. Il s'exerçait sur des figues. Il était doué : je le revoyais, fermant l'œil gauche, l'arme en appui sur son épaule droite. En joue. Feu. En joue. Feu. Ses progrès étaient impressionnants. Un après-midi, alors que nous déjeunions, Batman avait plongé du ciel vers les pins. Seraphim avait attrapé son fusil d'un geste, visé et tiré. L'oiseau n'était pas mort sur le coup. Seraphim l'avait brandi par les pattes, la tête en bas et le regardait se tortiller, puis il était redescendu de la montagne pour le montrer à son père.

Alors que je vidais méthodiquement le sac-poubelle – un fatras de corps, de plumes et de becs emmêlés –, je tombai sur une jeune chouette. Je la pris. Elle était plus petite que ma paume, mais elle inspirait le respect. Son plumage était d'une douceur et d'une finesse incroyables. Je me demandai si elle s'était précipitée dans le filet en suivant sa mère au cours d'une partie de chasse nocturne. Ses immenses yeux noirs opaques dans son visage en forme de cœur posaient sur moi un regard aveugle.

Je pensais à l'histoire de Nisha au sujet de la chouette qui lui rendait visite, à la mort de sa sœur Kiyoma et je faillis la lâcher. Comment avais-je pu ne pas la remarquer, à Akrotiri, quand nous avions trié les oiseaux ? Seraphim l'avait-il vue et laissée avec les autres volontairement ? L'avait-il mordue au cou sans faire attention ? Pour lui, un oiseau était un oiseau.

Moi, je travaillais comme une machine. Chasser était un travail, c'était du fric.

Ne sachant que faire, je posai délicatement mon autre main par-dessus le bébé chouette, pour lui faire un cocon. Je songeai au premier deuil de Nisha, qui avait découvert l'immobilité et le silence de la mort. Je regardai les oiseaux. Ceux que j'avais attrapés, tués et plumés. Ceux qui trempaient dans la bassine, et tous ceux que j'avais balancés à la poubelle, parce que ces espèces-là ne se vendraient pas. C'était là que finirait la chouette. Mais je ne pouvais pas me résoudre à la jeter. Je restai assis sur mon tabouret, l'oiseau au creux de mes mains, incapable de bouger, pendant sans doute plus d'une heure.

La musique pénétrait dans l'appartement par la porte-fenêtre de ma chambre. C'était la même femme, chez Theo. Sa voix aussi pure que de l'or. Le rire d'Aliki retentit dehors. Elle était rentrée de l'école. Puis j'entendis Mme Hadjikyriacou. Elles devaient jouer ensemble.

Tout semblait si simple autrefois. Je m'asseyais sur le balcon quand les bruits du quartier avaient cessé et que tout le monde était allé se coucher, et j'attendais Nisha. Après avoir perdu le bébé, elle montait me voir avec des yeux douloureux. Mais elle venait quand même. Parce que c'est ce qu'on fait. Là où il y a de l'amour, il y a un refuge pour la tristesse.

Nisha me raconta une nouvelle histoire de deuil, deux jours après sa fausse couche. Allongée sur le lit, elle croisa encore une fois les mains sur son ventre, comme un cadavre. Elle inspira profondément et sa poitrine frémit. Elle avait envie de pleurer, j'en étais sûr, mais elle gardait ses larmes à l'intérieur.

– Quelle est ta couleur préférée ? demanda-t-elle.

– Je n'en sais rien. Je n'y ai jamais réfléchi.

– Si on te donnait le choix, quelle serait la dernière couleur que tu voudrais voir avant de mourir ?

– Je ne sais pas, ce n'est pas évident.

– Il faut que tu choisisses !

– C'est un jeu qui plairait sûrement à Aliki.

– Oui, elle adore ce genre de jeu. Mais là, c'est à toi de décider.

Elle inclina la tête dans ma direction et me regarda avec de grands yeux, comme si c'était la question la plus importante du monde.

– Ambre.

Elle hocha la tête.

– J'ignore quelle couleur Mahesh aurait choisie. Je n'ai jamais eu l'occasion de l'interroger.

Je retins mon souffle à la mention de son mari – elle en parlait très rarement.

Alors, d'une voix douce et lointaine, elle me raconta sa deuxième histoire de deuil.

Les parents de Nisha travaillaient dans les rizières. Ils louaient un terrain à un riche propriétaire, le cultivaient et vendaient le riz au marché. Ils vivaient dans une maison rudimentaire, pas tout à fait une hutte, mais avec des plaques d'amiante en guise de murs. Il y avait un puits au fond du jardin qui leur donnait de l'eau fraîche tirée des profondeurs de la terre, même au cœur de l'été. Ils avaient un jacquier, un papayer, un manguier et une passiflore. Des treillages où grimpait du jasmin séparaient leur jardin de celui des voisins. Le père de Nisha cultivait des ignames et il avait un muscadier. Il était grand et avait la peau claire : ses ancêtres avaient rejoint la Compagnie hollandaise des Inde orientales pour fuir le catholicisme au XVIIe siècle. C'était pour cette raison que sa famille s'appelait Van de Berg, « celui qui vient des montagnes ». Sa mère, elle, avait la peau sombre et veloutée, comme ses filles, mais Nisha avait les yeux d'ambre de son père. À l'école, on la surnommait « œil de mangue ».

Leur maison se trouvait au bout d'une longue route qui séparait les rizières de la mer. Elle donnait sur une plantation de cocotiers d'un côté, et sur l'océan Indien de l'autre. De la fenêtre de sa chambre, Nisha voyait les pêcheurs s'éloigner au large en pleine nuit. Elle se réveillait pour les regarder jeter leurs filets juste avant l'aube, puis les remonter vers 9 heures, tant qu'il ne faisait pas encore trop chaud. Le samedi, elle allait acheter du poisson frais avec son père. Elle aimait leurs écailles d'argent, mais l'océan l'effrayait. Il n'était pas hospitalier, mais violent et impitoyable. La plupart des Sri Lankais n'avaient jamais appris à nager pour cette raison.

Au Sri Lanka, la culture du riz était une affaire de famille. Le mari et la femme travaillaient ensemble et leurs enfants étaient censés marcher dans leurs traces. Mais à l'adolescence de Nisha, de plus en plus de paysans quittaient les fermes pour les usines : vêtements, céramiques et bijoux. Après la mort de Kiyoma, son père l'incita à trouver un emploi qui lui permettrait d'être indépendante et de ne rien devoir aux riches propriétaires terriens. Le pays changeait. Dans les années 1960, les importations étaient lourdement taxées, certains produits même interdits. Puis, en 1977, un nouveau gouvernement était arrivé au pouvoir, et avait passé des lois encourageant l'expansion commerciale. Son père s'asseyait dans le jardin pour lui expliquer ces choses-là. Il lui apportait des livres et des articles à lire : il voulait qu'elle comprenne la vie, l'économie et les gens, et les relations entre tous ces éléments, afin qu'elle soit en mesure de prendre des décisions productives et rationnelles.

En 1995, à seize ans, elle quitta Galle pour les plaines alluviales d'Elahera, riches en pierres précieuses. Les rives du Kalu Ganga étaient vertes et fertiles, mais la végétation avait été rasée et la terre rouge mise à nu. Les hommes descendaient dans les mines de Ratnapura, et remontaient avec des chargements de gravier.

Dans le grand bassin à côté de la mine, d'autres ouvriers rinçaient ce gravier dans des paniers en osier. On en lavait seulement quelques poignées à la fois. C'était le travail de Nisha, une tâche pénible. Elle passait la majeure partie de la journée sous le soleil, courbée en deux au-dessus du réservoir, ou pataugeant dans l'eau trouble, guettant un reflet dans la boue : saphirs bleus, jaunes et roses, rubis, topazes, chrysobéryl. Elle aimait tout particulièrement le saphir bleu, sa pierre préférée. Elle lui rappelait l'océan qu'elle voyait par la fenêtre de sa chambre le matin, et les poissons d'argent qui frétillaient dans les filets.

Mahesh était mineur. Il avait tout de suite remarqué Nisha. Ses yeux avaient l'éclat du saphir jaune. C'est ce qu'il lui avait dit pendant une pause déjeuner, alors qu'ils buvaient du thé sous les arbres, contemplant le paysage aride devant eux, et les ouvriers qui lavaient le gravier, dans l'eau boueuse jusqu'à la poitrine. Elle s'était moquée gentiment de lui et lui avait répondu que c'était un cliché, mais elle avait néanmoins été touchée.

Ils prirent l'habitude de déjeuner ensemble. Mahesh lui racontait les expéditions au fond du puits et dans les galeries souterraines, la chaleur insupportable, l'humidité, la peur de finir enterré vivant. C'était un homme doux, de petite taille, avec un sourire plus large que son visage. Dans la mine, il transpirait et il était souvent au bord de l'hyperventilation, mais il serrait les dents et continuait. Nisha lui avoua qu'elle admirait sa force de caractère et sa détermination. Il lui dit qu'il se souviendrait de ses mots et qu'ils lui insuffleraient du courage. À compter de ce jour, tous les matins, lorsqu'elle le voyait disparaître dans le puits, elle priait pour lui.

Il descendait à une quinzaine de mètres de profondeur, pour remonter des topazes et des saphirs. Il enfonçait une tige métallique dans les parois poreuses de la mine et écoutait le son qu'elle produisait, s'efforçant de sentir les vibrations de la terre. Normalement, il était capable de détecter ainsi le gravier alluvial et le saphir, mais parfois, il inspectait la tige quand il la retirait, car les gemmes plus dures rayaient le métal. Il était doué, rapide et agile. Les sacs qu'il remontait renfermaient plus de pierres précieuses que ceux des autres mineurs.

Ils se marièrent à Galle l'année suivante et achetèrent une maison à Ratnapura, plus grande que celle de son enfance.

Elle l'aimait de tout son cœur. Il était bienveillant, n'élevait jamais la voix, contrairement au voisin qui disputait constamment sa femme. Il nettoyait lui-même ses chaussures et mettait toujours ses vêtements au sale. Il avait un rire aigu qui amusait beaucoup Nisha. Même quand il était épuisé, las ou inquiet, ses yeux brillaient d'une malice enfantine. C'était ce qu'elle appréciait chez lui. On peut aimer quelqu'un sans l'apprécier, mais elle appréciait énormément son mari.

Le soir, quand il rentrait, ses mains étaient douloureuses et enflées. Après dîner, elle les frictionnait avec de la crème.

– Tu n'as pas besoin de faire ça tout le temps, disait-il avec son sourire immense. Toi aussi tu es fatiguée. Et si je te massais les pieds ?

Mais elle ne voulait rien entendre.

– Avec ces horribles paluches rugueuses ? grimaçait-elle. En plus, je peux très bien me masser les pieds toute seule. Allez, allonge-toi et pense au ciel.

Il aimait le ciel infini. L'opposé des mines.

Il n'aimait pas le café ; il buvait du thé sucré. Tous les dimanches, ils allaient au marché pour manger du *kottu*, une brouillade d'œufs et de légumes parsemée de petits morceaux de *godamba*, un pain plat croustillant, dans une sauce épicée. Certains soirs, Mahesh préparait un délicieux curry à base de fruits du jacquier, avec des feuilles de pandan et du lait de coco. Il grimpait lui-même à l'arbre pour cueillir les noix de coco. Son épaisse frange tombait sur ses yeux quand il coupait des légumes, et Nisha trouvait ça sexy. Elle l'appelait Chien fou. Alors, il riait et léchait son visage du menton aux sourcils.

Lorsqu'elle découvrit qu'elle était enceinte, il fit le tour du quartier en criant : « Je vais être papa ! » Puis il rentra à la maison, en nage et radieux. Il arpentait la pièce et échafaudait des projets.

Quelques mois plus tard, peu après la naissance de Kumari, alors qu'elle l'allaitait dans la cuisine, elle entendit un grand bruit. Elle leva les yeux et vit par la fenêtre une femme qui courait vers elle à travers champs, trébuchant dans sa hâte. C'était une voisine, Shehara. Elle criait quelque chose que Nisha ne distinguait pas. Puis sa voix pénétra dans la pièce par les portes ouvertes. « Ça s'est effondré ! Ça s'est effondré ! »

Elle répétait les mêmes mots inlassablement, jusqu'à ce qu'ils ne signifient plus rien. *Effondré. Ça s'est. Effondré ça. Sesteffondréçasesteffondréça.*

Nisha comprit aussitôt. Ce que son mari redoutait depuis le début. La raison pour laquelle elle priait chaque jour depuis leur première conversation sous les arbres. Mahesh était coincé au fond de ce puits humide sans issue. Elle le connaissait si bien qu'elle entendait les battements de son cœur, le sang qui bouillonnait dans ses veines. Elle entendait l'eau qui gouttait, voyait les murs qui suintaient, les cristaux qui miroitaient à la lumière de sa frontale. Elle la sentait : la terre. Cette terre qui produisait des pierres magnifiques, cette terre qui recelait des couleurs chatoyantes avait englouti son mari.

Nisha acheva son récit là-dessus. Elle ne pouvait pas continuer. Elle s'assit sur le lit, secouée par une quinte de toux, comme si c'était elle qui était prisonnière de la mine et n'arrivait plus à respirer.

Je me levai et allai lui chercher un verre d'eau fraîche. Elle but un peu et me le rendit.

« Je ne peux pas aller plus loin. Mes larmes remplissent ma gorge et m'étouffent. »

Il régnait une chaleur oppressante, cette nuit-là. Nous étions sur le lit, le ventilateur allumé, les portes-fenêtres du balcon grandes ouvertes. Une fois encore, Nisha s'allongea sur le dos, les mains sur le ventre. J'avais l'impression d'absorber tous ses rêves qui avaient tourné court. J'étais triste pour l'enfant mort. J'avais la sensation de pleurer à l'intérieur. Une sensation que je reconnaissais, pour l'avoir éprouvée quand mon père était revenu avec du sang dans les yeux, captif des visions et du fracas de la guerre, incapable de me voir. Il avait coupé un chêne dans la forêt pour me tailler un bureau et il l'avait placé loin de la fenêtre pour que je ne puisse pas regarder dehors. Il avait décidé de prendre en main mon éducation. Je n'avais plus le droit de vagabonder dans les bois, d'observer les oiseaux et la faune. Je n'avais plus le droit de les accompagner au marché. Il voulait que j'étudie. Il me surveillait. S'il me voyait debout devant la fenêtre, il fermait les stores.

C'était cette pensée qui faisait trembler ma main sur celle de Nisha, la conscience que ce qui était perdu l'était à jamais, que je ne pourrais pas plus ressusciter notre enfant mort que je n'avais pu ramener la raison de mon père autrefois. L'absence de maîtrise, l'impuissance.

– J'aurais aimé pouvoir le protéger dans mon ventre.

– Tu sais que ce n'est pas ta faute.

– Bien sûr que je le sais.

Elle regardait le ciel nocturne par la fenêtre. Seules les étoiles étaient visibles, pas la lune. Nous restâmes un moment ainsi, ma paume posée sur ses mains.

Je songeai à l'homme mort entouré de pierres précieuses, emmuré dans les ténèbres. Son agonie avait-elle été longue ? Avait-il eu le temps de penser à sa vie, à sa femme, à sa petite fille qui l'attendait à la surface, à tout ce qu'il avait aimé et haï, à ses triomphes et à ses regrets ? Qu'avait-il ressenti, face à l'inéluctabilité de la mort ? Quel genre de faim ? De soif ? Quelles douleurs avait-il éprouvées dans son corps ? Quels souvenirs avaient traversé son esprit ? La panique avait-elle précipité sa fin ?

– Je n'ai jamais su quelle était sa couleur préférée, entendis-je Nisha dire.

Tenant toujours délicatement le bébé chouette dans mes mains, je sortis sur le balcon. Petra et Aliki étaient en train de dîner avec Ruba et Mme Hadjikyriacou, devant chez la vieille dame. C'était le moment de descendre au jardin. Je pris une pelle et enfouis l'oiseau dans la terre meuble sous l'oranger. Je creusai assez profondément pour que les chats et les animaux sauvages ne le déterrent pas. Puis je m'assis sur le balcon avec la petite fauvette qui avait niché sa tête sous ses plumes, et j'écoutai les rires et les bavardages montant de la rue.

À 5 heures du matin, l'iPad sonna. Je répondis. Kumari me regarda d'un air étonné. Cette fois encore, elle était en uniforme scolaire, son sac à dos violet sur les épaules. En revanche, ses cheveux étaient détachés, raides comme des baguettes.

– Bonjour, monsieur Yiannis.

– Bonjour, Kumari.

– Est-ce que je peux parler à *amma* ?

J'hésitai. Je ne voulais pas qu'elle sente mon inquiétude.

– Désolée, Kumari, mais ta maman est au travail.

Elle réfléchit, sceptique. Ses yeux étaient ronds et sévères.

– Il est très tôt, chez vous. Comment ça se fait qu'elle travaille déjà ?

– Elle avait beaucoup à faire.

– Avec les poules ?

– Heu, oui, avec les poules.

Elle hocha la tête, songeuse.

– Elle m'a chargé de te dire qu'elle t'aimait plus que tout au monde. Et que tu devais être sage à l'école.

– D'accord, monsieur Yiannis. Soyez sage au travail, vous aussi.

Elle sourit et raccrocha.

19

Petra

Le lendemain, à mon retour du travail, je décidai d'aller voir Yiannis. En me garant, je remarquai que l'avis de recherche qui se trouvait sur le réverbère devant la maison avait été arraché. Mais plus loin dans la rue le visage de Nisha souriait toujours aux passants.

Je traversai le jardin, montai l'escalier et frappai chez Yiannis. C'était la première fois que je pénétrais dans l'appartement depuis qu'il le louait. Il était parfaitement propre et rangé, si sobrement meublé qu'on aurait pu croire qu'il n'était là que pour quelques jours. La lumière et le vent d'hiver s'engouffraient par la porte-fenêtre du salon. Me voyant frissonner, il la ferma et me proposa un café. J'acceptai.

Dans la cuisine, il prépara le breuvage dans une petite casserole à long manche. Sur le rebord de la fenêtre se trouvaient deux plantes : un cactus et un jasmin, dont le parfum estival me rappela le vieil homme dans le bus du Troodos.

– *Je vois quelque chose qui commence par N.*

– *Hum, c'est dur.*

Je les entendais encore : le rire d'Aliki, la concentration feinte de Nisha alors qu'elle faisait semblant de chercher par la vitre.

– Je suis allé à la police, annonça Yiannis.

– Ah.

– Je ne pouvais pas rester sans rien faire.

– Et ?

– Et rien.

Il ne quittait pas des yeux le café qui chauffait à feu doux, veillant à ce qu'il ne bouille pas pour préserver le *kaimaki*, la mousse à la surface.

– Écoutez, je suis au courant pour votre liaison avec Nisha.

– Ma liaison ? Vous dites ça comme si je trompais quelqu'un.

– Quel terme préférez-vous ?

– Je l'aime. C'est une relation amoureuse.

Il avait prononcé ces mots simplement, tandis qu'il servait le café. Il posa les tasses sur une lourde table en chêne, qui ressemblait plus à un bureau qu'à un meuble de cuisine. Il y avait une chaise taillée dans le même bois, et une autre en plastique noir totalement dépareillée. Je m'assis sur celle-ci.

Yiannis but une gorgée, me lançant un bref regard pardessus le bord de sa tasse.

J'entendis soudain un pépiement. Un oiseau gazouillait à ses pieds, un de ces petits migrateurs qui arrivent de l'ouest en hiver. Il me rappela les sorties en mer avec mon père, quand je les voyais passer au-dessus de nous.

Yiannis se baissa pour qu'il saute sur sa main. Il le posa sur la table et l'oiseau s'installa à côté de la tasse.

– Drôle d'animal de compagnie.

– Ce n'est pas un animal de compagnie. Il s'était cassé l'aile. Je m'occupe de lui, le temps qu'il puisse à nouveau voler.

Il le contempla quelques instants sans prononcer un mot.

– Vous avez des nouvelles de Nisha ? C'est la raison de votre visite ?

Je sortis de ma poche la note que Tony m'avait donnée et le bracelet.

– Qu'est-ce que ça veut dire ? demanda-t-il, se raidissant soudain.

– Deux autres femmes ont disparu, expliquai-je, m'efforçant de maîtriser ma voix. Voici leur nom et la date de leur disparition.

Il ignora le papier, les yeux fixés sur moi.

– Et c'est le bracelet de Nisha, que vous reconnaissez certainement. C'était un cadeau d'Aliki. Elle ne l'ôtait jamais. Une amie à elle l'a trouvé dans la rue, près de Chez Maria.

Je vis qu'il était effrayé. Son mutisme me faisait penser aux sculptures en bois de Muyia, figées pour l'éternité.

Je lui racontai ma visite au Tigre bleu et lui répétai ce que Tony m'avait dit au sujet des deux autres disparues. Il m'écoutait, les deux mains sur la table, une ride profonde entre ses sourcils. Il ne fit pas un geste jusqu'à ce que j'aie terminé. Puis il pressa ses tempes entre ses pouces et ses index, grimaçant comme le soir où il avait avalé un verre de *zivania* chez moi.

J'attendais qu'il dise quelque chose, mais il se taisait. Le silence se prolongea, Yiannis se tenant toujours le crâne, moi les mains sur les genoux. Par la fenêtre de la cuisine entrouverte pénétrait un vent froid qui caressait les fleurs de jasmin et diffusait leur parfum.

– *Aliki, c'est trop difficile.*

– *Allez, essaie encore !*

– Du nylon ? Et avant que tu poses la question. La femme qui lit un roman, dans l'autre rangée, porte des bas en nylon.

– Bien vu, mais non.

– Nacre ?

– Non.

– Nonne ?

– Nisha, où tu vois une nonne ?

– On est passés devant une église et il y avait une nonne dans le jardin.

– Rien ne t'échappe.

– Tu devrais être plus observatrice.

– Alors, tu donnes ta langue au chat ?

– Laisse-moi essayer une dernière fois... Narine !

– La réponse, c'était Nisha.

– Moi ? C'est de la triche. Je ne me vois pas !

– Pourquoi ? Moi je te vois !

– Je n'aurais jamais deviné. J'aurais pu chercher toute la semaine et je n'aurais jamais trouvé.

– C'est drôle, non ? Tu vois tout, sauf toi-même.

Yiannis brisa enfin le silence.

– Ce n'est pas normal.

– Je sais.

– Ce n'est vraiment pas normal, répéta-t-il, cette fois plus pour lui-même, grattant un nœud dans le bois du bout de son ongle.

Les tressautements de son pied faisaient trembler la table et tinter les tasses dans leur soucoupe. J'imaginais le tourbillon de ses pensées et je m'efforçai de calmer les miennes.

– D'abord, j'ai cru que je l'avais fait fuir.

– Pourquoi ?

– La veille de sa disparition, je l'ai demandée en mariage.

– Vous vouliez l'épouser ?

La table cessa de trembler. Il expira longuement et porta de nouveau la main à son visage, pinçant l'arête de son nez, comme pour sécher ses larmes avant qu'elles ne coulent.

– J'ai trouvé une bague dans sa chambre. C'était donc ça.

Il hocha la tête et me regarda avec appréhension, comme s'il s'inquiétait soudain de ma réaction.

Quel genre de conversation avaient-ils eue ? Craignaient-ils qu'elle perde sa place, comme les autres employées de maison dans sa situation ? Elles étaient censées être ici pour travailler, et, même pendant leurs heures de repos, elles restaient notre propriété. C'était la règle tacite.

Sa demande en mariage l'avait-elle réellement fait fuir ? Était-ce possible ? C'était une théorie plus simple et moins effrayante. J'aurais aimé pouvoir m'en persuader, mais le bout de papier entre nous frémit sous la brise, comme s'il s'apprêtait à s'envoler.

– S'il vous plaît. Regardez ces noms. Ils ne vous disent rien ?

Il prit la feuille.

– Non. Elle n'a jamais mentionné ces femmes.

– Vous en êtes sûr ?

– Je m'en souviendrais.

– Mme Hadjikyriacou a vu Nisha le soir de sa disparition, à 22 h 30. Elle se dirigeait vers le nord et la zone tampon.

– C'est la rue qui mène au Maria.

– Oui.

Il réfléchit un instant.

– Spyros, le facteur, il m'a dit l'avoir croisée, ce soir-là. D'après lui, elle était pressée car elle avait rendez-vous avec Seraphim au Maria.

– Seraphim, celui avec qui vous travaillez ? demandai-je en fronçant les sourcils.

– Oui.

– Je suis tombée sur lui au Maria, vendredi soir. J'étais passée pour laisser des affichettes et parler au gérant. Quel lien y a-t-il entre eux ?

– Aucun, pour autant que je sache. Nisha les a croisés quelques fois, sa femme et lui, c'est tout.

– Vous l'avez interrogé ?

– Il nie. Il ne l'a pas vue et n'a jamais eu rendez-vous avec elle.

– Et vous le croyez ?

Il ne répondit pas.

– Tout ça ne me dit rien qui vaille, soupirai-je.

Yiannis s'éclipsa un instant et revint avec une poignée de baies rouges qu'il plaça sur la table. Le passereau les picora une par une. Je regardais Yiannis regarder l'oiseau. Il y avait de la douceur, chez cet homme. Une âme sensible et troublée.

– Et Kumari ? Elle ne va pas essayer de la contacter ? Elle doit être aux cent coups, si elle n'a pas eu de nouvelles.

– Nisha l'appelait de chez moi.

Je ne dis rien, honteuse de ne pas l'avoir su.

– J'ai parlé à Kumari, reprit-il. Je n'ai pas mentionné sa disparition pour ne pas l'inquiéter inutilement. J'attends qu'on y voie plus clair.

Je hochai la tête, une boule au ventre.

– Ne vous en faites pas. Elle me connaît. Je m'en occupe.

– Merci.

– Au moins, on peut être sûrs qu'elle allait en direction de Chez Maria.

– Oui, c'est déjà ça.

Mais ce n'était pas grand-chose.

– Est-ce qu'il y aurait moyen de consulter ses relevés de compte, pour voir si elle a retiré de l'argent ?

– Pas sans la police, répondit Yiannis.

Il me demanda si je voulais encore du café. Je refusai. J'avais laissé Aliki seule et je devais préparer à dîner. Il ferait bientôt nuit. Je me levai.

– Cet homme, Tony. Il va m'appeler pour organiser une rencontre avec les employeurs et la sœur des autres disparues. Est-ce que vous viendriez avec moi ?

– Bien sûr, répondit-il aussitôt. Merci, Petra.

– Merci à vous.

Je redescendis l'escalier d'un pas lourd, la gorge serrée. Je ne me sentais pas prête à affronter Aliki – je ne voulais pas qu'elle sache que j'avais pleuré. Je me dirigeai donc vers la barque au milieu du jardin et je grimpai dedans. Je m'assis sur la planche de bois grossière, blottie dans mon pull, songeant à l'arrivée de Nisha chez moi.

C'était au printemps, huit jours après la mort de Stephanos. J'étais enceinte de trente-deux semaines. J'avais prié pour qu'il vive jusqu'à la naissance du bébé. Avant la maladie, j'envisageais notre avenir comme un conte de fées : nous aurions un beau jardin regorgeant de fruits et de fleurs ; Stephanos construirait un petit barbecue de brique, tout à droite, près des cactus. Nous aurions deux enfants. Ces projets, nous les avions échafaudés alors que je n'étais même pas enceinte. À l'époque, si on m'avait dit que bientôt mon seul espoir serait que mon mari vive assez longtemps pour voir son premier et dernier enfant au moins une fois, je ne l'aurais pas cru. Jamais nous n'aurions imaginé que sa santé se dégraderait si vite. Personne parmi nos proches n'avait jamais eu de cancer. Nous supposions que ce serait dur pendant quelque temps, et qu'ensuite la vie reprendrait son cours. Traitement. Rémission. Comme tant d'autres.

Et puis, un jour, j'avais dû porter mon mari à la voiture. Je l'avais installé sur le siège avec l'aide d'un voisin et nous l'avions emmené à l'hôpital sans un mot. Nous l'avions porté jusqu'au seuil du no man's land, les yeux jaunes et les mains noires, le corps gonflé de bile.

Le soir du réveillon de Noël, il était incapable de soulever les bras, les paupières ou d'esquisser un sourire. Je l'avais embrassé. Je lui avais donné à manger, je lui avais brossé les cheveux, j'avais enduit de crème les rides au coin de ses yeux, j'avais replié le drap blanc sous son menton et l'avais bordé autour de ses os, puis j'avais attendu qu'il dise : *Je suis là.*

Il baignait dans ses excréments, relié à une poche, avec une image pieuse à côté du lit, et il buvait sa soupe à la paille. Il n'avait plus de voix, plus d'espoir, plus un seul jour devant lui.

Après sa mort, ce fut un défilé confus de visites. Ma mère était encore parmi nous, en ce temps-là. Mon père et elle passaient à toute heure avec des sacs de courses et de la moussaka qui sortait du four – mon plat préféré. Ils faisaient leur possible pour m'empêcher de couler. Plus tard, après l'attaque qui emporterait ma mère, mon père achèterait un bateau et irait vivre en Grèce, trouvant une consolation sur la mer qu'il aimait tant.

Des amis et des voisins défilaient. Ils sonnaient, entraient et repartaient comme des fantômes. Ils me laissaient des plats chauds et me préparaient du thé. Ils faisaient le ménage. Ils s'assuraient que je mangeais et dormais. Ils m'offraient des cadeaux pour l'enfant, des cadeaux jaunes : des bonbons jaunes, jaune soleil. Jaune comme la vie avant la mort. Nous avions choisi de faire la chambre du bébé dans la pièce qui donnait sur l'oranger. C'était là, sur une table à langer, que j'entassais les présents, un château de cadeaux.

J'assistais à tout cela dans un état second. J'étais absente. Mon esprit était resté coincé dans la vie que nous avions prévue. J'étais incapable d'assimiler cette nouvelle réalité. Tout indiquait que Stephanos était encore à la maison. Ses vêtements et son équipement militaires se trouvaient toujours dans l'armoire. Son après-rasage et ses boutons de manchettes sur la table de chevet. Son rasoir était posé sur le rebord du lavabo dans la salle de bains. Il y avait une pellicule d'écume sèche sur l'embout de sa bombe de mousse à raser. Des cheveux à lui sur le peigne. Ses chaussures dans le placard. Son odeur dans le lit.

Nisha était arrivée peu de temps après, escortée par une femme de l'agence. Elle avait une petite valise et ses yeux avaient la couleur du cuivre. Elle portait une robe noire trop légère pour la saison. Elle s'était immobilisée sur le seuil derrière la femme. Elle avait balayé la pièce du regard, puis m'avait examinée. L'agente – Koula ou Voula – en tailleur gris, des cheveux blonds coupés au carré, parlait, mais je n'écoutais pas vraiment. Je me rappelle avoir signé le contrat sur la table de la salle à manger, tandis que Nisha attendait toujours à la porte.

– Vous êtes bien tombée, avait dit la femme. Votre Sri Lankaise parle l'anglais. Ce n'est pas le cas de ma Népalaise. Un vrai cauchemar, croyez-moi.

Par bonheur, la conversation s'était arrêtée là.

Une fois la femme de l'agence partie, j'avais montré sa chambre à « ma Sri Lankaise ». Elle avait posé sa valise à côté du lit et m'avait demandé si elle pouvait ouvrir les stores. Pour la première fois depuis longtemps, le soleil avait pénétré dans la pièce.

De la poussière flottait dans la lumière. Elle avait fait quelques pas, effleuré le dessus-de-lit, la table de chevet et le fauteuil.

– Madame, merci pour cette belle chambre. Vous êtes généreuse. Mes amies m'ont dit que je devrais peut-être coucher par terre dans une pièce sans fenêtre.

– Je doute que ce soit vrai. Nous traitons bien notre personnel, ici.

Elle avait hoché la tête.

– Vous attendez le bébé pour quand ?

– Dans quelques semaines.

– J'ai une petite fille au Sri Lanka. Elle s'appelle Kumari. Elle a deux ans.

Je ne savais pas quoi dire. Je n'avais pas d'énergie, aucun désir de connaître sa vie, ni la vie de qui que ce soit, d'ailleurs. Il n'y avait aucune question en moi.

Ses yeux s'étaient attardés sur mon ventre, puis avaient encore fait le tour de la chambre.

– Reposez-vous un peu. Vous avez fait un long voyage. Installez-vous, défaites votre valise, passez une bonne nuit. Vous pourrez commencer demain.

– Merci, madame.

– Vous travaillerez de 6 à 19 heures, du lundi au samedi, avec une pause de deux heures dans l'après-midi. Le dimanche, vous aurez votre journée. Le soir, si vous ne travaillez pas, je compte sur vous pour vous reposer dans votre chambre, afin d'être en forme le lendemain matin.

Elle avait acquiescé sans un mot.

– Vous avez des yeux très inhabituels.

– Merci, madame. À l'école, mes amis me surnommaient Œil de mangue.

Elle avait souri. Son visage rayonnait. J'étais sortie en refermant la porte derrière moi.

À compter de ce jour, Nisha avait peu à peu ramené de la vie dans la maison. Chaque matin, des œufs frais, des toasts et du thé m'attendaient sur la table. Elle frottait les sols de marbre jusqu'à ce qu'ils brillent, la cuisine était immaculée. Sur la cheminée trônait la photo de Stephanos dans son cadre étincelant.

La plupart du temps, je l'évitais. L'accouchement était pour bientôt et je travaillais jusqu'à l'abrutissement au magasin. En fin de journée, je rentrais épuisée et je m'écroulais sur le lit, après avoir mangé du bout des lèvres le dîner préparé par Nisha.

Enfin, un soir, je l'avais regardée en souriant.

– Merci. Vous faites un travail formidable.

Elle m'avait rendu mon sourire.

– Je suis contente que vous soyez satisfaite, madame.

Elle avait hésité.

– Mais j'aurais besoin de votre aide.

Je l'avais suivie jusqu'à la chambre du bébé. Elle avait plié tous les habits jaunes et les avait rangés dans les tiroirs et les placards. Elle avait lavé et repassé les draps et les couvertures, et elle avait préparé le berceau.

– C'est très bien, Nisha.

– Mais ce n'est pas encore décoré.

Sur la table à langer se trouvaient des jouets et des bibelots, des cadeaux dont je me souvenais à peine.

– Est-ce que vous pourriez m'aider ?

Elle avait pris une boule à neige et l'avait retournée : des paillettes blanches tourbillonnaient autour d'une chatte que tétaient quatre chatons.

– Où voulez-vous que je la mette ?

– Où vous voulez.

– Je pense que c'est à la maman de décider.

– Très bien. Sur la coiffeuse, alors.

Elle l'avait posée à gauche du miroir.

– Comme ça ?

– Pourquoi pas.

– Ou au milieu, si vous préférez ?

Elle avait poussé la boule de quelques centimètres et s'était tournée vers moi. Je n'avais pas réagi.

Ensuite, elle avait soulevé un mobile. Des nuages cotonneux blancs et des étoiles en bois.

– Et ça, madame ? Je l'accroche au-dessus du berceau, ou sur le mur de ce côté ?

– L'un ou l'autre, ce sera très bien.

Elle avait réfléchi un instant. Elle l'avait placé au-dessus du berceau, puis s'était ravisée pour le suspendre près de la porte-fenêtre. Je la regardais faire. Concentrée, elle s'assurait que le mobile était parfaitement équilibré. Puis ce fut le tour de la guirlande électrique avec des lunes et des étoiles, de la lampe en forme de cottage dont les fenêtres s'allumaient, du jeu de cubes aux couleurs de l'arc-en-ciel, de la famille de peluches, des cactus décoratifs, du coussin jaune sur lequel était brodé le mot *Rêve*, et des minuscules animaux en feutrine : un oiseau, un hérisson et deux ours. Elle disposait chaque objet avec soin, délibérément. En un tournemain, la pièce s'était transformée. La lampe de chevet luisait doucement dans la pénombre, une maisonnette chaleureuse et accueillante.

Ensuite elle m'avait menée à ma chambre. Le lit était fait, la glace de l'armoire nettoyée et une odeur d'encaustique flottait dans l'air.

– J'enlèverai les affaires de votre mari quand vous me le demanderez.

Je lui en étais reconnaissante.

Pour finir, je l'avais laissée débarrasser seule les possessions de Stephanos. J'avais un peu honte de ne pas être capable de le faire moi-même, mais j'avais déjà pris l'habitude de me décharger sur Nisha de tout – y compris du bébé. Ce jour-là, je m'étais contentée de tourner la tête vers la fenêtre et de continuer à boire mon café, Aliki endormie dans son couffin à côté de moi, tandis que Nisha faisait disparaître de la chambre toute trace de mon mariage.

Je remarquai soudain que ma fille se tenait dans le jardin et qu'elle me regardait, Ouistiti dans les bras.

– Est-ce que ce chat nous appartient, maintenant ? demandai-je, feignant d'être fâchée.

– Pose-lui la question.

Elle le relâcha. L'animal s'allongea sur le sol et entreprit de faire sa toilette. Aliki me rejoignit dans le bateau.

– J'ai faim. Tu vas faire à manger ?

– Oui, oui, ma chérie. Dans une minute. Désolée, je n'ai pas vu passer le temps.

– Ce n'est pas grave, mais j'ai faim.

– Je sais. Mais d'abord, est-ce que tu veux me parler de la mer au-dessus du ciel ? Je suis triste. Nisha me manque et j'aimerais qu'on me raconte une histoire.

Elle ne répondit pas tout de suite.

– D'accord. Ferme les yeux.

J'obéis.

– Tu n'as pas le droit de regarder. Je verrai si tu triches.

Je plissai les paupières pour prouver que j'avais compris.

– La plupart des bateaux vont en avant ou en arrière, mais celui-ci va vers le haut. Il faut traverser plusieurs couches de ciel avant d'atteindre la mer.

– Mais la mer n'est pas sur la terre ?

– Non. Et ne m'interromps pas. Sois patiente.

Je souris. *Sois patiente*. Ces mots me rappelaient Stephanos. J'étais toujours pressée d'aller de l'avant, de faire des projets, de me marier, de tomber enceinte. *C'est bon, Petra. Sois patiente.* Ce n'était pas qu'il ne m'aimait pas, je n'avais aucun doute sur la question, mais il voulait faire chaque chose en son temps, lentement, comme si nous avions l'éternité devant nous. C'était ainsi qu'il me faisait l'amour, sans hâte, et ça me rendait folle de lui.

– On est arrivées, reprit Aliki. Mais n'ouvre pas les yeux.

J'acquiesçai.

– Là-haut, il est huit heures de plus. Le soleil se lève. Mais il se lève à peine, donc il fait encore assez noir. La mer est brillante, argentée et dorée. Elle est aussi grande que le ciel, elle n'a pas de fin. Tu peux naviguer au-dessus de tous les pays du monde. Quand tu regardes dans l'eau, tu vois la terre, les arbres, les rivières et les maisons. Et les gens.

– Il y a des habitants, là-haut ?

– Parfois. Mais pas aujourd'hui. En revanche, il y a plein d'oiseaux. Des oiseaux qui sont morts et qui se sont fait des promesses quand ils étaient vivants. Certains étaient humains, avant, et ils se sont donné rendez-vous ici. Et d'autres qui étaient déjà des oiseaux.

J'ouvris les yeux et je regardai ma fille. Sa crinière en bataille d'un beau brun lustré qui retombait sur ses épaules. Ses poignets et ses chevilles qui semblaient jaillir de son pyjama devenu trop petit pour elle. Ma fille que je n'avais pas vue grandir. Pendant un instant, j'eus l'impression de contempler le passé. C'était Stephanos qui me regardait à travers ses yeux. Cela dura une seconde puis l'image s'évanouit et il ne resta qu'Aliki. Aliki, et personne d'autre. Sa peau presque translucide, les veines argentées sur ses paupières, ses joues roses, le petit pli sur son front, et les demi-lunes de ses pommettes. J'en avais le souffle coupé.

Le chat sauta sur mes genoux et frotta sa tête contre mon bras, mon épaule et mon visage, ronronnant doucement tout contre mon oreille.

– Est-ce qu'on peut aller manger, maintenant, maman ?

Maman.

– Oui.

– Maman ?

– Oui ?

– Nisha me manque.

– Je sais. Moi aussi, elle me manque.

– Est-ce qu'elle va revenir ?

– Je crois que non. Mais je ne suis pas sûre.

– Tu essaies de la retrouver ?

– Oui.

Aliki se tut pendant quelques instants, puis elle reprit la parole d'une voix grave.

– Elle s'inquiétait pour les oiseaux.

– Les oiseaux ?

– Ceux qui restent collés par les plumes et les pattes sur les pièges. Elle voulait dire au monsieur d'arrêter de voler les oiseaux du ciel.

– Quel monsieur ?

– Il s'appelle Seraphim.

Je fis un effort pour ne pas trahir mon agitation.

– Est-ce qu'elle est allée le voir ? demandai-je aussi doucement que possible.

– Oui. Quand on est revenues de la montagne. Elle m'a bordée et elle m'a dit qu'elle allait parler au méchant monsieur des oiseaux. Et que je devais être sage et rester au lit. Parce que tu sais, des fois, j'ai envie de faire pipi, alors je frappe à sa porte parce que j'ai peur d'aller aux cabinets toute seule.

Je l'ignorais.

– Je pense qu'on devrait rentrer, maintenant, ajouta-t-elle. La mer est mauvaise. Mais on pourra y retourner un autre soir.

Je hochai la tête.

– Ça te plairait de revenir ?

Encore une fois, je fis oui de la tête. J'étais incapable de parler.

L’homme en godillots militaires sort de l’eau. Il est mouillé jusqu’à la poitrine. Il est entièrement vêtu de noir. Seul un liseré orange borde le revers de son coupe-vent. À la lueur de la lune, il récupère son téléphone sur le rocher jaune près du lac et il gravit la pente du cratère. Il braque la lampe de son portable sur le lièvre en décomposition. Un scarabée se faufile hors de l’orbite vide.

L’homme ramasse le sac à dos noir qu’il a laissé à côté d’une touffe de thym sauvage ; une senteur fraîche monte à lui lorsqu’il se penche et il s’interrompt pour s’en imprégner, les yeux fermés, ailleurs. Peut-être essaie-t-il de chasser l’odeur de la mort incrustée dans ses narines. Le sac sur les épaules, il parcourt les quelques mètres qui le séparent de sa voiture. Il s’éloigne, phares éteints.

20

Yiannis

Tôt le matin, on frappa à la porte. Je bondis du lit, pensant qu'il s'agissait de Nisha. Mais c'était Petra sur le seuil, aussi pâle que la lune.

– Je peux entrer ?

– Je vous en prie.

Elle portait un bas de pyjama et un tee-shirt blanc. Ses yeux étaient cernés.

– Je n'ai pas dormi de la nuit.

Je l'invitai à me suivre dans la cuisine et préparai du café. Elle s'assit et regarda l'horloge au mur.

– Pardon, je ne m'étais pas rendu compte qu'il était si tôt.

Elle semblait désorientée. Ses mains tremblaient sur ses genoux et ses épaules étaient voûtées. Elle me faisait penser à un papillon de nuit. Elle habituellement si bien mise et maîtresse d'elle-même. Les pleurs et les câlins, ce n'était pas son genre. Elle ne craquait jamais. Son nom, Petra, signifiait *pierre*. Je ne l'appréciais pas plus que ça, pour être honnête.

Elle était le mur qui se dressait entre Nisha et moi. Elle, et ce fichu système.

Le petit oiseau sautilla sur le rebord de la fenêtre en hochant la tête, contemplant le monde extérieur.

– Il veut voler, marmonna-t-elle.

– Oui. Mais il n'est pas prêt. Il ne survivra pas, si je le relâche maintenant.

Je posai le café devant elle et elle en avala plusieurs longues gorgées.

– Attention. Il est bouillant, la mis-je en garde, sans succès.

– J'ai de nouvelles informations.

Je m'assis en face d'elle. Mon cœur battait à tout rompre, mais je tâchai de garder mon calme.

– J'ai parlé à Aliki hier. Elle affirme que, le soir de sa disparition, lorsqu'elle l'a couchée, Nisha lui a dit qu'elle allait voir un homme à propos des oiseaux.

Je me raidis sur ma chaise et sentis mon cou s'empourprer.

– Qui ?

– Seraphim. D'après Aliki, il volait des oiseaux dans le ciel et Nisha voulait qu'il arrête.

Mon ventre se noua.

– J'ai passé la nuit à retourner tout ça dans ma tête pour comprendre, mais il me manque trop de pièces. Si vous me cachez quelque chose, Yiannis, je pense que c'est le moment de parler.

Elle avait prononcé mon nom avec sévérité, comme si elle était sûre que j'étais coupable de quelque chose. Et elle avait raison. Je voyais qu'elle savait à la manière dont elle avait redressé ses épaules et me fusillait du regard. C'était la Petra que je connaissais.

– Y a-t-il quelque chose que vous me cachez ?

Instinctivement, je tournai la tête vers la chambre d'amis.

– Je suis très sérieuse, Yiannis.
– Moi aussi.
– C'est quoi cette histoire d'oiseaux avec Seraphim ? Je suis sûre que vous savez quelque chose.

Je me levai et l'invitai à me suivre. Je déverrouillai la porte de la pièce. Ses yeux glissèrent sur les réfrigérateurs, les gluaux et le matériel de chasse.

– Je vois.

Elle ouvrit le frigo le plus proche d'elle, regarda à l'intérieur pour aussitôt se détourner et le refermer.

– Alors, c'est ce que vous faites.

Ce n'était pas une question.

– Je me suis retrouvé mêlé à ce trafic quand j'ai perdu mon emploi. Et maintenant je suis coincé.
– Nisha était au courant ?
– Depuis peu.
– Elle voulait que vous arrêtiez ?
– Oui.

Une vague de culpabilité me submergea. À tel point que je sentis un liquide chaud me remonter dans la gorge. Je songeai une fois de plus au sang de Nisha dans les toilettes.

– Et Seraphim ?
– Il est au-dessus de moi. C'est un intermédiaire.
– Comment est-ce qu'ils empêchent les gens de partir ?
– En général, un incendie. Ils viennent la nuit. C'est le premier avertissement.
– Et le second ?

Je ne répondis pas. Elle hocha la tête et regarda autour d'elle, songeuse.

– Donc Nisha est allée voir Seraphim. Elle voulait vous aider à vous libérer de ces hommes. Est-ce qu'il aurait pu lui faire du mal ?

– Je ne pense pas.
– Vous n'en avez pas l'air si sûr.
J'ouvris toutes les fenêtres ; mon cou et mon visage étaient en feu.
– Elle est allée lui parler et elle a disparu. Elle est allée lui parler, et elle a *disparu* ! Est-ce que vous comprenez ?
– Bien sûr que je comprends, murmurai-je.
– On ne peut pas s'adresser à la police.
– Non.
– Vous devez découvrir ce qui s'est passé, Yiannis.
– Je vais le faire.

J'appelai Seraphim et lui donnai rendez-vous le soir même. Il me dit qu'il serait au Maria à partir de 22 heures.
– Retrouve-moi quand tu veux. Je serai là-bas. Je suis toujours là-bas.
J'ignorais comment je pourrais patienter jusque-là. J'étais incapable de tenir en place, incapable de manger, incapable de penser à autre chose. J'étais censé répartir les oiseaux dans des boîtes et préparer la livraison, mais je passai la journée assis sur le lit où Nisha et moi discutions et faisions l'amour. Je regardai la rue par la fenêtre et j'essayai de reconstituer les événements. Je lui avais demandé de m'épouser. Elle était partie avec la bague. Elle était allée parler à Seraphim. Elle voulait qu'il me laisse tranquille. On ne l'avait pas revue depuis.
En allant au Maria, je vis les affichettes que Petra avait collées dans le quartier. Personne ne l'avait appelée. Les gens passaient devant le visage souriant de Nisha, le regard droit. Pour eux, elle était invisible.
Je trouvai Seraphim à une petite table ronde près du comptoir. Une jeune femme était assise avec lui, menue, de grands yeux marron – comme ceux d'un enfant –, les cheveux aussi

noirs que le charbon. Elle se penchait vers lui, le nez dans son cou.

– Allez, file, lui dit-il à ma vue.

Elle obéit sans discuter. Elle s'approcha d'une autre table où fumaient deux vieux types. L'un des deux se curait les dents avec le doigt. Le second écrasa sa cigarette. Quelle haleine jaune tabac respirerait-elle ce soir ? Je haïssais ces hommes. Je n'étais pas comme eux. J'en étais sûr. Nisha avait-elle dû se prostituer ? S'était-elle retrouvée acculée ? Peut-être avait-elle eu un besoin impérieux d'argent, un besoin impérieux de partir, de voir Kumari. Cet endroit suintait le désespoir : il se condensait sur les fenêtres et dégoulinait le long des vitres, il imbibait les tables.

Seraphim claqua des doigts. Un bruit si net que je me retournai vers lui. Une serveuse s'approcha, un plateau vide à la main.

– Deux whiskys, ma jolie.

– Non, merci, je ne veux rien.

Il m'ignora.

– J'étais avec elle, la nuit dernière, dit-il en indiquant la fille qui avait rejoint les deux vieillards. Charmante.

Je détournai les yeux. Son visage me donnait la nausée.

– Tu es nerveux, en ce moment. J'espère que tu vas bien.

Il se moquait bien de ma santé. Il espérait seulement que je n'étais pas en train de lui filer entre les doigts. Je l'avais entendu dire exactement la même chose à Louis avant qu'ils n'incendient sa voiture – avec son fils à l'intérieur.

La serveuse revint avec deux whiskys. Elle les posa sur la table : un pour moi, un pour Seraphim.

– Allez. Tu as l'air d'en avoir drôlement besoin.

Je vidai mon verre d'un trait sans sourciller, uniquement pour m'en débarrasser.

– Seraphim, Nisha me manque. Il faut que je sache ce qui lui est arrivé. Deux personnes ont confirmé qu'elle devait te retrouver ici le soir de sa disparition. S'il te plaît. Dis-moi ce qui s'est passé.

Je ne savais comment le formuler autrement. J'entendais le désespoir dans ma voix, voyais mon reflet pitoyable dans ses yeux.

Il me fusilla du regard, puis il sourit. Des rides se creusèrent autour de sa bouche.

– C'est le problème, avec l'amour. Ça finit toujours par foutre le bordel. Moi, je préfère quand les choses sont claires, si tu vois ce que je veux dire ?

– Alors, vous aviez rendez-vous ?

Il jeta un regard autour de lui.

– Tu sais quoi ? Je n'aime pas parler de ces choses-là en public. Si on allait chez moi, boire un coup et discuter ?

Il termina son whisky et se leva sans me laisser le temps de répondre. Il posa quelques billets sur le comptoir, adressa un clin d'œil à la barmaid, et je le suivis jusqu'à sa Jaguar.

Les portières s'ouvrirent comme des ailes. Intérieur en cuir souple, sono haut de gamme. Il appuya sur l'accélérateur et le moteur rugit. Je tournai la tête vers la vitre, tandis que la voiture s'envolait dans la nuit.

C'était la première fois que je franchissais le portail de sa résidence sécurisée, une monstruosité blanche entourée de colonnes, avec des fenêtres aux vitres bleues qui imitaient le ciel. Perchée sur une colline, la maison dominait la porte de Famagouste. Elle saillait du sol selon un angle bizarre et m'évoquait un paquebot sur une mer agitée.

Lorsque nous entrâmes dans le salon, une femme de ménage se tenait debout sur une chaise, au milieu de la pièce. La cinquantaine, menue, elle avait des seins volumineux qui semblaient trop lourds pour elle. Je vis à la lueur des appliques qu'elle était en train de nettoyer un lustre monumental – une horreur en cristal. À notre vue, elle descendit de son perchoir et l'alluma. Les pendeloques jetèrent mille petits cercles scintillants sur le sol et les murs.

– J'ai fini, monsieur, dit-elle à Seraphim.

– Tu es une bonne fille. Tu as fait tout ce qu'il y avait sur la liste ?

Elle hocha la tête.

– Tu n'as rien oublié, cette fois ?

– Non, monsieur.

– Très bien. Sers-nous deux whiskys et des amandes dans la pièce du fond. C'est important d'avoir des luminaires toujours propres, ajouta-t-il en se tournant vers moi.

La femme ramassa ses chiffons et nous laissa.

– Nous organisons un dîner demain. Ma nièce baptise son premier-né et toute la famille sera là. Oksana doit être couchée. Allons au garage, on sera tranquilles pour parler.

Je le suivis dans un couloir de marbre blanc. Les sols, les murs : tout était en marbre. Il était tapissé de tableaux d'une telle précision qu'ils paraissaient vivants. Des scènes du Troodos, des vergers, des ruisseaux et des fermes. L'un d'eux en particulier retint mon attention : un vieillard à la barbichette blanche et aux grandes mains, en pantalon noir. Un pli profond barrait son front et il traversait un champ, portant ce qui semblait être un sac de laine.

– Mais c'est…

– Oui, répondit Seraphim derrière moi.

– Pourquoi ?

– Ce sont mes souvenirs.

J'examinai l'homme de plus près, songeant à mon grand-père. Je sentais presque la puanteur des moutons qui l'enveloppait. Puis je m'attachai à l'arrière-plan, au paysage derrière lui, vert et luxuriant. Je remarquai alors qu'un feu faisait rage au fond de la vallée, en passe de s'étendre et d'engloutir les collines. Je ne me souvenais pas d'un tel incendie.

– Pourquoi le feu ?

– C'est la guerre. Entre autres choses.

– Mais encore ?

– Ce qui menace tout ce qui est beau, naturel et bon dans le monde.

Pour la première fois depuis longtemps, je vis passer une expression de tristesse sur son visage. Elle me rappelait le Seraphim d'autrefois, le Seraphim d'avant les fusils, d'avant le corbeau. Un souvenir revint à ma mémoire. Un petit garçon aux yeux mélancoliques, debout sur le tronc d'un arbre tombé. Il avait décidé que c'était une montagne et criait : « Regarde en bas, Yiannis ! »

Tout le long du couloir, je découvrais des échos du passé. Seraphim posa une main sur mon épaule.

– Tu as vu celui-ci ?

Le tableau représentait un simple pommier chargé de fruits mûrs, sur fond de ciel azur. Les verts, les jaunes et les bleus vifs tranchaient sur les pourpres et les violets des ombres.

– C'était l'arbre devant la ferme ?

– Oui.

– Incroyable !

Je me sentais aspiré en arrière, retrouvant un temps presque oublié, le passé ressuscité autour de moi.

– C'est toi qui les as peints ?

– Bien sûr.

Je pensai alors au père de Seraphim, un cardiologue renommé et un chasseur. Toujours en costume et bien chaussé, même quand il tenait un fusil. Il avait le regard dur, et une voix calme mais impérieuse qui nous faisait trembler tous les deux.

Je me serais bien attardé, mais Seraphim s'éloignait déjà. Au bout du long couloir se trouvait une porte en bois qu'il déverrouilla avec une clé argentée. Elle donnait sur un vaste espace qui ressemblait plus à une salle d'exposition qu'à un garage. Trois voitures de luxe étincelaient sous les lampes à halogène.

– Extraordinaire, dis-je, presque malgré moi.

Je n'étais pas venu ici pour admirer sa collection. Je voulais parler de Nisha. Il essayait de détourner mon attention, j'en étais bien conscient. C'était sa spécialité, faire diversion.

– C'est une Lamborghini Miura. Un bolide à moteur central-arrière, dit-il, indiquant la plus proche avec un sourire heureux.

Je décidai d'abonder dans son sens. Peut-être serait-il plus disposé à parler après.

– Vert métallisé, dis-je. Avec des sièges en cuir fauve. Très chic.

– Et regarde celle-ci.

– Une Porsche 911 !

– Magique. Orange lave en fusion. Une commande personnalisée.

Je jetai un coup d'œil au revêtement intérieur : en cuir noir, coutures et ceintures de sécurité orange.

– Cette beauté a une boîte de vitesse robotisée PDK à sept rapports.

– Avec l'option sport chrono ?

– Je veux !

– Impressionnant.

Ensuite, il me fit admirer sa Mercedes SL 300 Gullwing gris métallisé. Il mit la main dans sa poche et appuya sur une télécommande. Les phares s'illuminèrent brièvement et il ouvrit les portières de chaque côté, me demandant de reculer comme si tout allait exploser.

– Regarde-moi ça. Qu'est-ce que je t'avais dit ? Elle n'a pas l'air prête à s'envoler ?

– Plus haut qu'un aigle. Une voiture de rêve.

Il sourit comme autrefois, juste après avoir tué Batman.

– Les glaçons doivent être en train de fondre.

– Pardon ?

– Nos whiskys. On a failli les oublier.

Il referma les portières et les verrouilla à l'aide de la télécommande dans sa poche.

– Je veux parler de Nisha.

– Pas de souci.

Il s'interrompit et attendit.

– Je t'écoute, ajouta-t-il comme je me taisais.

– Elle est venue te voir le soir de sa disparition ?

– Elle n'est jamais arrivée.

Je bouillonnai. Il était évasif à dessein. Il jouait avec moi.

– Mais vous aviez rendez-vous ?

– Oui, dit-il en me regardant dans les yeux.

– Pourquoi tu ne me l'as pas dit, il y a quinze jours, quand je t'ai posé la question ?

– Elle a du cran, ta copine, il n'y a pas à tortiller. Elle m'a téléphoné. Elle m'a dit que c'était toi qui lui avais passé mon numéro. Elle appelait à ton sujet : elle voulait que je te libère de tes obligations. Je lui ai répondu que c'était impossible, bien sûr, et je lui ai demandé gentiment de s'occuper de ses affaires. Il valait mieux qu'elle ne se mêle pas de ça, elle risquait de s'attirer des ennuis. Elle a insisté. Elle est têtue.

Elle a dit qu'elle avait une offre à me faire que je ne pourrais pas refuser.

– Quoi ?

– Aucune idée. Elle n'est jamais venue. Elle était censée me retrouver au Maria en fin de soirée. J'ai attendu. Pour rien. Je ne l'ai pas mentionné, parce que je n'ai aucune raison de douter de ta loyauté. Je me trompe ? Je suppose qu'elle finira par revenir. Alors, quelle est ta voiture préférée ? ajouta-t-il, sans me laisser le temps de dire quoi que ce soit.

– Hein ?

– Laquelle de ces trois voitures tu admires le plus ?

– Je n'ai pas de préférence.

– Allez, choisis-en une.

– La Gullwing.

– Elle est à toi.

Je restai coi.

– Ça t'en bouche un coin, hein ? Tu ne pensais pas posséder un jour une telle splendeur ? Alors, écoute, si tu dépasses ton quota d'ici la fin de la saison, elle est à toi.

– Je ne veux pas de voiture.

– Considère qu'elle est déjà à toi. Tu ne m'as jamais déçu.

– Seraphim, repris-je, le regardant sans ciller. Je te dis que je n'ai pas besoin de ta voiture. Ni d'aucune récompense.

Il hocha la tête et je vis son œil droit tressauter légèrement.

– OK.

– Il faut que j'y aille, repris-je en consultant ma montre.

– On a des whiskys qui nous attendent.

Je lui répétai que je devais partir. Je ne pouvais pas rester une minute de plus.

Lorsque je regagnai la maison, il était un peu plus de minuit. Au moment de monter, quelque chose m'arrêta. Je regardai autour de moi, comme si j'allais voir les empreintes de Nisha, comme si elle avait laissé des traces dans le sable afin que je la suive, ou des miettes pour un petit oiseau. Je fis quelques pas en direction de Chez Maria. Elle allait par là quand on l'avait aperçue pour la dernière fois.

Des papillons de nuit argentés voletaient sous les réverbères. Theo fermait le restaurant. Il leva la main pour me saluer ; je hochai la tête. J'examinai la rue qui disparaissait dans l'obscurité, m'efforçant d'imaginer Nisha. Que portait-elle ? Avait-elle un sac ? Les cheveux attachés ? Pourquoi n'avais-je pas demandé à Spyros ? Je visualisai une image. Nisha en jean et pull orange, celui orné d'un tournesol. Les nouvelles baskets noires que Petra lui avait achetées. Une queue-de-cheval. Concentrée, sérieuse. Elle avait une mission à accomplir : me sauver des griffes des trafiquants. Je la voyais qui marchait devant moi et tournait à droite, dans la rue bordée de citronniers où j'avais rencontré Spyros, en direction de la rangée de grandes plaques de métal rouillées qui coupaient l'île en deux. Là, il y a des mauvaises herbes. Là, un pommier mort. Une série de magasins et d'ateliers pratiquement tous abandonnés, les volets fermés, les portes verrouillées. Quand ils avaient une porte tout court, car certains ne possédaient même pas de façade. Dans le temps, on y vendait des vêtements ou des tapis, parfois du cuivre. Il ne restait que des espaces vides.

Je passai devant l'atelier de Muyia. Le lieu était plongé dans le noir, les statues sous des draps blancs. Je ne l'avais pas croisé depuis un moment. Était-il là, le soir de la disparition de Nisha ?

Puis la vieille baraque de Christos au bout de la rue. L'avait-il vue ? Peut-être était-il dehors ? L'avait-elle salué ? S'était-elle arrêtée ? Je frappai. Rien. Je réessayai. Des pas traînants se rapprochèrent.

– Qui c'est ?

– Yiannis

Il ne m'avait manifestement pas entendu, car il répéta :

– Hé ! Qui c'est ?

La porte s'ouvrit et il se dressa devant moi en caleçon, braquant un fusil. Lorsqu'il me reconnut, il l'abaissa.

– Merde, qu'est-ce que tu fous là ?

– Je suis désolé, Christos. Je sais qu'il est tard. Très tard.

– C'est bon, entre, dit-il en plissant les yeux.

Le salon et la cuisine ne formaient qu'une pièce. Il y avait des napperons un peu partout : sur la table basse, la cheminée, le dossier du canapé. Tout autour de moi, des gens sur des photos en noir et blanc me regardaient. Nous avions souvent eu l'occasion de bavarder devant chez lui, mais je n'étais jamais entré.

Il m'indiqua un fauteuil à côté de la cheminée éteinte.

– Assieds-toi.

Il faisait froid, mais ça n'avait pas l'air de le gêner.

– Je suis désolé de t'avoir réveillé.

– Je venais de me coucher. C'est pas grave. Tu veux boire quelque chose ? Manger une petite douceur ?

– De l'eau, ce serait parfait, s'il te plaît.

Le whisky m'avait déshydraté.

– Depuis quand tu fumes ? Tu empestes la fumée, dit-il en remplissant un verre au robinet.

– Je viens de Chez Maria.

– Ah ? dit-il, haussant les sourcils.

Il posa le verre sur un napperon, sur la table basse. Je le bus avidement.

– Toujours braconnier ?

Je hochai la tête. Christos était un vrai chasseur, lui. Il respectait les dates d'ouvertures, obéissait aux lois et gagnait chichement sa vie.

– Je voulais te demander quelque chose.

– Vas-y. Ça doit être sacrément important pour que tu viennes me faire chier à plus de minuit.

– Est-ce que tu te souviens de ce que tu faisais dimanche il y a trois semaines. Tu étais à la maison ?

– Oh là, faut que je réfléchisse.

Il cala son verre d'eau sur son gros bide poilu.

– Dimanche dernier, j'étais à Larnaca, j'en suis certain. Celui d'avant j'ai lavé la voiture.

Il se pencha, posa le verre sur la table et prit son téléphone.

– Donc, il y a trois semaines, c'était quoi, le 31 ?

– Oui.

– J'étais à la maison.

– Tu en es sûr ?

– Oui. Je l'ai écrit : *Visite Loula et petits diables*. Ma sœur est passée me voir avec ses petits-enfants. Intenables, les gosses ! Quoi qu'il en soit, je nous ai fait à déjeuner. Elle est partie vers 20 heures.

– Et après ?

– Je me suis assis dehors pour bavarder avec Pavlo qui habite un peu plus loin. Je m'en souviens très bien, parce qu'il venait d'avoir la confirmation qu'il était en rémission. Il a eu un cancer, le pauvre vieux. On a joué au backgammon pendant au moins deux heures.

– Tu as vu Nisha, ce soir-là ?

– Qui ?

– Tu sais, la femme de ménage de Petra. Elle s'appelle Nisha.

– Laisse-moi réfléchir, dit-il levant les yeux vers le plafond. Je me souviens de Spyros avec son chien à la con, parce qu'il s'est arrêté pour demander à Pavlo s'il avait ses résultats. C'était une nuit tranquille, il ne se passait pas grand-chose.

Puis on a vu la femme de ménage. Oui, c'était celle de Petra, tu as raison. Elle était pressée, la petite.

– Avant ou après Spyros ?

– Juste avant, je pense. Deux minutes, pas plus. Je me souviens que Pavlo l'a appelée : « Viens ici, ma poulette ! Tu sais que t'es mignonne ! Attends que ma queue soit en état, je m'occuperai de toi. » Il avait trop bu. Beaucoup trop bu.

Son rire faisait trembler ses bourrelets de graisse. Je m'efforçai d'oublier ces mots, mais ils s'étaient déjà insinués dans mon esprit et j'avais les mains moites.

– Elle a dit quelque chose ?

– Rien.

– Comment elle était habillée ? Tu t'en souviens ?

– En noir, je crois… une robe noire. Après son passage, Pavlo a dit qu'il aimerait bien voir ce qu'il y avait en dessous. Défaire la fermeture éclair et voir la lumière en dessous. C'est exactement ce qu'il a dit, ce vieux poivrot.

Je tressaillis. Christos s'esclaffa de plus belle, se tapant l'estomac avec un rire de gorge glaireux.

– Ses cheveux, ils étaient attachés ?

– Non. Aaah, ces cheveux longs soyeux. Difficile de ne pas les remarquer ! Se frotter le visage dedans… je parie qu'ils sentent la pomme.

À deux doigts d'exploser, je me levai précipitamment et m'excusai encore de l'avoir tiré du lit.

Je rentrai chez moi. Sur le trajet, j'imaginais Nisha. Je la voyais plus nettement, à présent. Robe noire, cheveux dénoués à peine ondulés, la lumière des réverbères qui joue dessus. Elle se hâte, tourne au coin de la rue… et Pavlo : *Viens ici, ma poulette ! Tu sais que t'es mignonne ! Attends que ma queue soit en état, je m'occuperai de toi.* Les rires gras. Car ils riaient, bien sûr. Elle fronce les sourcils, pince les lèvres et relève le menton. Elle a envie de le frapper. Voilà ce que j'imaginais. Et admettons que Seraphim ait dit la vérité et qu'il ne l'ait pas vue. Que lui était-il arrivé entre chez Christos et le bar ? Avait-elle pu escalader la barrière ? Aller dans la zone tampon ? Mais pourquoi ? Elle n'avait aucune raison de faire une chose pareille.

Je voyais ses bras qui se balançaient, ses doigts. Les muscles de ses jambes fuselées. Je sentais son odeur, un parfum léger de jardin, d'épices et de Javel.

Ensuite, elle avait croisé Spyros, l'avait salué, s'était penchée pour caresser son chien. Elle avait ri du manteau ridicule dont son maître l'avait affublé. Spyros fredonnait peut-être la musique des *Aventuriers de l'arche perdue* et elle l'avait reprise en chœur avec lui. Peut-être avait-elle la mélodie dans la tête quand elle avait tourné au coin de la rue.

J'entendais son cœur battre. Une nuit froide et dégagée, éclairée par la pleine lune. Comme ce soir. Pourquoi était-elle si pressée ? Seraphim n'était pas du genre à partir parce qu'elle était en retard. Ou alors elle avait une autre raison de se hâter.

Chez moi, je triai les oiseaux et préparai ma dernière livraison. Je travaillai d'arrache-pied. Il n'y en aurait pas d'autres, ma décision était prise. J'aurais dû arrêter le jour où Nisha me l'avait demandé, sans penser aux conséquences. Elle avait essayé de m'aider, elle avait essayé de me libérer, et maintenant elle avait disparu. Si je lui avais obéi, elle serait toujours là, j'en étais sûr. Mon corps était lourd ; j'avais l'impression d'avoir des bracelets en plomb autour des poignets et des chevilles.

Il me fallut plusieurs heures pour venir à bout de ma tâche. Pendant tout ce temps, mon esprit ne cessait de refaire le trajet de Nisha. Je la voyais dans sa robe noire. Chaque fois, au bout de la rue de Christos, elle disparaissait. Comme si la terre l'avait avalée. Et je songeais encore au récit de Nisha sur la mort de son mari. *La terre l'a englouti la terre l'a englouti il a été avalé tout rond par la terre.*

Lorsque la tablette sonna, je bondis. À la vue de Kumari en uniforme, avec une queue-de-cheval, comme sa mère, une douleur me vrilla le crâne.

– Ne me dites pas qu'*amma* s'occupe encore des poules ?

– Si.

Elle leva la tête vers le ciel. Elle était dehors, cette fois, tenant une boisson avec une paille dedans.

– Les poules sont malades ?

– On dirait.

– Monsieur Yiannis, vous mentez !

– Mais non.

– Si. Je sais quand on me ment.

– Vraiment ?

– C'est facile. Les gens disent des choses ridicules sans s'en rendre compte.

– Qu'est-ce que j'ai dit de ridicule ?

– Qu'*amma* soignait les poules.

– C'est toi qui me l'as demandé.

– C'était un piège. Parce que j'étais sûre que vous alliez me raconter un mensonge. Il est 5 heures du matin, chez vous. *Amma* n'irait pas s'occuper des poules à une heure pareille !

Je ne pus m'empêcher de rire.

– Tu parles très bien anglais.

– Je sais. *Amma* m'apprend sur l'iPad et j'apprends aussi à l'école. En plus, j'ai une tante qui est mariée à un Anglais, là-bas, dans les montagnes où il fait froid. Ils me donnent des leçons.

– Bravo, je suis impressionné.
– Aujourd'hui, j'ai mon cours préféré, à l'école.
– Et c'est quoi ?
– L'histoire.
– Très bien. Et pourquoi ça te plaît ?
– Parce que je vois à quel point les gens étaient idiots autrefois.
– Comme moi avec les poules ?
– Oui, dit-elle avec son petit sourire effronté. Alors, où est *amma* ? demanda-t-elle, retrouvant son sérieux.
– Je n'en ai pas la moindre idée, Kumari, admis-je, incapable de mentir plus longtemps. Je ne sais plus quoi penser. D'habitude, elle vient chez moi pour t'appeler, mais je ne l'ai pas vue depuis un moment.
– C'est bizarre.
Sa voix était toujours légère, mais ses yeux s'étaient assombris.
– Pourquoi ?
– Parce que vous êtes monsieur Yiannis et qu'*amma* dit qu'elle aime beaucoup monsieur Yiannis, qu'il est gentil et bienveillant. Pourquoi est-ce qu'elle vous ferait ça ?
Je n'avais pas de réponse à lui offrir. En dépit de son trouble et de son inquiétude, ses yeux pétillèrent soudain.
– Je rappellerai demain et j'espère qu'elle sera là. Soyez sage au travail, monsieur Yiannis, ajouta-t-elle avant de disparaître.

21

Petra

– Toujours pas de nouvelles de Nisha ?

Keti me regardait, appuyée au comptoir. Je lui résumai ce que j'avais appris, son histoire avec Yiannis et son rendez-vous avec Seraphim.

– Hé bien, quelle histoire ! Donc elle devait parler à ce braconnier, et elle s'est volatilisée ?

– Tout juste.

– Ce n'est pas rassurant.

Je me laissai tomber sur une chaise, déprimée.

– Et Yiannis, d'après vous, on peut lui faire confiance ?

– Il me semble, oui.

– Vous avez l'air claquée.

– Je n'ai pas dormi de la nuit.

Elle prit le bracelet et l'examina sous toutes ses coutures, comme si elle était déterminée à lui arracher une réponse. Puis elle soupira, aussi perplexe que moi. Elle le plaça dans ma main et la referma dessus.

– Rentrez. Reposez-vous. Si vous craquez, ça n'arrangera rien.

Une douleur sourde battait mes tempes et je n'arrivais pas à garder les yeux ouverts. J'avais besoin de dormir. Aliki était encore à l'école. J'avais quelques heures devant moi, le temps de faire une bonne sieste.

Je garai ma voiture, mais mes pieds refusèrent de me conduire jusqu'à la maison. Presque malgré moi, je me dirigeai vers l'atelier de Muyia.

– Coucou ?

Personne ne répondit. Ainsi que je l'espérais, il n'était pas là. Autrefois, à Chypre, on ne fermait jamais sa porte. Muyia semblait vivre encore dans le passé. Son absence m'arrangeait, car ce n'était pas lui que je désirais voir, mais Nisha. Je me dirigeai rapidement vers les sculptures à côté de l'atelier. Quand je pensais aux sacrifices que Nisha avait faits pour venir ici, et à mon indifférence, je m'en voulais. Et à présent elle n'était plus là.

J'imaginais que la statue était creuse et qu'elle était prisonnière à l'intérieur. Si je trouvais la jointure dans le bois et que je parvenais à l'ouvrir comme une poupée russe, elle apparaîtrait.

– Petra ? fit une voix brusque.

Je soulevai les paupières, éblouie par la lumière du jour. Quelqu'un se dressait devant moi.

– Petra. Qu'est-ce que tu fabriques ici ?

Muyia me dévisageait, perplexe.

– Tu es là depuis longtemps ?

Je me levai et reculai. Il fixait sur moi des yeux remplis de curiosité.

– Non, je ne crois pas.

Je tournai la tête vers la statue et il suivit mon regard.

– C’est Nisha ?

– Oui. Avec sa fille, Kumari.

– Pourquoi ?

Il cligna plusieurs fois des yeux, sans répondre.

– Comment savais-tu qu’on était à la montagne ?

– Pardon ?

– L’autre jour, quand on a discuté, tu m’as demandé comment s’était passée notre excursion en montagne. Comment est-ce que tu étais au courant ?

Il fronça les sourcils et je vis quelque chose bouger à côté de lui, avant de me rendre compte qu’il se grattait simplement le bras.

– Nisha me rend visite une ou deux fois par semaine. Quand elle va faire des courses, ce genre de choses. Elle m’apporte des fruits du jardin, quelle que soit la saison. Récemment, elle m’a donné des oranges. Encore un peu acides, mais bonnes.

J’attendais qu’il poursuive.

– Elle dit que je suis un homme solitaire qui a besoin d’une femme qui s’occupe de lui, ajouta-t-il en riant. Et elle aime me raconter des histoires.

– Des histoires ?

– Tu sais, sur Kumari et sa vie au Sri Lanka. Sur sa sœur et la chouette.

La chouette ? De quoi parlait-il ?

– Je sculpte les êtres et les bêtes qui me font une forte impression. Nisha m’a raconté tellement de choses… elle m’apporte des oranges, du raisin, des figues de Barbarie, des tomates… et aussi des œufs et parfois des herbes sauvages. Elle me gronde parce que je suis trop maigre. Elle dit que je ressemble à un lézard, que je dois prendre soin de moi, si je veux saisir la beauté et la tristesse du monde. Alors, j’ai voulu lui offrir quelque chose… Mais tu ne m'as toujours pas expliqué ce que tu faisais là ?

– Quand est-ce que tu as vu Nisha pour la dernière fois ?

– Ça doit faire quelques semaines. Un bon bout de temps. Elle doit être débordée. Dis-lui que ses histoires et ses oranges me manquent. Et ne lui donne pas trop de travail – elle se mettrait en quatre pour te faire plaisir, elle est comme ça.

Il sourit et la lumière froide éclaira les plis qui ravinaient son visage.

– Je ne l'ai pas vue depuis trois semaines.

– Comment ça ? Elle est partie ?

– Je n'en sais rien.

Son sourire s'évanouit.

– Elle est sortie un dimanche soir il y a trois semaines et elle n'est jamais revenue.

– Tu n'as aucune nouvelle ?

– Rien.

– C'est étrange.

Il se laissa tomber sur le tabouret. Il tirait sur sa barbe, l'air inquiet, agité, même.

– Je croyais qu'elle était occupée. Je n'avais pas idée. Alors, si ça se trouve, je ne la reverrai jamais ?

Il me regardait, attendant une réponse que je ne pouvais pas lui donner. Il y avait quelque chose d'enfantin chez lui, comme si cette question était en lui depuis longtemps et qu'elle venait seulement d'affleurer à sa conscience.

– C'est une âme profondément bonne. Quelqu'un de bien. Il arrive toujours malheur aux gens bien.

– On ne sait pas s'il lui est arrivé malheur.

– Excuse-moi. Je dis des bêtises. Ne m'écoute pas.

Il parut s'arracher à une forme de stupeur et se leva.

– J'ai tendance à dramatiser. Je suis sûr qu'elle va bien. Il doit y avoir une explication raisonnable.

Ses mots me suivirent comme une ombre jusqu'à chez moi. Mes yeux fixaient la chaussée pour ne pas voir les affichettes.

La maison me semblait vide et creuse. Je m'écroulai sur mon lit. J'imaginais que je me trouvais dans un coquillage. Le passé résonnait à l'intérieur, une mer lointaine, ancienne, la voix de mon père claire et chaleureuse au-dessus des vagues bleues. *Regarde, Petra, regarde cette méduse. Tu as vu comme elle est lumineuse, comme elle est belle ! Mais attention, ma chérie, ne la touche pas. Elle te ferait mal. Ce qui est beau peut nous faire du mal.*

Puis je reconnus Stephanos, son rire. Stephanos qui se moquait d'un gâteau que j'avais fait parce qu'il était aussi plat qu'un frisbee. Nous l'avions tartiné de confiture, nous l'avions mangé et nous avions fait l'amour. Et Nisha, qui les premiers temps pleurait dans sa chambre toutes les nuits. Je m'arrêtais devant sa porte et j'écoutais. « Vous entendez le bébé qui pleure ? m'avait-elle demandé un soir, se penchant par la fenêtre. J'entends un bébé pleurer et j'ai l'impression qu'il m'appelle. »

Et Aliki.

Maman.

Le mot avait disparu de son vocabulaire. Elle l'avait ravalé. Elle savait sûrement. Elle se rendait compte que j'étais très loin depuis le jour de sa naissance. Je l'entendais à présent, ce mot, si beau ; je l'entendais dans le coquillage, par-dessus le bruit des vagues et la voix de mon père, par-dessus le rire de Stephanos et les larmes de Nisha.

Je me le représentais comme une méduse qui dérivait sur l'eau. Je tendais le bras pour le toucher, en vain.

Maman.

J'eus une subite illumination. À présent, je comprenais les larmes de Nisha. Je comprenais sa peine.

Maman.

Je sentis qu'on me tapotait la joue.

– Maman, maman, maman, tu dors ? Qu'est-ce que tu fais à la maison ?

– Chut, tais-toi, ma chérie. Ne la réveille pas.

Mme Hadjikyriacou apparut sur le seuil et fit signe à Aliki de sortir de la pièce.

– C'est bon, je ne dors pas.

Je la remerciai et la laissai rejoindre Ruba, puis je proposai à Aliki de cuisiner avec moi.

– Si on faisait de la moussaka ?

Son visage s'éclaira. C'était sa spécialité grecque préférée, à elle aussi. Elle aidait toujours Nisha à faire frire les aubergines et à préparer la béchamel.

J'étais couchée, somnolente, lorsque mon téléphone sonna. Je regardai le réveil et je sentis ma gorge se serrer. 23 heures. Personne n'appelait à une heure aussi tardive pour annoncer de bonnes nouvelles.

– Petra ? fit une voix masculine.

– Oui ?

Il y eut un bref silence.

– Petra, c'est Tony, du Tigre bleu.

Je m'assis dans mon lit.

– Oui, Tony, bonsoir.

– Est-ce qu'on pourrait se voir rapidement ? J'ai des informations, mais ce n'est pas un sujet dont je souhaite discuter au téléphone. Je préférerais vous parler en face.

Je passai la main dans mes cheveux pour me réveiller.

– Je serai là demain. Je viendrai peut-être accompagnée, cette fois, si vous n'y voyez pas d'inconvénient.

– Tant que c'est une personne digne de confiance.

– Oui, ne vous inquiétez pas.

Le lendemain matin, j'emmenai Aliki à l'école et, une fois de plus, j'appelai Keti et lui demandai d'annuler mes rendez-vous de la journée. De retour à la maison, je me dirigeai vers l'escalier et montai directement chez Yiannis. Il mit un moment à répondre. Il avait les traits froissés et n'était pas rasé.

– Je vous réveille ?

– Non. Entrez.

Dans la cuisine, la lumière qui filtrait entre les persiennes tombait sur la grande table et l'oiseau sautillait entre les rayons de soleil. Au milieu se trouvaient un bol d'eau et une poignée de graines.

Cette fois, il mit le café sur le feu sans me demander et je m'assis sur la chaise en plastique. L'oiseau voleta de la table au plan de travail et se posa à côté de Yiannis. Celui-ci plaça la main en écran entre lui et la flamme.

– L'oiseau va de mieux en mieux, on dirait.

– Oui.

– Vous allez le relâcher bientôt ?

– Oui, évidemment.

Il remua le café délicatement. Puis il ouvrit un bocal de *karydaki glyko* et mit deux noix vertes entières confites dans un sirop au miel sur de petites assiettes à côté de fourchettes miniatures. Cela faisait des années que je n'en avais pas mangé, et l'odeur me rappela ce même appartement, du temps où ma tante y vivait encore. Je me souvins soudain de rideaux verts vifs, brodés de paons et de limettiers. Qu'étaient-ils devenus ?

– Alors, vous avez des nouvelles ? demanda Yiannis, plaçant un café devant moi avant de s'asseoir.

– J'ai reçu un appel de Tony – l'homme dont je vous ai parlé.

Il hocha la tête.

– Tard, hier soir. Apparemment, il a des informations importantes.

J'avalai ma salive, m'efforçant de dissimuler ma panique. J'avais envie de pleurer. Yiannis se crispa.

– Il a refusé de me donner plus de détails au téléphone. Je le vois cet après-midi. J'ai pensé que vous voudriez peut-être m'accompagner.

– Bien sûr.

Il avait parlé avec douceur, mais je remarquai qu'il serrait les poings si fort que les articulations étaient blanches. Il surprit mon regard.

– J'ai peur, admit-il.

– De quoi ?

Il ne répondit pas. L'oiseau sautillait dans un rayon de soleil entre nous, tandis que nous mangions nos noix et buvions notre café.

– Il y a autre chose, dis-je enfin.

– Oui ?

– Kumari, la fille de Nisha. Je pensais à elle. Vous avez eu l'occasion de lui reparler ?

Il poussa un profond soupir.

– Oui. Mais je ne sais plus quoi lui dire.

Un taxi pénètre dans le village et s'arrête devant la maison de la veuve. Le chauffeur bâille, jette un coup d'œil par la fenêtre.

Vous êtes arrivés.

La passagère vérifie l'adresse sur son téléphone. Il est près de minuit et la femme les attend. Elle sort sur la terrasse, lève le pouce.

Oui, dit-elle. Bienvenue. C'est ici.

Le chauffeur ouvre le coffre et porte deux valises de taille moyenne, une dans chaque main, jusqu'à la porte.

Vous pouvez les laisser derrière la maison ? demande-t-elle. Merci.

Elle conduit le couple à la chambre, de l'autre côté de la cour, et leur fait visiter. L'homme prend une amande sur l'oreiller, la croque, et dit que ça lui rappelle quelque chose, mais quoi, il n'en a pas la moindre idée.

Demain, on ira au musée byzantin et au musée du barbarisme, décrète la femme. J'aime ce mot, barbarisme. Ça vide la violence de toute idéologie, la met à nu, tu ne trouves pas ?

Les autres maisons sont plongées dans l'obscurité, à cette heure. Tout comme la route à la sortie du village, une fois le taxi parti.

Au bord du lac, il ne reste plus grand-chose du lièvre. Le crâne, le ventre et les pattes arrière sont nus.

Trois souris mangent les derniers lambeaux de chair. L'une d'elles l'escalade comme si elle trottinait sur une petite colline.

Le ciel est noir. Des nuages s'amassent, lourds et épais. Un orage se prépare.

22

Yiannis

– Yiannis, mon vieux, j'ai besoin de toi ce week-end. On a beaucoup de commandes. Bientôt Noël et toutes ces foutaises. On ne va pas chômer. Tu te rappelles, l'an dernier ? dit Seraphim au téléphone.

J'étais dans la chambre, fenêtres et volets fermés pour bloquer l'hiver et la lumière. Je pensais aux informations que Tony avait sur Nisha.

Et Seraphim, que voulait-il que je me rappelle ? Que je lui obéissais sans poser de question ? Que j'avais tué en moi le petit garçon d'autrefois ? Que je mentais à Nisha ?

– Donc, reprit-il comme je ne répondais pas. Cette fois, je propose qu'on aille sur la côte, à l'ouest de Larnaca. La chasse a été bonne, là-bas, le mois dernier. Je t'accompagnerai. À deux, on va faire un carton.

Je ne disais toujours rien.

– On partira vendredi. Je passe te chercher à 3 heures du matin, comme d'habitude. Attends-moi dehors avec le matos.

Silence.

– Tu as perdu ta langue ?

– Je regardais mon agenda. Je n'ai pas encore fait les livraisons de la dernière sortie.

Je me revis dans ma chambre d'enfant, assis à mon bureau en chêne, mon père derrière moi. À cet âge, je ne l'appelais plus *papa*. Je disais *il*. Mon père était mort à la guerre. Je ne connaissais pas cet homme aux yeux égarés. Il tempêtait. Voulait que j'étudie, que je quitte le village, que je fasse quelque chose de ma vie. Était-ce totalement déraisonnable ?

Pour finir, je l'ai écouté. Et voilà le résultat. L'important, n'était-ce pas de s'enrichir à n'importe quel prix ? À sa mort, il ne se souvenait plus de mon nom. Mais il continuait de marcher, il arpentait toujours le même couloir à la maison de retraite, foulait le même lino vert sans savoir qui il était ni qui j'étais. Je suppose qu'on peut mourir plusieurs fois.

Seraphim se racla la gorge. Il m'avait offert ce petit moment de silence, mais ça avait assez duré.

– OK, dis-je. À vendredi.

Allongé dans le noir, je pensais à Nisha, à la manière dont elle s'était accrochée à moi, le soir où elle avait perdu le bébé. On pouvait perdre quelqu'un de multiples façons, c'était l'une des choses qu'elle m'avait apprises. Cette nuit-là, elle m'avait raconté son troisième deuil.

Après la mort de son mari dans les mines de pierres précieuses de Ratnapura, Nisha décida de retourner vivre chez sa mère à Galle, dans la maison entre l'océan et les rizières qui l'avait vue grandir. Son père était décédé et sa mère à la retraite. Elle pourrait garder Kumari pendant que Nisha travaillait.

Elle devint marchande ambulante. Elle vendait du *kottu* à Galle Face Green, un jardin public en bord de mer. Parfois, il s'y tenait des rallyes et des fêtes. Quand elle était enfant, il y avait aussi des courses de chevaux auxquelles elle assistait avec son père. Le long de la pelouse, à présent, on trouvait toutes sortes de spécialités culinaires. Chaque jour, elle préparait du *kottu* sur une plaque chauffante. Du pain plat découpé en petits morceaux, de la viande, des légumes, des œufs et une sauce épicée appelée *salna*, le tout haché menu et mélangé à l'aide de grandes lames rectangulaires.

Son patron, un homme bedonnant à la peau sombre, la regarda faire pendant les premières semaines. Il était particulièrement attentif à la dernière étape de la préparation, quand elle hachait les ingrédients. Il voulait s'assurer qu'elle exécutait la recette à la perfection. Une fois satisfait – *C'est le meilleur* kottu *que j'ai mangé à Galle. Et je sais de quoi je parle : j'en bouffe depuis que je suis gosse !* – il la laissa tranquille pour s'occuper de ses autres stands. Il la payait une misère, mais c'était tout ce qu'elle avait trouvé. Elle avait arpenté les rues, suppliant presque qu'on lui donne du travail. Toute la journée et une partie de la soirée, elle respirait le parfum des épices. Sa sueur et ses larmes coulaient dans la nourriture, car elle pleurait toujours son mari.

Un peu plus loin, il y avait un manège, dont la musique ne se taisait jamais, et en face une vieille femme qui vendait des saris colorés. À côté, un homme faisait des *isso vadai*, des galettes de lentilles aux crevettes orange fluo, et une jeune femme proposait des desserts à base de noix de coco râpée, enveloppés dans des feuilles de bétel.

Le parc pullulait de ces petits chariots éclairés par des lumières électriques la nuit. On était assailli de couleurs, de parfums et de bruits. Nisha était épuisée. La retraite de sa mère était maigre. C'était elle qui les faisait vivre toutes les trois. Du vivant de Mahesh, ils avaient leurs deux salaires pour payer les factures. C'était dur, mais au moins, tout ne reposait pas sur les épaules de Nisha. Ils étaient parvenus à mettre un peu de côté pour Kumari. Mahesh voulait que leur fille fasse des études et qu'elle soit la première de la famille à aller à l'université.

Après le départ de Nisha, Kumari éclatait en sanglots. Elle pleurait à fendre l'âme et sa grand-mère ne pouvait rien faire pour la consoler.

– Ta fille me rend folle, disait-elle à Nisha. Elle sait trop de choses. Je ne peux pas la distraire aussi facilement que toi quand tu avais son âge. Elle est têtue comme une mule. Je me demande de qui elle tient ça.

– De toi, *amma* ! protestait Nisha, songeant à sa sœur, à la sollicitude obsessionnelle de sa mère, et au pendentif que Kiyoma avait fini par jeter à l'eau pour se libérer.

En général, Kumari était réveillée quand Nisha rentrait du travail. Sa grand-mère avait beau faire, elle refusait de dormir. Elle avait tout essayé, les berceuses et les promenades au bord de l'océan. Kumari regardait les vagues et riait. Voyant que les chansons ne lui faisaient aucun effet, Lakshitha lui récitait des prières sous les arbres dans le jardin. À un moment donné, elle menaça même d'organiser un *thovil* – un exorcisme : « Nisha, je suis à bout. Ta fille est possédée. » Elle plaisantait, bien entendu, et Kumari continuait de rire aux éclats. Jusqu'au retour de sa mère. Alors, qu'il soit 21 heures, 23 heures ou 1 heure du matin, elle se mettait à pleurer. Sans doute des larmes de soulagement, se disait Nisha aujourd'hui, avec le recul. Elle prenait sa fille dans ses bras, s'asseyait sur le lit, et croisait ses jambes en tailleur pour lui créer un petit nid. Kumari gazouillait tandis qu'elle l'installait pour l'allaiter. Le bébé tétait avidement, sa main gauche sous le sein de sa mère, la droite accrochée à ses doigts. Quand elle avait terminé, Nisha ôtait ses vêtements trempés de sueur et s'allongeait sur le tapis, Kumari sur sa poitrine. Elle aimait se coucher à même le sol, sentir la terre ferme sous elle : elle avait l'impression d'être en sécurité, soutenue. Alors, enfin, la petite fille soupirait et s'endormait doucement.

Dans ces moments-là, Nisha était heureuse. Ses larmes se tarissaient lorsqu'elle avait son enfant dans les bras. Quand il faisait chaud, la nuit, elle s'étendait dans le jardin et y restait parfois plus d'une heure, songeant au monde, du ventre maternel aux étoiles. Elle pensait au temps, à l'espace, à l'existence. Elle savait que, vivants ou morts, nous étions tous là quelque part, et que l'énergie de son mari attendait de renaître, s'il ne s'était pas déjà réincarné.

Nisha avait beau se tuer au travail, son salaire ne suffisait pas à couvrir leurs dépenses. À sa plus grande détresse, elle avait commencé à piocher dans les économies destinées aux études de Kumari. Quelques mois plus tard, il n'en restait rien. Elles vivotaient au jour le jour.

Un matin, la jeune femme qui vendait des friandises à la noix de coco en face d'elle ne revint pas. Elle fut remplacée par une marchande plus âgée à la peau marbrée qui portait toujours le même sari violet. Nisha avait l'habitude de regarder Isuri envelopper délicatement ses friandises dans des feuilles de bétel, ses yeux noirs se relevant de temps en temps pour contempler la foule des passants. Les deux femmes échangeaient *kottu* et desserts, amabilités et sourires, et finalement confidences et embrassades. Isuri n'était pas mariée et cherchait un époux convenable, mais sa vie lui pesait de plus en plus. Elle ne gagnait pas assez pour nourrir son père malade et ses nombreuses petites sœurs.

Le départ de son amie affecta profondément Nisha. Isuri parlait de quitter le Sri Lanka pour être employée de maison en Europe depuis un certain temps. « Beaucoup de femmes le font ! avait-elle assuré à Nisha, les yeux brillants. Je serais payée le double. Je pourrais envoyer de l'argent à ma famille et en avoir quand même suffisamment pour moi. Je serais bien logée et nourrie. Et je serais libre ! Je pourrais sortir, faire ce que je veux, je n'aurais à rendre de comptes à personne. Je serais ma propre maîtresse. » Son cœur débordait d'espoir, ce jour-là. Jamais Nisha n'oublierait l'enthousiasme de son amie.

Le soir, alors que Kumari dormait paisiblement sur sa poitrine nue, les larmes de l'enfant séchant sur elle, Nisha sentait la douleur se réveiller dans ses membres las et son esprit bouillonner. Comment faire en sorte que sa fille vive mieux qu'elle ? Comment réaliser le vœu de son mari et envoyer Kumari à l'université un jour ? À Galle, elle n'avait aucune chance d'y parvenir. Elle avait trois bouches à nourrir et aucun soutien. Dans les placards, il n'y aurait bientôt plus ni farine ni riz. Sa mère avait commencé à rationner les portions. Kumari portait des vêtements donnés par des voisines, ce qui n'aurait pas été un problème en soi si seulement Nisha avait pu mettre de l'argent de côté pour ses études et la nourrir correctement. Mais en dépit des privations, des pourboires et des heures supplémentaires, elle n'avait pas de quoi faire les courses pour la semaine. Alors, économiser, ce n'était même pas la peine d'y songer.

Nisha sentait les doigts minuscules du bébé, tièdes et doux ; elle tâtait ses cuisses potelées et soupesait ses petons. Kumari soupirait, mais elle ne bougeait pas et continuait à dormir. Nisha respira son haleine sucrée. Puis elle prit sa décision. *Oui*, décréta-t-elle à voix haute. *Oui. Je dois sacrifier ces moments de bonheur pour l'avenir de Kumari.* Alors elle embrassa la main de la petite cent fois pendant qu'elle dormait et résolut de faire son possible pour qu'elle démarre dans la vie avec toutes les chances de son côté.

Il lui fallut plus d'un an pour mettre son projet à exécution, mais Nisha finit par trouver une agence et remplit tous les papiers, ce qui lui prit déjà quelques mois. Ensuite, elle attendit patiemment un poste adéquat.

Il y eut quelques occasions qui ne se concrétisèrent pas : une grande famille à Singapour, un vieil homme dans un village en Arabie saoudite, un jeune couple à Chypre. Puis vint Petra : une commerçante enceinte qui avait besoin d'aide pour tenir sa maison et s'occuper de son bébé. Nisha se dit que ce serait l'idéal pour elle. De toute façon, elle n'avait pas vraiment le choix. Elle devrait prendre ce qu'on lui proposait ou elle devrait encore attendre. L'île de Chypre lui faisait l'effet d'un endroit petit et accueillant, et on lui avait assuré que beaucoup de Sri Lankaises travaillaient déjà là-bas, que tout le monde parlait l'anglais, que le climat était agréable.

L'agence exigeait des frais astronomiques, l'équivalent de dix mille euros. Bien entendu, elle ne disposait pas d'une telle somme, elle paierait donc en plusieurs fois. L'argent serait prélevé sur son salaire dès le premier mois. Elle calcula qu'elle pourrait quand même en envoyer assez à la maison et mettre de côté pour les études de Kumari.

Entretemps, l'enfant ne voulait plus dormir sur sa poitrine quand elle rentrait du travail. Elle se tortillait, bredouillait et griffait sa mère, puis sanglotait éperdument, comme si c'était elle qui s'était fait mal. Nisha était convaincue que Kumari avait compris d'instinct que son cœur et son esprit étaient déjà partis. Cette idée la déchirait. L'enfant grandissait de jour en jour et exigeait d'être prise en compte. Les gazouillis se transformèrent en mots. « Non ! » disait-elle à sa grand-mère quand elle ne voulait pas dormir. « Non », disait-elle à sa mère quand celle-ci réclamait un câlin et un bisou en rentrant du travail. À deux ans, elle formait des phrases et elle était intraitable.

– Non, *amma* ! Tu retournes au travail, maintenant !

– Tu m'as attendue toute la journée et tu ne veux plus me voir ?

– Non. Pas attendre. Kumari joue avec Ziya. Ziya a faim.

Ziya était sa poupée préférée. Sa grand-mère l'avait confectionnée avec de vieux chiffons.

Et puis, un matin, Kumari regarda sa mère faire ses bagages.

– Tu fais quoi, *amma* ?

– Je mets mes affaires dans une valise, *babaa*.

– Pourquoi ?

– *Amma* s'en va.

– Kumari s'en va ?

– Non.

– Ziya s'en va ?

– Non, *babaa*.

Nisha atterrit à Chypre un dimanche soir, avec une petite valise, vêtue d'une robe de lin noir qu'une voisine de Galle lui avait confectionnée. Une employée de l'agence l'attendait à l'aéroport pour l'emmener dans une vieille maison sombre, dans une vieille ville sombre, où une femme enceinte éplorée l'accueillit avec un sourire triste et des yeux lointains.

Isuri avait raison sur un point : on lui attribua une jolie chambre avec des meubles anciens, qui donnait sur un jardin luxuriant. Il y avait des poules, un cactus, un figuier et un oranger. Dans le jardin se trouvait une petite barque qui lui rappelait les pêcheurs au Sri Lanka – ceux qu'elle contemplait de sa fenêtre. Nisha décida qu'elle était bien tombée.

Le premier soir, des pleurs l'éveillèrent au milieu de la nuit. Elle se leva et colla l'oreille à la porte fermée. C'était un bébé, très jeune, sans doute de l'âge de Kumari. Les cris étaient aussi nets et présents que les ténèbres autour d'elle. Suivant le son, elle longea le couloir et sortit dans le jardin. Là, les sanglots étaient encore plus forts. Elle se dit que ce devait être l'enfant d'un voisin, mais elle n'arrivait pas à déterminer leur origine. Ils semblaient venir de partout. Elle s'assit dans la barque abandonnée et s'efforça de comprendre. Les plaintes émanaient de la terre et des arbres et du ciel. Elle finit par s'endormir là, et ne se réveilla qu'à l'aube, au chant d'un coq lointain. Le bruit avait cessé.

Elle n'avait qu'une heure avant le début de sa journée. Elle décida de s'atteler à la tâche sans plus attendre. Elle récura et frotta toutes les surfaces jusqu'à ce que le souvenir des pleurs se dissipe.

Sa patronne était satisfaite de son travail. C'était la seule chose qui semblait lui faire plaisir. Petra vivait dans un état de désespoir perpétuel, et elle portait son ventre rond comme si c'était un objet, comme si elle portait la Terre.

Le soir, Nisha se coucha fatiguée à l'issue d'une longue journée de labeur. Les pleurs mystérieux la tirèrent de nouveau de son lit. Elle sortit dans le jardin, cette fois par la porte-fenêtre de sa chambre. La nuit était claire et froide et il y avait du gel dans l'air. Les étoiles formaient un dôme au-dessus d'elle. Il n'y avait pas un souffle de vent. Elle tendit l'oreille, aux aguets, cherchant à localiser la source du bruit. Encore une fois il semblait venir de partout : des feuilles, des branches et de l'écorce, et aussi des racines. Il coulait, pareil à une rivière souterraine, pareil au chant profond des arbres. Mais il venait également d'en haut, de la trame même du ciel, des ondes et des particules qui constituent les êtres, il voyageait sur les ailes des chauves-souris et des chouettes, et plus haut, bien plus haut, il venait des étoiles.

À cet endroit de son histoire, Nisha s'était interrompue. Elle m'avait regardé droit dans les yeux. Puis ses mains avaient caressé mes bras, comme si elle voulait s'assurer de mon existence, s'ancrer dans le présent.

– Alors, tu as trouvé la source de ces pleurs ?

Au lieu de me répondre, elle s'était collée contre moi, ne laissant aucun espace entre nous ; elle avait épousé les formes de mon corps, avait niché sa tête dans mon cou, et pour la première fois depuis la fausse couche, elle avait pleuré.

23

Petra

– Si je peux me permettre, ça a commencé quand ? demandai-je. Entre Nisha et vous ?

Yiannis et moi roulions vers Limassol. J'avais mis la radio en sourdine. Il pleuvait des cordes. Le chauffage était allumé, et les fenêtres fermées. Mais, voyant que nous longions une orangeraie, puis une exploitation agricole, j'entrouvris la vitre et inhalai à pleins poumons. L'odeur de la terre mouillée et du fumier emplit l'habitacle.

– Il y a deux ans.

– À votre arrivée ?

– Oui. Du moins, c'est à ce moment-là qu'on a commencé à discuter. Il a fallu un peu plus de temps pour qu'on apprenne à se connaître.

Je pensais qu'il allait poursuivre, mais il regardait au loin, un village à flanc de colline.

– Comment avez-vous réussi à garder votre relation secrète tout ce temps ?

– Elle montait chez moi quelques fois par semaine, le soir. Elle appelait Kumari à 5 heures du matin, tous les dimanches et les mardis, parfois d'autres jours aussi, puis à 6 heures elle redescendait avant que vous ne vous leviez.

J'avais les yeux sur la route, mais je sentais son regard sur moi, attentif à ma réaction.

– Je vois. Je regrette que Nisha ne m'ait rien dit.

Il ne répondit pas. De toute façon, qu'espérais-je entendre ? Je n'aurais jamais accepté, à l'époque et il le savait. J'étais trop égoïste, j'avais trop besoin de Nisha. Je la voulais pour moi seule, et pour Aliki.

Je n'aurais jamais pris en considération son droit à avoir sa propre vie.

J'étais gênée et honteuse. J'étais devenue tellement nombriliste que je n'avais rien remarqué. Les choses se seraient-elles passées différemment si Stephanos n'était pas mort ? M'aurait-il empêchée de me renfermer ainsi ? Mon monde était si étroit qu'il incluait à peine notre fille. J'avais raté les années les plus importantes de la vie d'Aliki, alors qu'elle était là, sous mes yeux. Que m'avait-elle montré que je ne pouvais pas voir ? Qu'avait-elle dit que je ne pouvais pas entendre, pendant tout ce temps ?

Et il y avait les oiseaux. Yiannis en avait rapporté des milliers au-dessus de chez moi, il les avait vendus au marché noir, il était membre d'une véritable organisation criminelle, et je n'en avais rien su. Devant nous, la mer était houleuse sous la pluie. Nous étions presque arrivés.

Tony était dans son bureau de verre. L'atmosphère était différente, aujourd'hui, au Tigre bleu, peut-être parce qu'on était en semaine. Derrière le comptoir, un employé chypriote confectionnait des sandwichs. Il n'y avait que quelques clients attablés dans l'espace restauration et pas de musique venant de la salle, personne qui servait des plateaux chargés de mets et de boissons. À croire que l'autre Tigre bleu était un rêve. Puis je reconnus Devna qui sortait de la cuisine. Elle se dirigea aussitôt vers nous. Cette fois, elle portait du rouge à lèvres écarlate, un jean bleu foncé et un chemisier à carreaux rose et blanc dont le décolleté révélait à peine la naissance des seins.

– Madame, monsieur, dit-elle. Je suis ravie de vous revoir, madame. Monsieur Tony vous recevra dans cinq minutes. Vous boirez quelque chose ?

Yiannis secoua la tête. Il avait le teint jaune.

– Ça ira, merci.

Pour ma part, je demandai un café noir sans sucre.

Devna s'éclipsa. Yiannis et moi, nous nous dandinions sur place, mal à l'aise. Enfin, Tony leva le bras pour nous inviter à entrer.

Yiannis lui serra la main et se présenta simplement par son prénom. Avec sa chemise blanche repassée et son pantalon de twill gris, il avait l'air d'être là pour conclure un accord commercial. Il paraissait encore plus séduisant à côté de Tony, qui avait les cheveux ébouriffés et de larges auréoles de sueur sous les aisselles. Une cigarette se consumait dans le cendrier.

Il me serra la main et tout le monde s'assit. Jaugeant Yiannis, Tony récupéra sa cigarette et tira avidement dessus. Une longue cendre tomba par terre à ses pieds. Il la piétina comme si elle risquait de déclencher un incendie.

– Alors, Yiannis, pourquoi êtes-vous là ?

– Nisha et moi sommes très amis.

Tony haussa les sourcils. Devna entra au même moment portant des cafés et des biscuits sur un plateau. Elle en avait quand même fait un pour Yiannis, qui l'accepta par politesse.

Tony alluma le ventilateur, brassant l'air enfumé dans le petit bureau.

– C'est un nouveau jean, Devna ?

Elle lui sourit de ses lèvres rouge vif. Elle posa l'assiette sur les papiers qui encombraient le bureau, m'adressa un clin d'œil et s'éclipsa.

– Elles n'apprennent jamais, ces gamines.

Il nous sourit, révélant des dents jaunes, mais ses yeux étaient attentifs et pénétrants. Ils s'attardèrent sur Yiannis, qui, gêné, plongea le nez dans sa tasse.

– Mais revenons à nos moutons. Je suppose que vous êtes tous les deux là parce que vous êtes inquiets pour Nisha. Et ce que j'ai à vous dire ne va pas vous rassurer.

Yiannis posa son café et redressa le dos. Ses mains se crispèrent sur ses genoux.

– Depuis votre visite, Petra, deux autres personnes sont venues me voir. D'abord, une Roumaine, qui travaille dans la banlieue de Nicosie. Une de ses amies d'enfance, Cristina Maier, roumaine elle aussi, a disparu avec sa fille de cinq ans, Daria. L'enfant vivait à Chypre avec sa mère. En toute légalité, puisqu'elles sont européennes. On est sans nouvelles d'elles depuis deux mois. Son amie a fait des pieds et des mains pour qu'on ouvre une enquête, mais les patrons de Cristina et la police estiment que c'est une perte de temps. La seconde est également roumaine, Ana-Maria Lupei. On a signalé sa disparition mercredi dernier, il y a exactement une semaine, à côté de Nicosie. Elle se trouvait elle aussi en compagnie de sa fille, Andreea. Son employeur, un ancien militaire, est venu me voir avec son fils hier. D'après lui, elle est sortie un soir pour rendre une brève visite à une amie. Elle a emmené sa fille, et elles ne sont jamais revenues. Le vieux monsieur est mort d'inquiétude. Il les apprécie beaucoup toutes les deux. Il s'est adressé à la police, sans résultat. Là encore, ces femmes ont disparu sans prévenir. Là encore, leur entourage affirme que ça ne leur ressemble pas, et qu'elles sont parties sans affaires ni passeport. Et bien sûr la police ne veut rien savoir. Le pire, c'est que cette fois, elles n'ont pas disparu seules, mais avec un enfant.

Tony s'était tu pour nous laisser digérer ces informations. Il tenait sa cigarette, le coude en appui sur le bureau, et nous regardait tour à tour.

Yiannis inspira profondément et expira par à-coups. Je ne me tournai pas vers lui. Je n'en avais pas le courage. Je sentais le peu d'espoir qui me restait m'abandonner. Cette affaire de disparitions prenait des proportions effrayantes. J'avais l'impression qu'une ombre menaçante planait sur nous.

Tony jeta son mégot dans le cendrier et alluma une nouvelle cigarette. Le briquet cliqueta dans le silence. La flamme s'étira et des volutes de fumée s'enroulèrent autour de nous.

Yiannis se leva soudain, porta les mains à son visage, cachant ses yeux et sa bouche.

– Ça va ? demandai-je.

– Pardon. C'est juste que je ne comprends pas.

– Ces disparitions sont liées, intervint Tony. Ça fait trop de coïncidences. Il y a une personne ou un groupe là, derrière. L'une des femmes avait un rendez-vous amoureux. Je n'ai aucune information sur l'individu qu'elle devait rencontrer – j'y travaille –, mais elle en a parlé à une amie avant de sortir. Ce qui confirme si besoin est que la police se trompe. Ces femmes n'ont pas décidé de partir au Nord sur un coup de tête. Je retourne au poste demain avec tous les faits que j'ai réunis, ajouta-t-il en posant la main sur son carnet. Et je n'en bougerai pas tant qu'on n'aura pas accepté de m'écouter.

Yiannis était toujours debout, les yeux baissés, l'air en prière. Sans un mot, il se rassit, les mains sur les genoux, comme au début de l'entretien, le visage crispé par l'anxiété.

– Ai-je l'autorisation de partager toutes les informations que vous m'avez communiquées au sujet de Nisha ? me demanda Tony.

– Bien sûr.

– Il n'y a rien que vous souhaitiez ajouter ?

Après un bref silence, Yiannis prit la parole, sa voix se raffermissant.

– Nous savons à présent que Nisha devait rencontrer un collègue à moi, ce soir-là. Il s'appelle Seraphim Ioannou. Lui et moi faisons partie d'un réseau de braconnage. Un trafic d'oiseaux chanteurs, pour être plus précis. Nisha voulait le voir à ce sujet. D'après lui, il l'a attendue en vain.

Tony l'écouta, les yeux plissés. Puis il ouvrit son carnet et lui demanda de répéter le nom.

– Avez-vous la preuve qu'elle avait rendez-vous avec cet homme ?

– Seraphim me l'a confirmé lui-même.

Tony hocha la tête et griffonna encore quelques mots. Puis il referma le bloc-notes, s'appuya contre son dossier et, pour la première fois depuis notre arrivée, regarda par la vitre la salle du restaurant, à présent presque pleine.

Le trajet du retour se déroula dans un silence total. Il se faisait tard. Le soleil avait disparu dans la mer. Aliki devait être rentrée de l'école. Mme Hadjikyriacou était allée la chercher et elle devait lui raconter des histoires en m'attendant, tandis que Ruba préparait un repas chaud qui embaumait la maison.

Yiannis avait les yeux fixés sur la pluie qui ruisselait sur le pare-brise. Il n'ouvrit la bouche qu'au moment où j'entrai dans Nicosie.

– Ça vous embête si j'éteins le chauffage ?

– Bien sûr que non, allez-y.

Je lui jetai un coup d'œil et constatai que son cou et son visage étaient rouges. Je voulais lui demander à quoi il pensait, mais aucun mot ne franchit mes lèvres.

Il pleut tellement que le lac déborde et que le puits de mine commence à se remplir d'eau.

L'averse a emporté les fourmis et les vers, et les souris se sont mises à l'abri. Sur les pattes arrière du lièvre, il reste quelques touffes de poils trempées, mais la peau a en grande partie disparu. La pluie inonde la chair rongée, le trou où se trouvait l'œil autrefois, la cavité qui abritait le cœur. Un croissant de cage thoracique dénudé luit, telle une nouvelle lune.

La pluie crépite sur le lac rouge, martèle la pierre jaune, ruisselle sur le squelette rouillé du chevalement et dans la mine en dessous. Là, à la surface de l'eau noire, apparaît un éclat pâle, un drap trempé qui enveloppe une forme indistincte. Seule une portion est visible : le sommet d'une petite montagne blanche qui s'élève dans l'obscurité, la partie émergée d'un iceberg scintillant.

Dans la chambre d'hôtes, l'homme et la femme sont couchés dans le grand lit. Elle est sur le flanc, face à la fenêtre battue par la pluie ; il lit les informations sur son téléphone. La lumière de l'écran éclaire son visage. Il est encore jeune.

La femme prend la brochure sur la table de chevet, la feuillette.

Allons au lac rouge, demain, propose-t-elle.

Le lac rouge ? demande-t-il, distrait.

Oui, je t'en ai parlé. Il y avait une mine de cuivre, autrefois. Et maintenant c'est un lac, aussi rouge que Mars. Il paraît que c'est un endroit étrange et beau, irréel. On pourra voir le chevalement. Qu'en dis-tu ?

Oui. Bonne idée, répond l'homme.

24

Yiannis

Le vendredi matin, Seraphim passa me prendre avant l'aube. Dehors il faisait nuit noire. Les rues étaient encore luisantes du récent déluge. Je l'attendais en bas avec le matériel, comme d'habitude.

– Tu as fait toutes les livraisons ?

Pas un bonjour.

– Oui.

Après avoir rangé l'équipement à l'arrière de la camionnette, je m'assis à côté de lui et bouclai ma ceinture.

– Quand ?

– La dernière, hier après-midi.

– Bien.

La route devant nous était seulement éclairée par la lune. Le gel recouvrait les champs d'une fine pellicule d'argent. Cela me rappela le matin d'octobre particulièrement froid où j'avais vu un mouflon dans les bois dont j'avais aussitôt voulu parler à Nisha.

La camionnette finit par bifurquer sur un chemin de terre. La route s'assombrit encore sous les arbres. L'obscurité était si dense que nous aurions aussi bien pu nous envoler d'une falaise et plonger dans la mer – si ce n'est que nous étions à des kilomètres de la côte. Notre véhicule cahota jusqu'à une clairière et pila sous un chêne immense.

Seraphim sortit sans un mot et ouvrit l'arrière de la camionnette. Je le suivis, et il me tendit les sacs à dos contenant les gluaux, les appeaux, trois cages couvertes où dormaient des oiseaux, un grand filet japonais, et enfin un fusil.

– Un fusil ?

– C'est la saison de la chasse. Autant en profiter. C'est autorisé le mercredi et le vendredi, en novembre, non ?

Je pris l'arme. Il se tourna vers moi, un sourire trop large plaqué sur le visage. Depuis quand Seraphim se souciait-il des règles ? Novembre était une bonne période pour le lièvre, la perdrix choukar, le francolin noir, le pigeon ramier et la bécasse, mais je savais aussi qu'il y avait des quotas : deux lièvres et deux perdrix par chasseur et par jour, ou quelque chose dans ce genre. En même temps, je me faisais l'effet d'un bel hypocrite. Ergoter sur les quotas, alors qu'à mes pieds se trouvait un filet japonais – qui ne faisait pas de distinction entre les espèces et se moquait des chiffres.

Je l'aidai à charrier l'équipement dans les bois. Alors que nous déroulions le filet et l'attachions à des piquets entre deux genévriers, je me souvins des promenades avec mon grand-père. Autrefois, m'avait-il appris, l'île était presque entièrement recouverte de forêts. « Imagine la vie à cette époque ! La faune totalement préservée de la rapacité des humains, qui prennent toujours beaucoup plus que ce dont ils ont besoin. »

– Tu es où ? demanda brutalement Seraphim.

– Ici.

Il enfonça le piquet plus profondément dans la terre.

– Non, tu es dans la lune. Concentre-toi. Imagine que tu as quatorze paires d'yeux. Tu ne dois jamais relâcher ton attention.

Je hochai la tête et il me fit signe qu'il était temps de découvrir les cages. Les oiseaux ne réagirent pas, attendant le lever du soleil.

– Oksana est enceinte.

Je me forçai à prendre un air réjoui.

– Oh, je suis content pour toi. Félicitations.

– On a fait la première échographie l'autre jour. C'est fou d'entendre les battements de cœur. C'est magique, ce petit être dans son ventre. Je vais être papa !

Ses yeux brillaient, mais son sourire révélait une certaine appréhension. Pendant un instant, je crus reconnaître le petit garçon d'autrefois.

– Je suis sûr que tu seras un très bon père.

– J'ai commencé à préparer la chambre. Je peins des fresques sur les murs.

– Quel genre ?

– Des trucs qui peuvent plaire aux gamins. Une cascade, des montagnes, des montgolfières, ce genre de choses.

– Ça a l'air sympa.

À présent, nous installions les gluaux dans les buissons et sur les arbres dans le noir. Mieux valait éviter les lampes, au cas où le coin serait surveillé. Nous ne parlions pas, à l'affût du moindre bruit, du moindre mouvement inhabituel.

Seraphim allait être papa. Seraphim. Cette idée me retournait l'estomac. Du sang dans les toilettes. Nisha, les mains croisées sur son ventre. J'observai l'homme à côté de moi : ses gestes étaient fluides et discrets, une ombre. Je voulais le cuisiner au sujet de ce fameux dimanche. Était-ce vrai que

Nisha ne s'était pas montrée ? Était-il lié de près ou de loin à sa disparition ? C'était impossible. Impossible. Seraphim était un enfoiré, la pire des raclures sous certains rapports, mais il ne pouvait pas être impliqué dans quelque chose d'aussi sinistre, sans parler des cinq femmes et deux enfants, si les disparitions étaient liées. Je distinguai le contour flou de ses lèvres et de ses yeux. Il semblait sourire. Il était content de lui.

Seraphim allait être père. Un comble.

Après avoir installé nos pièges, nous allumâmes un petit feu en attendant l'aube. Nous avions mis en route les appeaux et leur mélodie mécanique nous parvenait comme dans un rêve. Nous patientions en faisant griller des olives et de l'halloumi sur des piques. Seraphim avait son fusil à côté de lui.

– Qu'est-ce que tu espères tuer ?

– Je ne sais pas, un lièvre, peut-être. Une fois qu'on aura récupéré les oiseaux, on n'aura qu'à attendre le réveil des animaux.

Je retirai une olive chaude d'une brochette avec les dents. Noire, amère et granuleuse. La conversation se languissait. Seraphim tournait la tête au moindre craquement. Je ne quittai pas le fusil des yeux. Je n'aimais pas cette manière de tripoter la détente, de le garder si près de lui.

À l'instant où les premières lueurs percèrent l'obscurité, alors que tous les oiseaux, qu'ils soient en cage ou libres, entonnaient leur chant, je distinguai un bruissement de feuilles. Seraphim l'avait entendu, lui aussi, bien sûr, et il bondit sur ses pieds, scrutant le jour naissant. Cette fois, c'était fini. On allait nous arrêter. Et j'étais plus soulagé qu'autre chose.

Mais la créature qui apparut dans la clairière quelques instants plus tard n'avait rien d'un garde-forestier. C'était le mouflon.

Je me levai à mon tour, reconnaissant son regard d'ambre méfiant. Il se dressait face à moi, droit et solide. Sa fourrure et ses cornes brillaient comme de l'or.

– Tu as vu ça ? murmura Seraphim. Extraordinaire !

Il s'accroupit, se gardant du moindre geste brusque, et épaula sans quitter l'animal des yeux.

Suivant ses mouvements, le mouflon fit un pas en arrière et se retrouva directement sous un rayon de soleil. Au-dessus de nous, les oiseaux crevaient le ciel par milliers.

– Seraphim, suppliai-je. Ne tire pas.

– Ne dis pas de bêtise. C'est un trophée ! chuchota-t-il, la voix rauque d'excitation.

Il cala la crosse dans le creux de son épaule, prêt à presser la détente.

– C'est une espèce protégée !

Il gloussa, un son doux mais qui venait du fond de sa poitrine. Le mouflon recula sous les arbres. J'avais l'impression que son regard traversait Seraphim pour me fixer moi.

J'attrapai Seraphim par le bras. Il me repoussa avec tant de force que je trébuchai sur le côté.

– Qu'est-ce que tu fous ? demanda-t-il d'une voix de nouveau normale.

L'animal continua de s'enfoncer dans l'ombre, mais sa fourrure et ses cornes captaient encore la lumière.

Je me relevai et me plaçai entre le mouflon et Seraphim, qui s'était déjà remis en position de tir. Le fusil bien calé sur son épaule, il plissait l'œil gauche, visant du droit.

– Pousse-toi, maintenant.

Seraphim inclina son arme d'un côté, puis de l'autre, cherchant un meilleur angle.

Je vis son doigt se crisper sur la détente.

Sans réfléchir, je me précipitai dans la ligne de tir et, avant que j'aie le temps de comprendre ce qui se passait, une détonation retentit.

Je ressentis une brûlure aiguë dans le bras, comme s'il était consumé par les flammes.

En dépit de la douleur, j'entendis l'animal tomber derrière moi. Je l'entendis s'effondrer et heurter la terre à travers le tapis de feuilles. Je lui tournais le dos, pourtant je voyais son rapide déclin dans ma tête – et je le vois encore aujourd'hui de temps en temps.

Seraphim baissa son arme.

– Merde, souffla-t-il.

Je sentais le sang tiède couler à travers une déchirure dans ma veste. La balle m'avait traversé le bras sur sa trajectoire.

Je me retournai. Le mouflon gisait sur le flanc, un trou dans la poitrine. Une mare rouge s'élargissait sur le sol à côté de lui. Il avait les yeux ouverts. Il était toujours vivant. Je m'accroupis à côté de lui et posai une main ensanglantée sur son dos.

– Ça va aller, murmurai-je en le caressant, conscient de la stupidité de ces mots.

Il me regardait de biais, ses yeux ambre pareils à des flaques d'or liquide. Je lui flattai la tête. C'était tout ce que je pouvais faire. Il respirait avec effort. Enfin il poussa un dernier soupir et ses pupilles se voilèrent.

Assis à côté de l'animal mort, je pleurai comme je n'avais pas versé de larmes depuis que j'étais enfant. Je pleurais parce que j'aimais Nisha, parce qu'elle me manquait et que j'avais peur pour elle. Je pleurais sur cette créature dont la vie avait été interrompue sans raison. Je pleurais à cause du regard qu'il m'avait lancé en expirant, et du massacre inutile de tous ces animaux.

Je sentis Seraphim bouger derrière moi et je me souvins soudain de sa présence. Je me retournai. Son fusil pendait à présent au bout de son bras.

Je me levai. Je ne sais pas quelle expression il vit sur mon visage, mais il recula, même si c'était lui qui était armé.

– Comment ça va ? demanda-t-il, l'air secoué et diminué.

– Dis-moi ce que tu as fait à Nisha.

Il me regarda, médusé. J'avançai et il fit un autre pas en arrière, sa main crispée sur le fusil.

– Où est-elle ?

– Je n'en sais rien.

– Seraphim !

– Je te dis la vérité ! Elle n'est pas venue au bar. Je te le jure sur la tombe de ma mère, ajouta-t-il en se signant. Putain, je suis désolé, je m'excuse, tu saignes. Il faut qu'on t'emmène à l'hôpital.

J'ignore si c'était mon visage, mon regard, ou quelque chose qui s'était passé quand il m'avait entendu pleurer, mais ses yeux étaient immenses et inquiets. À présent, c'était un homme confus et bouleversé qui se tenait devant moi.

Je vis sa main trembler et il lâcha le fusil pour lever les bras.

– Je te le jure, répéta-t-il. Si tu ne me crois pas, laisse-moi te montrer quelque chose.

Il me jeta un regard timide, attendant ma réponse. Je hochai la tête. Alors, il sortit son téléphone de la poche arrière de son pantalon, toucha l'écran et me le tendit.

C'était une série de messages entre Nisha et lui.

31/10 22 h 16

M. Seraphim, je suis un peu en retard, car je n'ai pas pu partir avant, mais je serai au Maria dans 30 min.

31/10 22 h 19
OK. Mais ne tardez pas, je dois rentrer plus tôt, ce soir.

31/10 22 h 21
M. Seraphim, je fais aussi vite que possible. Merci d'avoir accepté de me voir, c'est très important.

31/10 23 h 15
Je vous attends. Vous êtes en route ?

01/11 23 h 43
Nisha ?

01/11 0 h 1
Désolé, mais je dois partir.

Puis il reprit le téléphone pour me montrer autre chose. Cette fois, c'était un échange entre sa femme et lui.

31/10 22 h 10
S'il te plaît, tu peux rentrer tôt ce soir ? Journée difficile. Besoin d'un câlin.

31/10 22 h 18
Promis. Je t'aime.

31/10 22 h 22
Je rentre bientôt. J'attends quelqu'un. Un rendez-vous de travail, ça ne devrait pas être long. Câlin en route. Je t'embrasse.

– Qu'est-ce que ça prouve ? Quelqu'un d'autre aurait pu s'en charger.

Seraphim poussa un soupir de frustration.

– Tu penses que j'ai fait quoi, au juste ? Qu'est-ce que tu imagines ? Tu peux fouiller toi-même dans mon téléphone. Vas-y ! Je n'ai rien à cacher.

Le portable à la main, je me tournai vers le mouflon. Il gisait là, paisible et immobile. Sa corne droite s'enfonçait dans la terre à l'oblique. Il avait toujours les yeux ouverts. L'un, dirigé vers le haut, contemplait le ciel encore pâle à travers les feuilles. Je crus que j'allais me remettre à pleurer.

Je m'assis à côté de lui. Je posai une main sur sa poitrine et, alors que le soleil grimpait sur l'horizon, j'eus l'impression qu'il aspirait l'or de son corps et de ses yeux.

Je le vis s'évaporer et se fondre dans l'air. Je vis l'or s'échapper de l'animal. Une lumière qui s'élevait, comme on représente l'âme quittant le corps, pour se fondre dans le matin. La fourrure de son ventre était d'un blanc immaculé, à présent, le reste du pelage et la tête d'un gris-châtain clair. Ses belles cornes incurvées d'un blanc cassé qui rappelait la pierre.

Ma main tremblait sur son poitrail. Des sanglots me secouaient, une tristesse venue du plus intime de mon être.

Seraphim se taisait derrière moi.

– Tu as vu ça ?

– Quoi ?

– L'or qui s'est échappé de son corps. Tu l'as vu se dissiper dans le ciel ?

Il ne répondit pas tout de suite. Il respira profondément plusieurs fois.

– Tu ne vas pas bien depuis que Nisha est partie.

– Elle n'est pas partie. Tu sais que tu es vraiment un sale con ?

Je le regardais et je pensais à ce que Nisha attendait de moi, à ce qu'elle avait dit, à ses pleurs devant la photo de moi enfant. *Tu avais l'air d'un ange*. Était-ce bien ses mots ?

– Seraphim, j'arrête. À partir de maintenant, tu me lâches. Tu n'as pas besoin de me payer pour cette sortie ni pour celle d'avant. Je ne veux plus rien avoir à faire avec tout ça. Tu peux mettre le feu à ce qui m'appartient, je m'en fous, mais si quelqu'un est blessé, je te jure que je te tuerai.

Dans leur cage, les oiseaux s'époumonaient toujours.

Le soleil poursuivait son ascension, comme en accéléré. J'ignore combien de temps dura notre face-à-face.

– Comment tu comptes gagner ta vie ? dit-il enfin.

Je ne pris pas la peine de répondre.

L'iPad sonna à 5 heures du matin. J'étais réveillé. On m'avait recousu et bandé le bras. Je n'avais rien dit aux médecins de ce qui s'était passé.

Lorsque je décrochai, je me trouvai face à Kumari et à la mère de Nisha.

– Vous vous êtes blessé, monsieur Yiannis ?

– Je suis tombé, Kumari. Rien de grave, ne t'inquiète pas.

Elle me regarda, dubitative. Elle n'était pas convaincue.

La vieille dame se mit à parler en cinghalais, son visage aussi lisse que la pierre, ses grands yeux fixés sur moi. Ses doigts s'ouvraient et se fermaient nerveusement.

– Dites-moi ! lança-t-elle enfin en anglais, avant de donner un petit coup de coude à Kumari.

– Ma grand-mère est très inquiète, expliqua cette dernière. Elle veut savoir où est *amma*. Elle dit que jamais elle n'oublie d'appeler sa fille adorée et sa mère adorée. Elle veut savoir ce que vous lui avez fait.

Je me rendis compte que mes mains tremblaient sur la tablette.

Elles attendaient une réponse. La vieille dame serrait l'épaule de Kumari. Elle la serrait fort. La petite me regardait d'un air farouche sous une frange récemment coupée.

– Kumari…

Je m'interrompis pour prendre une grande inspiration.

– Kumari, je suis désolé. S'il te plaît, dis à ta grand-mère que je ne sais pas où est ta maman. Elle est sortie un soir, il y a environ trois semaines, et elle n'est jamais revenue.

Elle resta un instant interloquée, ouvrit la bouche, puis se ravisa et se tourna vers sa grand-mère pour faire l'interprète.

Ses paroles mirent la vieille dame dans tous ses états. Elle pleurait et parlait si vite que Kumari agita les mains devant ses yeux pour qu'elle s'arrête, pour qu'elle la regarde, peut-être. Mais elle continuait, hors d'haleine. Finalement sa petite-fille entreprit de traduire, couvrant sa voix.

– Elle veut savoir où elle est. Pourquoi elle serait partie ? Pourquoi elle n'est pas revenue ? Il lui est arrivé quelque chose ?

– Je n'en ai aucune idée, Kumari. Mais nous faisons tout ce que nous pouvons pour la retrouver. Tu dois comprendre. Tout, insistai-je d'une voix brisée.

– Elle veut plus d'informations, monsieur Yiannis. Ce que vous nous dites, ce n'est pas assez. Elle a besoin d'en savoir plus.

– Tout ce que je peux te dire, c'est que quatre autres femmes, toutes des employées de maison étrangères, et deux enfants, ont aussi disparu.

Kumari traduisit et sa grand-mère recommença à parler à toute allure. Elle posait des questions, je le devinais, beaucoup de questions. La fillette se tourna vers moi avec une solennité et un sérieux qui me rappelèrent Nisha.

– Monsieur Yiannis, pourquoi vous ne m'avez rien dit avant ? demanda-t-elle d'une voix douce. Vous le saviez depuis un moment, n'est-ce pas ?

– Oui.

– Pourquoi vous n'avez rien dit ?

– J'avais peur.

– De quoi, monsieur Yiannis ?

– J'avais peur de te briser le cœur.

À peine avais-je prononcé ces mots que l'écran devint noir. Elle avait raccroché.

Je contemplai la tablette, me demandant comment Nisha avait pu nouer une relation si forte avec sa fille uniquement par l'intermédiaire de ce petit écran. J'avais envie de casser la vitre, de tendre la main vers Kumari, de la serrer dans mes bras et de lui dire de ne pas s'inquiéter. Je voulais rassurer cette enfant qui me rappelait sa mère, mais je ne le pouvais pas. Pas seulement à cause de la distance entre nous, mais parce que je n'avais pas les mots pour la réconforter.

Deux vautours glissent dans le ciel. En bas, l'orbite vide du lièvre fixe le dessous de leurs ailes bicolores, noir et argent.

C'est une belle matinée d'automne. Bleu saphir, avec quelques nuages vagabonds. Autrefois, dans cette région, les vautours se rassemblaient comme des troupeaux de moutons ou de chèvres ; aujourd'hui, ils se font rares. Les deux charognards virent et piquent vers le lièvre, leur ombre s'étirant sur le lac. Ils vont finir de nettoyer le cadavre. Ils atterrissent sur les roches jaunes du cratère, leur petite tête rouge déplumée perchée au bout d'un cou filiforme. Ensemble, ils inspectent la dépouille.

Ils se mettent à table, arrachant les derniers lambeaux de chair ramollie et liquéfiée par la pluie. Le lac scintille sous les rayons de midi.

Dans le puits de mine, le drap blanc s'est effiloché, et l'eau clapote sur un sein bleu et violacé.

À la chambre d'hôtes, l'homme et la femme nouent les lacets de leurs chaussures de randonnée.

Ça va être une belle journée, affirme-t-elle en regardant le soleil qui se glisse entre les persiennes.

J'ai fait des recherches sur les anciennes mines, dit-il. Je te raconterai en route.

Il lui retrace l'histoire du cuivre et du bronze, remontant très loin en arrière, tandis qu'ils longent des champs d'orge et de blé. Puis, à la hauteur des tournesols, il lui parle des mineurs qui mouraient de silicose. Enfin, ils atteignent la plaine aride et désolée qui s'étend jusqu'à l'horizon. Le soleil cogne, et la femme met la main en visière, comme un marin voguant vers le large.

À la vue du couple, les vautours abandonnent leur butin et s'envolent paresseusement.

25

Petra

Lorsque le téléphone sonna, j'étais en train de cueillir des feuilles de vigne dans le jardin. Je voulais préparer quelque chose de bon pour Aliki. Nous avions passé un samedi tranquille, à jouer à des jeux de société et à faire semblant de lire, tâchant d'oublier notre inquiétude au sujet de Nisha.

J'avais prévu de faire des feuilles de vigne farcies pour aller pique-niquer dimanche. Je les envelopperais dans du papier aluminium et nous les mangerions avec les doigts sous la porte de Famagouste.

Le coup de téléphone de Tony bouleversa tous nos projets.

– Petra, je préférerais vous le dire en face, mais ça ne peut pas attendre. On a retrouvé un corps dans un puits de mine au lac rouge de Mitsero.

Je me mis à trembler. Dans un état second, je raccrochai, puis je demandai à Aliki de me suivre et je frappai chez la voisine. Voyant mon expression, Mme Hadjikyriacou la fit entrer sans poser de question.

Comme je m'apprêtais à partir, Aliki me rappela.

– Qu'est-ce qui se passe ? Tu vas où ? C'est Nisha ?

Je ne trouvai pas les mots pour lui répondre. J'échangeai un regard avec elle, hochai la tête et m'enfuis.

Je grimpai les marches quatre à quatre et tambourinai à la porte de Yiannis.

Il m'ouvrit, les yeux rouges, et je vis qu'il avait un bras en écharpe. Il avait l'air d'avoir passé la nuit à pleurer.

– Qu'est-ce qu'il vous est arrivé ?

– Rien de grave.

Je lui rapportai ma conversation avec Tony. Catastrophé, il s'empara de ses clés et enfila ses baskets sans un mot.

Mitsero est à vingt minutes de chez moi. Tout le long du trajet je songeai à cette eau et aux structures rouillées qui gardaient la mine abandonnée, comme des fantômes.

Au bout de la route goudronnée, après le village d'Agrokipia, je me garai le long d'un trottoir fendillé. Pour rejoindre le lac, il fallait continuer à pied sur un chemin de terre.

Un groupe de badauds s'était rassemblé à l'entrée du site.

Ce genre de choses n'arrive pas ici.

Non, pas chez nous.

Je me demande qui c'est.

Je m'efforçai de bloquer les voix de la foule autour de moi.

On avait bouclé le secteur. Des hélicoptères tournoyaient au-dessus de nous. Nous étions sur le flanc d'une petite colline jaune déchiquetée qui descendait vers le lac. Je sentais Yiannis à côté de moi mais je n'osais pas le regarder. Si je lisais la peur sur son visage, j'allais m'effondrer. Je ne savais même pas comment je pouvais afficher un semblant de calme. Je l'entendais respirer ; son souffle était saccadé.

Le corps était enveloppé dans un drap blanc.

Des touristes qui se promenaient.

Le puits de mine rempli d'eau après la pluie.

C'est ce que j'ai entendu !

L'eau a fait remonter le cadavre.

Oui. Le corps est remonté.

Je voyais Nisha comme si elle se tenait devant moi : en tongs et en short, un duvet sombre sur ses cuisses, la natte qui tombait sur ses reins, les perles à son poignet. Des bracelets que sa fille avait confectionnés et lui avait envoyés dans une enveloppe froissée. D'autres images se superposèrent à celle-ci : Nisha qui retirait des gants en caoutchouc jaunes, me préparait des toasts à la marmelade d'orange, remuait le café sur la cuisinière à l'aide d'une longue cuillère, m'interrogeait avec des yeux curieux, profonds, assombris par le passé.

Au loin, les cloches d'une église sonnèrent. Elles carillonnèrent longtemps, mais j'entendais toujours les voix de la foule.

Le corps est décomposé.

Il va falloir faire des tests génétiques.

Je n'osai pas formuler mes craintes, mais je savais que Yiannis éprouvait les mêmes, car, lorsque je me résolus à le regarder, il était pâle et tremblant.

Une seconde plus tard, il n'était plus là. Je l'aperçus qui se faufilait à travers la foule pour se rapprocher du chevalement. Je le perdis de vue pendant un moment, puis j'entendis des éclats de voix. Je me frayai un passage jusqu'au bord du site. Yiannis se disputait avec un policier. Il s'était débrouillé pour franchir le ruban et pénétrer sur la scène de crime. Le policier écartait les bras pour l'empêcher d'aller plus loin, tandis qu'un de ses collègues arrivait par la droite. Ce dernier plaça une main sur l'épaule de Yiannis et lui intima l'ordre de se calmer.

– Hé ! criai-je. Laissez-le ! Arrêtez ! Il la connaît. Il la connaît.

Ce n'est qu'au moment où tout le monde se tourna vers moi – les policiers et les curieux – que je pris conscience de ce que j'avais dit.

Nous repartîmes sans en savoir plus. On nous avait demandé de rentrer chez nous et assuré qu'il y aurait des examens. Il était question d'ADN et d'os – tous les mots se mélangeaient dans ma tête.

Alors que nous roulions, je jetai un regard à Yiannis. Il était l'ombre de lui-même. Les yeux creusés, les lèvres serrées. Un oiseau ratatiné, une petite chose vieille et déplumée.

Alors que j'allais bifurquer vers Nicosie, il parla soudain. Sa voix était rauque, comme s'il ne l'avait pas utilisée depuis des siècles.

– Petra ?

– Oui ?

– Vous voulez bien m'accompagner quelque part ?

– Où ?

– Je ne peux pas rentrer maintenant.

– Mais où ?

– Dans la forêt.

– Pourquoi ?

– Il faut que je vérifie un truc. Vous voulez bien ? Vous pouvez m'emmener là-bas ?

– Bien sûr.

Obéissant à ses indications, je me dirigeai vers la côte, près du village de Zygi, à l'ouest de Larnaca. L'air embaumait le thym sauvage et le romarin. Au loin, on distinguait les taches orange et jaunes des plantations d'agrumes. Il me guida jusqu'à un renfoncement abrité au bord de la route et je me garai. Il emprunta un étroit sentier parmi les arbres et me fit signe de le suivre. Nous marchions dans une forêt dense et sombre d'eucalyptus et d'acacias, nous frayant un chemin à travers les ronces. Quelques minutes plus tard, nous débouchions dans une clairière.

Là gisait un mouflon grouillant de mouches. Je m'approchai, mais Yiannis m'arrêta de son bras valide.

– Non. Pas ça.

Je le suivis et bientôt je me retrouvai au milieu d'une cacophonie de pépiements. Je n'avais jamais rien entendu de tel, tous ces chants qui se recouvraient et s'entremêlaient. Ils étaient des milliers, au-dessus et autour de nous, des milliers d'oiseaux à se débattre dans un filet qui faisait toute la largeur de la clairière.

– C'est quoi ? demandai-je, horrifiée.

– Un filet japonais, répondit-il d'une voix blanche. Hier, on chassait...

Je lui décochai un regard sévère et il baissa les yeux.

– Oui, on chassait. Seraphim et moi. On a dû partir précipitamment, quand je me suis blessé. J'ignorais s'il était revenu. On dirait que non.

Je contemplai de nouveau cette scène de cauchemar. C'était un tintamarre épouvantable. Les appels d'une multitude d'oiseaux prisonniers. J'avais envie de vomir. Des milliers d'oiseaux enchevêtrés dans un piège, battant des ailes pour se libérer.

– Vous pouvez m'aider ? À les délivrer ?

D'une main, il tira sur le filet jusqu'à ce que les deux côtés glissent par terre. Il s'agenouilla et, délicatement, entreprit de dégager les oiseaux un par un. Il avait du mal avec un seul bras valide, et je vins à son secours.

– Quelle horreur, murmurai-je. Quelle horreur.

Certains étaient morts. Les survivants, je les prenais au creux de mes mains, caressais leurs plumes du bout des doigts et les reposais pour voir s'ils pouvaient bouger. Certains s'éloignaient en sautillant, d'autres s'envolaient entre les feuilles des arbres ou vers le ciel. Un oiseau après l'autre. Yiannis s'affairait maladroitement à côté de moi. Je me rendais compte que son inefficacité l'exaspérait, mais je me gardai de lui demander de me laisser faire.

On y passa près d'une heure. Il y avait une majorité de migrateurs, mais aussi des résidents de l'île. Parmi les fauvettes à tête noire, j'identifiai des hérons gris et des monticoles merle-bleu, ainsi que des tichodromes échelettes, reconnaissables à leurs plumes de couverture cramoisies.

Tout en m'activant, je m'étais mise à pleurer et mes sanglots se mêlaient au chant des oiseaux.

– Il y a des becs-croisés, des mésanges noires et des grimpereaux, dit Yiannis, comme s'il les voyait pour la première fois. Des milans noirs et des buses variables, et aussi des bondrées apivores. Et regardez… des centaines de pinsons et de chardonnerets.

– Ce qui me fend le cœur, c'est qu'ils continuent de chanter.

– Ils auraient continué jusqu'à leur mort.

– Écoutez cette musique… Oh, vous avez vu celui-là ?

Au milieu du filet se trouvait un faucon crécerelle, les ailes agitées de soubresauts.

– Il est vivant.

Ses ailes étaient coincées dans les mailles, mais je tirai sur les fils avec les doigts et les déchirai avec les ongles, attentive à ne pas effrayer le petit rapace, à ne pas le blesser plus qu'il ne l'était.

– Il aurait agonisé lentement, dit Yiannis.

Je posai le faucon sur mes genoux pour le dégager. Immobile, il me dévisagea avec de grands yeux ronds. Les oiseaux que nous avions déjà libérés voletaient tout autour de nous. Au sol gisaient les morts.

Enfin, je parvins à le désentortiller. Je m'arrêtai, et Yiannis m'imita pour le regarder ouvrir ses ailes mouchetées et s'élancer vers les nues.

– Nisha souriait toujours, vous savez. En toutes circonstances. Elle a élevé ma fille et entretenu ma maison, sans jamais cesser de sourire de tout son cœur.

– Nisha ne voulait pas infliger sa tristesse à Aliki, répondit Yiannis en suivant des yeux la trajectoire du faucon. Elle en portait beaucoup – de la tristesse. J'ignore si vous en étiez consciente. Mais elle souhaitait qu'Aliki la voie heureuse, qu'elle grandisse dans un environnement joyeux. Une fois, elle m'a dit : « Les enfants découvrent le monde à travers nos yeux. S'ils y lisent du bonheur, de la joie ou de l'amour, ils savent que tout cela existe. »

Je compris que c'était son cadeau à ma fille. Aliki avait appris à voir le monde à travers le regard de Nisha.

Le surlendemain, je bordai Aliki dans son lit.

– Tu te souviens des oiseaux volés dans le ciel ? lui demandai-je.

Je remontai le drap et le repliai sous son menton, puis le lissai et tirai dessus. Je savais qu'elle aimait qu'il soit bien serré autour d'elle.

– Eh bien, je les ai libérés. Yiannis et moi, nous sommes allés les secourir. Nous les avons dégagés du filet qui les retenait pour qu'ils retrouvent le ciel.

– Alors, maintenant, ils vont pouvoir continuer leur voyage ?

– Oui.

Elle hocha la tête, les yeux immenses et humides à la lumière de la lampe de chevet.

– Il y en a qui sont morts quand même ?

J'hésitai.

– Oui.

– Nisha sera triste.

Le jeudi, Tony m'appela. Il voulait passer me voir le soir même. Il n'avait pas l'air dans son assiette.

– Il y a du nouveau ? demandai-je.

Je m'étais accoutumée à sa voix, et aujourd'hui il semblait vacillant, inquiet. Depuis la découverte du corps, il téléphonait presque chaque jour et nous échangions nos informations.

– Je préférerais qu'on se voie, dit-il.

Je montai prévenir Yiannis que Tony serait là à 19 heures, sans lui donner plus de précisions.

Je laissai Aliki chez Mme Hadjikyriacou.

– Quelqu'un vient pour te parler de Nisha, c'est ça ? demanda-t-elle alors que nous frappions chez la voisine.

– Je crois.

– Ah, dit-elle d'une petite voix de souris.

Yiannis arriva le premier, juste avant 19 heures. Il avait pris sa tablette au cas où Kumari appellerait. Il s'inquiétait pour elle. Ses cheveux étaient trop longs et il n'était pas rasé. Il semblait ne pas s'être changé de plusieurs jours. Il avait toujours le bras en écharpe et je m'abstins de lui redemander ce qui s'était passé. Il s'assit sur le canapé, à côté de la cheminée. Aucun de nous ne mentionna l'après-midi avec les oiseaux et il ne fut pas question de Nisha non plus.

– Comment va Aliki ?

– Bien, merci. Elle est chez la voisine.

Il hocha la tête.

– Vous voulez boire quelque chose.

– Juste de l'eau, s'il vous plaît.

Pendant que j'étais dans la cuisine, j'entendis sonner la tablette.

– Tu n'es pas couchée ? fit Yiannis.

– Je ne peux pas. Je suis trop inquiète, monsieur Yiannis… J'imagine tout ce qui a pu arriver à mon *amma*. Peut-être qu'elle est coincée sous terre comme mon *baba* avant elle. *Amma* m'a raconté son histoire. S'il vous plaît, vous devez me dire la vérité maintenant, sinon mon cerveau va encore inventer des horreurs.

– Oui, bien sûr.

– Ma grand-mère demande si vous savez autre chose. Elle est dans la chambre à côté, sur le lit. Elle a beaucoup pleuré.

– Kumari, écoute-moi bien et souviens-toi que je suis là, si ta grand-mère et toi voulez me parler.

Yiannis hésita lorsque je revins avec une carafe et trois verres que je posai sur la table basse.

– On a trouvé une femme dans un lac.

Je me plaçai derrière lui, hors du champ de vision de Kumari. Elle garda le silence quelques instants, puis l'interrogea avec un tremblement dans la voix.

– La dame dans le lac, elle est vivante ?

– Non.

– Est-ce que la dame pourrait être *amma* ?

– Je ne sais pas. Je ne crois pas. Je suis sûr que non.

La fillette réfléchit.

– Vous pensez que c'est peut-être elle, dit-elle enfin. Parce que si vous étiez vraiment certain que ce n'était pas elle, vous ne m'auriez pas parlé de la dame. Vous me dites de… me préparer. C'est ça, monsieur Yiannis ?

– Oui, Kumari.

Elle raccrocha.

Yiannis se retrouva face à son reflet dans l'écran noir. Il ne bougea pas. J'avançai et posai une main sur son épaule.

On sonna à la porte.

Je le laissai pour aller ouvrir à Tony. C'était bizarre de le voir hors de son bureau. Il était beaucoup plus grand et plus large que je l'imaginais. Il avait une démarche d'ours, lente et pataude.

Il s'écroula dans le fauteuil en face de Yiannis et je lui servis un verre d'eau.

– Je peux vous proposer autre chose ? Thé ? Café ? Limassol n'est pas à côté.

– Non, merci, Petra. Et merci pour votre hospitalité.

Il esquissa un sourire. Nous le dévisagions tous les deux et il hésitait à se lancer.

– Je voulais vous prévenir avant qu'on en parle aux informations.

– On a identifié le corps ? demanda Yiannis.

Il était assis au bord du canapé et je vis que ses mains tremblaient sur ses genoux.

– Oui.

– C'est Nisha ?

– Non.

J'entendis Yiannis exhaler.

– Mais laissez-moi finir. La victime s'appelle Rosamie Cotabu. Petra, vous vous souvenez peut-être de ce nom. C'était l'une des femmes dont je vous ai parlé la première fois.

Je hochai la tête et jetai un bref regard à Yiannis qui semblait en proie à une agitation croissante. Il frottait machinalement sa tempe droite.

– Rosamie Cotabu, répéta lentement Tony. Ça vous embête si je fume ?

– Non, je vous en prie.

J'allai lui chercher une soucoupe en guise de cendrier. Quand je revins de la cuisine, il avait déjà allumé sa cigarette, et la fumée dessinait des volutes à la lueur des flammes de la cheminée. Je constatai que sa main à lui aussi tremblait alors qu'il la portait à ses lèvres. Il prit trois longues bouffées. La cendre à l'extrémité menaçait de tomber et il l'avança prudemment jusqu'à la soucoupe.

– J'ai un ami dans la police, poursuivit-il en me regardant. Il n'a pas autorité pour décider d'ouvrir une enquête, mais il a pu me communiquer des informations.

Je me rassis.

– Rosamie Cotabu. C'était elle qui travaillait pour un homme qui la battait, je vous ai raconté son histoire, n'est-ce pas ?

– Oui, je m'en souviens.

– Elle s'est adressée à la police, et on lui a dit qu'elle n'avait qu'à quitter Chypre si elle n'était pas contente. Personne ne l'a aidée.

Il s'interrompit et tira encore sur sa cigarette avant de l'écraser, le regard las.

– Je savais qu'elle ne serait pas partie sans prévenir. Je savais que ce n'était pas normal.

Il souleva le bras et le laissa retomber sur l'accoudoir comme un poids mort. Il sortit une autre cigarette du paquet et la tint entre ses doigts sans l'allumer.

– C'était un tempérament joyeux, reprit-il, souriant à présent. Elle avait beaucoup d'amis. Elle disait que je lui avais sauvé la vie.

Tony se mit à pleurer. Comme un orage soudain. Le visage ruisselant de larmes, il n'en finissait pas de s'excuser entre deux sanglots étouffés.

– Je suis désolé, Petra. Je ne suis pas venu ici pour ajouter à vos propres soucis.

Il se ressaisit, alluma sa cigarette et aspira la fumée goulûment, comme s'il avait été privé d'air et qu'on lui donnait de l'oxygène.

– Ne vous inquiétez pas, Tony, intervint Yiannis.

Il avait été tellement discret que j'avais presque oublié sa présence. Mais, lorsque je me tournai vers lui, je me rendis compte qu'il était attentif et concentré, frémissant de tout son être. Il me faisait penser aux épis de blé qui frissonnaient sous la brise dans les champs.

– La police a retrouvé son téléphone dans un pré à proximité, poursuivit Tony. On a établi qu'elle avait échangé par SMS avec un homme dont elle avait fait la connaissance sur un site de rencontres. Le soir de sa disparition, elle avait rendez-vous avec lui pour la première fois. C'est la dernière personne à qui elle a écrit. Il avait créé un profil sous un faux nom, mais on a fini par l'identifier : un Chypriote grec de trente-cinq ans, un militaire. La police l'interroge. L'autopsie a révélé plusieurs blessures sur le corps de Rosamie et des marques autour du cou. Ce n'est pas rassurant pour les autres, soupira-t-il.

– Non, dit Yiannis, d'une voix enrouée. Mais je sais que Nisha n'aurait pas donné de rendez-vous à qui que ce soit. J'en suis sûr et certain. Elle m'aimait.

Tony hocha la tête avec empathie.

– On finira par avoir des réponses, mais pour l'instant, on est condamnés à attendre.

Après le départ des deux hommes, j'allai chercher Aliki chez la voisine. Je la couchai et je restai un moment seule dans le salon, transie et effrayée. Un vent violent faisait vibrer les vitres, et l'olivier devant la maison ployait sous ses assauts.

Lorsque je me rendis dans la chambre de ma fille, elle dormait déjà profondément. Je me glissai dans le lit et me blottis contre elle, respirant l'odeur de ses cheveux, et la couvrant de baisers légers dans son sommeil.

26

Yiannis

Depuis qu'on avait annoncé le meurtre de Rosamie Cotabu aux informations, le quartier était en émoi. Les serveuses vietnamiennes coiffées de leurs chapeaux en paille de riz regardaient fixement les passants. À côté, chez Mme Hadjikyriacou, Ruba se tenait sur le perron, un balai à la main, l'air effrayée.

Cette fois, c'est moi qui appelai Kumari. Elle était seule.

– Bonjour, monsieur Yiannis. Vous avez du nouveau ? Ma grand-mère est en train de me préparer à manger. Elle pleure tout le temps. Elle essuie ses larmes sur ses manches et sa veste.

– Et toi, Kumari, tu as pleuré ?

– Non. Je ne pleure pas avant de connaître les faits. Est-ce qu'on a appris quelque chose ?

– On sait que la femme du lac n'est pas ta maman.

Elle laissa échapper un long soupir, comme si elle avait retenu son souffle jusque-là. Les mots se bousculaient dans sa bouche, tremblants et heurtés.

– Merci, monsieur Yiannis, merci. Ce n'est pas *amma* !

Elle posa sa tablette sur la table et je me retrouvai à contempler le plafond. Je l'entendais parler à sa grand-mère, qui une fois encore la pressait de questions à travers ses larmes.

Kumari réapparut.

– Comment s'appelle la dame qu'on a trouvée dans le lac ?

– Elle s'appelle Rosamie Cotabu.

– C'est une des dames dont vous m'avez parlé ?

– Oui.

– Une des cinq dames disparues.

– Oui.

– Et elle était employée de maison, comme *amma*,

– Oui.

Kumari se taisait, à présent. J'entendais sa grand-mère dans la pièce voisine.

– Vous pensez qu'on va retrouver *amma* comme cette dame, n'est-ce pas monsieur Yiannis ?

– Non, je ne crois pas.

– Mais elle avait disparu, comme *amma*. C'est la vérité, non, monsieur Yiannis ?

Parce que Rosamie Cotabu était chrétienne, les cloches de l'église accompagnèrent son départ dans l'autre monde. Pendant ce temps, le mécontentement grondait. Les travailleuses immigrées n'avaient pas seulement peur. Elles étaient en colère. La disparition de Rosamie Cotabu avait été signalée à la police, qui n'avait pas bougé, malgré les supplications et les inquiétudes de son employeuse. Et elle avait fini au fond d'un puits de mine, emmaillotée dans un drap blanc.

Dans la rue en contrebas, les femmes ne se promenaient plus que deux par deux. Elles discutaient à voix basse, leurs têtes se touchant, mais leur regard toujours aux aguets, sentant le danger partout autour d'elles. On avait l'impression que la ville venait d'être dévastée par un violent séisme : les gens se déplaçaient prudemment, conscients que les secousses pouvaient recommencer d'un instant à l'autre et qu'ils n'étaient plus en sécurité nulle part, les murs et le sol soudain incertains.

Un homme avait été arrêté, mais son nom n'avait pas été divulgué au public. Tony n'avait pas d'informations.

Durant cette semaine, un soir, Seraphim frappa à ma porte. C'était la première fois qu'il passait sans prévenir, la première fois qu'il pénétrait chez moi, en fait. Je m'écartai pour le laisser entrer.

– Comment va ton bras ?

Ses yeux fixaient le bandage. Je ne portais plus d'écharpe.

– Mieux.

– J'ai su, pour la femme qu'on a retrouvée dans la mine à Mitsero.

Je lui offris un siège.

– Tu as des nouvelles de Nisha ?

– Non.

Il jeta un coup d'œil vers la porte-fenêtre du balcon sans rien dire.

Puis il ouvrit le sac à dos qu'il avait posé à ses pieds et en sortit une liasse de billets. Vu l'épaisseur, c'était beaucoup plus que ce qu'il me devait.

– Il y a au moins 10 000 euros.

– Tu as l'œil.

Il mit l'argent sur la table basse entre nous.

– C'est à toi.

– Un pot-de-vin ?

– Pourquoi je voudrais t'acheter ?

– Pour que je me taise.

Le petit oiseau sauta sur la table et inspecta les billets. Seraphim fronça les sourcils.

– Tu as adopté un oiseau ?

– Je ne l'ai pas adopté.

Je n'avais pas l'énergie d'en dire plus.

– L'argent, c'est pour t'aider, en attendant que tu décides ce que tu vas faire.

Je le regardai sans comprendre.

– On se connaît depuis un bail, pas vrai ? reprit-il.

Je hochai la tête, méfiant. Que manigançait-il ?

– Je me souviens du temps où je venais te voir à la ferme, avec mon père…

Je me contentai de hausser les épaules, mais il poursuivit.

– J'adorais ça. Ces échappées loin de la ville. J'étais jaloux de votre vie. J'ai toujours été jaloux de toi, de ta liberté. Moi, les seuls moments où on me lâchait la bride, c'était quand j'avais un fusil à la main.

Ses yeux s'abaissèrent un instant, puis ils revinrent sur moi.

– L'autre jour, quand j'ai vu comment tu as réagi à la mort du mouflon, ça… ça m'a rappelé…

J'attendis, mais il laissa la phrase en suspens.

– Je raconterai que tu as été grièvement blessé dans un accident et que tu ne peux plus bosser pour nous.

– Merci.

– Je les rassurerai, je leur dirai que tu sauras te taire.

Je hochai la tête.

– Je n'ai pas toujours été un salaud. Tu te rappelles ?

Je le revis dévaler la montagne, brandissant par les pattes le corbeau qu'il avait tué.

Il dut lire le doute sur mon visage.

– Allons, Yiannis, sérieusement ? C'est quand on m'a placé un fusil entre les mains que j'ai changé. Avant, on jouait tous les deux dans les bois. Tu me montrais les insectes qui grouillaient sous les feuilles. Tu m'as appris à attraper un serpent et à le relâcher. On jouait aux dominos dans l'oliveraie. On construisait des igloos de branchages et on explorait le pôle Nord ! On combattait les requins dans le Pacifique.

Il avait raison, bien sûr. Je m'en souvenais parfaitement. Si j'avais conservé un semblant d'affection pour lui, c'était uniquement à cause de cela. Je le revis soudain, debout sur un tronc abattu, m'encourageant à franchir une rivière d'herbes traîtresse.

– On avait fabriqué un lance-pierre pour faire tomber les pommes mûres des arbres et survivre au fin fond de l'Amazonie.

– Oui.

– Tu le sais.

Je hochai lentement la tête.

– Prends l'argent. S'il te plaît.

– D'accord.

Je ne le remerciai pas, ne lui offris rien à boire.

– J'ai un nouvel apprenti, ajouta-t-il en se dirigeant vers la porte. Un jeune gars. Malin. Juste ce qu'il me faut. Oksana voudrait que j'arrête. Mais elle ne se rend pas compte du prix à payer. On attend un enfant. Je ne peux pas prendre de risque.

Ses yeux étaient tristes, pleins d'angoisse.

– Comment elle va, Oksana ?

– Bien. Très bien. J'ai fini de repeindre la chambre du bébé. Elle ne l'avait pas encore vue, je lui ai fait la surprise, avec tout le tralala. Elle a adoré.

– Je suis content pour vous.

Et sur le moment, j'étais sincère.

– Je ne voulais pas te blesser, reprit Seraphim. Si ça avait été plus grave, je ne me le serais jamais pardonné.

– Je sais.

Après son départ, je jetai un coup d'œil aux billets. J'avais déjà décidé ce que j'allais en faire. J'enverrais cet argent à Kumari, avec tout ce que j'avais mis de côté.

Et moi, je recommencerais à zéro. Je travaillerais dans un restaurant, peut-être même chez Theo, s'il avait besoin de serveurs. C'était la seule solution, un nouveau départ. Alors, quand Nisha reviendrait, elle verrait que j'avais renoncé à mon ancienne vie, que j'avais compris.

Il n'y aurait pas d'autre séisme. Un, c'était assez. Mais j'entendais la voix de mon grand-père dans ma tête : « La vérité se trouve dans la terre, le chant des oiseaux, le rythme et le murmure des animaux. Si tu veux la voir et l'entendre – uniquement si tu le veux –, elle est là. »

Près d'une semaine après sa visite, Tony revint à Nicosie. Petra frappa à ma porte en fin d'après-midi pour me prévenir qu'il passerait dans la soirée. Je n'aurais qu'à descendre à 22 heures, quand Aliki serait au lit.

J'arrivai un peu en avance et elle me fit asseoir à côté de la cheminée. Je pris le même fauteuil que la dernière fois et posai les mains sur mes genoux. Petra me jetait des regards curieux, comme si j'étais un inconnu. Je souriais tout seul. Mes cheveux et ma barbe avaient encore poussé. Je devais ressembler à un ours. Un gentil ours, espérais-je.

– J'ai arrêté le braconnage. J'aurais dû écouter Nisha dès le début, dis-je, attendant sa réaction.

– Oui, vous auriez dû l'écouter.

Aussitôt, elle parut regretter ses mots, leur brutalité. C'était la vérité, pourtant. La vérité toute nue. Je baissai les yeux.

– Pardon. Je suis sûre que Nisha sera soulagée et heureuse à son retour.

Quelques instants plus tard, elle ouvrait à Tony. Il resta planté un moment à nous dévisager, avant de prendre un siège.

– Vous boirez quelque chose ? demanda Petra.

– Non, rien, répondit-il abruptement. Bon, je ne vais pas y aller par quatre chemins. L'homme qui a été arrêté, le soldat, il a avoué le meurtre de Rosamie Cotabu.

– Mais pourquoi ? laissai-je échapper.

J'ignore ce que je voulais savoir au juste. Peut-être avais-je besoin d'entendre très vite que ce meurtre avait un mobile pour qu'on ne puisse pas le relier à la disparition de Nisha, ne serait-ce que pendant une seconde.

– Parce qu'il est fou !

Les yeux de Tony lançaient des éclairs. L'espace d'un instant, je crus qu'il allait se lever, s'emparer d'un objet ou d'un meuble et le fracasser contre un mur. Mais il se contenta de s'avachir dans son fauteuil. Son corps semblait dégonflé, vaincu. Puis il prit une grande inspiration, se pencha en avant, les mains jointes sur ses genoux.

– Ce monstre est apparemment effondré à l'idée de ce qu'il a fait. Comme si c'était un simple cambriolage. Il veut aider la police. Il dit que c'est la moindre des choses.

La voix de Tony était dure. Elle vibrait de colère. Il avait craché la dernière phrase avec hargne. Il jeta un coup d'œil à Petra puis se tourna vers moi et soutint mon regard.

– Il a avoué avoir tué en tout cinq femmes et deux enfants. Que des travailleuses immigrées. Il en a contacté deux sur un site de rencontres, dont Rosamie. Ces deux-là, il connaissait leur nom. Pour l'instant, la police refuse de révéler celui de la seconde, pas avant d'avoir retrouvé le corps. Les autres, il les a enlevées dans la rue. Il ne leur a pas demandé comment elles s'appelaient. C'est un malade mental. Il a besoin de tuer. Et il s'en est pris à des domestiques étrangères, parce que c'était plus facile, parce qu'il savait que personne ne se préoccuperait de leur sort. Il pensait s'en tirer comme ça. Qu'est-ce que ça dit, hein ? Qu'est-ce que ça dit du monde de merde dans lequel on vit ?

Ni Petra ni moi n'étions capables de prononcer un mot.

– Il a jeté trois des corps dans la mine. Les deux autres femmes et les enfants sont dans des valises au fond du lac rouge. Il les a fourrés dans des valises et il les a balancés à la flotte, comme si ce n'étaient pas des êtres humains.

Tony se tut. Il porta ses mains à ses tempes et appuya de toutes ses forces, fermant les yeux. J'éprouvais une sensation de brûlure dans la poitrine, un feu intense. Je ne pouvais pas bouger. Petra comptait sur ses doigts, énumérant les noms à voix basse.

– Rosamie Cotabu, Reyna Gatan, Christina Maier et sa fille, Daria, Ana-Maria Lupei et sa fille, Andreea. Et Nisha Jayakody.

Elle avait les yeux fixés sur sa main, les cinq doigts écartés, comme si elle essayait encore de comprendre, de donner un sens à ce qu'elle venait d'entendre.

– Les fouilles débutent ce soir. On saura bientôt à quoi s'en tenir.

27

Petra

À mon réveil, je crus que j'avais du sang sur les mains. Elles étaient chaudes et poisseuses. Lorsque j'ouvris les stores et les levai à la lumière du soleil, elles étaient propres et blanches.

Je songeai au sang des oiseaux. Cette odeur, la sensation sur mes doigts, la manière dont il s'était incrusté sous mes ongles.

C'était un samedi d'automne frileux et la maison était silencieuse. La poussière s'accumulait sur les meubles. J'étais assise à côté de la cheminée éteinte.

– Maman, Nisha ne reviendra pas, n'est-ce pas ?

Aliki se tenait sur le seuil, le regard sombre.

– Tu es levée, ma chérie ? J'espérais que tu dormirais encore un peu.

– Elle nous a quittées, dit-elle simplement.

– Oui. J'ai peur qu'elle nous ait quittées.

– Avec elle, mon cœur était rempli d'étoiles, et maintenant, c'est tout noir à l'intérieur.

J'ouvris les bras et Aliki s'y réfugia. Je la serrai contre moi, ses longues jambes maigrichonnes bientôt trop grandes pour tenir sur mes genoux. Des relents de sommeil flottaient encore sur son jogging et son tee-shirt. Je lui caressai les cheveux, les écartai de son visage. Elle ferma les yeux.

Un raffut soudain nous arracha toutes les deux à notre torpeur. Des cris. Des pleurs. Une rumeur qui montait, enflait. Aliki sauta de mes genoux et courut à la porte. Je la suivis. Dans la rue, des femmes défilaient.

Je reconnus les deux Philippines qui d'habitude tenaient toujours une jolie petite fille par la main. Cette fois, elles étaient seules et elles avançaient avec une détermination solennelle. À leur passage, Nilmini sortit de la boutique de Yiakoumi. Elle dénoua son tablier et le laissa à côté de la porte pour les rejoindre.

Lorsque je regardai Aliki, je constatai qu'elle pleurait. Je l'enlaçai. Elle sanglotait contre ma poitrine, s'appuyant de tout son poids sur moi. Je l'étreignis plus fort. Puis elle se redressa et se tourna vers la rue pour observer la procession. Elles étaient de plus en plus nombreuses, marchant toutes dans la même direction. Je serrai la main d'Aliki. Les larmes coulaient sur ses joues et tombaient sur les pavés. J'imaginais une rivière, un torrent de larmes qui ruisselait à la suite des femmes.

À leur tour, les deux serveuses de Theo abandonnèrent leurs tâches pour se mêler à la foule. Enfin, Ruba sortit de chez Mme Hadjikyriacou et referma la porte derrière elle.

Je l'arrêtai.

– Où vont-elles ? Que se passe-t-il ?

– Suivez-nous, vous verrez.

Aliki attrapa la première paire de Converse qui lui tombait sous la main et nous leur emboîtâmes le pas.

Des femmes que je n'avais jamais croisées dans le quartier grossissaient sans cesse le cortège. Elles regardaient par la fenêtre puis sortaient sans hésiter. La plupart étaient des travailleuses immigrées. Il y avait aussi des enfants, certains de l'âge d'Aliki, d'autres plus jeunes encore, qui accompagnaient leur nounou. Empruntant les petites rues autour de la porte de Famagouste, la manifestation dépassa le musée archéologique de Chypre, avant de prendre l'avenue qui menait au palais présidentiel. Plusieurs milliers de personnes vêtues majoritairement de noir étaient massées devant le bâtiment, la tête baissée pour prier. Ici et là, des banderoles clamaient : HALTE À LA MISOGYNIE ET AU RACISME, STOP À LA DISCRIMINATION CONTRE LES FEMMES ET LES ÉTRANGERS et NOUS SACRIFIONS NOS VIES. J'aperçus Soneeya et Binsa, côte à côte, tenant une bougie et criant en direction du palais blanc. Binsa brandissait une pancarte qui disait simplement : OÙ SONT-ELLES ?

La foule demeura sur place des heures. En fin d'après-midi, nous étions toujours là. Le soleil se couchait sur l'horizon. Quelqu'un donna une bougie à Aliki. Elle la leva très haut au-dessus de sa tête, et sa voix se mêla au concert de protestations. Elle pleurait, mais elle ne lâchait pas sa bougie. Des centaines de petites flammes brillaient à présent dans la lumière du crépuscule. Il y avait là tant de femmes, tant de visages, un chœur plein d'espoir qui prenait la parole pour réclamer justice.

Voici l'histoire de Nisha Jayakodi telle que je la vois :

Nisha était la mère de deux enfants, qui vivaient dans deux mondes différents.

L'enfant de Nisha au Sri Lanka avait les cheveux lisses, aussi soyeux que le duvet d'une chouette.

Son autre enfant était ma fille.

Nisha avait perdu son premier amour.

Nisha savait aimer.

Nisha avait rempli d'étoiles le cœur de ma fille.

Je ne pourrai jamais payer la dette que j'ai envers elle.

Ce soir-là, lorsque j'entrai dans la chambre d'Aliki pour lui souhaiter bonne nuit, je la trouvai assise sur son lit, les yeux tournés vers la fenêtre. Je suivis son regard. Dehors, Ouistiti appuyait la patte sur la vitre pour rentrer.

– Tu as vu, maman, c'est notre chat ! dit Aliki.

Elle éclata de rire, puis, sans crier gare, elle poussa un soupir et se mit à pleurer. Les larmes ruisselaient sur son petit visage froissé. Elles coulaient comme si elles ne devaient plus s'arrêter. Entre deux reniflements, elle bredouilla : « Je suis fatiguée et Nisha me manque. » Je m'assis à côté d'elle et la pris dans mes bras. Je la cajolai comme je ne l'avais jamais fait, comme j'aurais dû le faire depuis longtemps, comme Nisha avait toujours voulu que je le fasse. Je sentais ma fille pleurer sur moi, je sentais ses larmes traverser la peau de mon cou, pénétrer dans mes veines, jusqu'à mon cœur.

– Dis-moi ce que tu as, ma chérie, murmurai-je, lui frottant le dos.

– Je veux Nisha, maman, hoqueta-t-elle dans mon cou. Je veux que Nisha revienne. Je veux qu'on s'asseye dans notre bateau. Je veux qu'elle me raconte des histoires et me prépare pour l'école et… et…

– Et ?

– Et lui réciter mes tables de multiplication à la noix et… et…

– Oui ?

– Je me réveille en pleine nuit et j'ai peur parce que Nisha n'est pas là. Parfois, je me lève et je vais frapper à sa porte, mais elle n'ouvre pas. Elle n'ouvre plus jamais.

J'avais la poitrine et les yeux qui brûlaient. Et bientôt, je pleurais également à chaudes larmes, berçant toujours Aliki.

– Je veux que Nisha revienne.

– Je sais, ma chérie, moi aussi.

Lentement, ses pleurs se tarirent. Elle ne gémissait plus que de temps en temps. Puis sa respiration s'apaisa. Alors que je caressais ses cheveux, je vis le chat sauter du rebord de la fenêtre et nous lancer un dernier regard avant de partir en maraude dans la nuit.

28

Yiannis

C'était l'aube lorsque je m'endormis enfin, hanté par des images du lac rouge et de Nisha. Je me réveillai au milieu de l'après-midi. Une clameur montait de la rue. Je sortis sur le balcon pour découvrir une marée humaine qui emplissait la chaussée et coulait comme une rivière. Brandissant des banderoles, la foule passait devant les arbres où étaient accrochées les affichettes de Nisha. Le cortège venait de la ligne verte et se dirigeait vers le centre-ville, pour revendiquer ses droits haut et fort.

Nous voici, disaient les manifestantes. *Nous ne surgissons pas du néant en taxi, avec une valise, pour disparaître un jour et retourner au néant.*

Nous sommes des êtres humains.

Nous aimons.

Nous détestons.

Nous avons un passé.

Nous avons un avenir.

Nous sommes des citoyens et citoyennes, et nous avons des droits.

Nous avons des voix.

Nous avons des familles.

Nous voici.

Le petit oiseau qui se trouvait sur la table à côté de moi voleta jusqu'à l'arbre le plus proche. Ses yeux noirs regardèrent la foule. Puis il tourna la tête vers moi. Une vague monta en moi. Une tristesse immense. Un désespoir douloureux.

– Va, lui dis-je, alors que je ne rêvais que de m'accrocher à lui et à tout ce qu'il représentait. Va. Envole-toi. Va.

Alors, comme s'il avait compris, il ouvrit les ailes et s'éleva dans le ciel.

Regarder l'oiseau partir, conscient qu'il ne reviendrait sans doute jamais, me fit l'effet d'un électrochoc. Je m'habillai avec détermination et je descendis dans la rue. J'aperçus Mme Hadjikyriacou sur le seuil de sa maison, qui observait la manifestation de ses yeux troubles, mais attentifs.

Je me laissai porter par le courant. J'avais la vue brouillée par les larmes. Suivant le flot, j'allai jusqu'au palais présidentiel. Là, je m'assis sur un banc, incapable de rester debout plus longtemps. Je n'avais plus de force dans les jambes.

J'observai les femmes autour de moi, leurs visages éclairés par les bougies qu'elles levaient. Il y avait de la souffrance sur ces visages, et une peur réelle, mais aussi de la colère, une colère qui les aidait à se tenir droites et à dire : *Nous voici.*

Un journaliste se trouvait à côté de moi, accompagné d'un caméraman. Ils interviewaient une manifestante. Elle avait la vingtaine, un visage rond laiteux, une tresse haute qui tombait sur son épaule droite. Elle regardait la caméra bien en face, et, parce qu'elle était toute proche, j'entendis sa voix par-dessus la clameur : « Je fais partie de celles qui ont de la chance. J'ai une bonne patronne, une femme qui me traite bien. Ma sœur a été violée par son Monsieur. Elle est allée voir la police qui n'a rien fait pour l'aider, alors elle a quitté son emploi. Maintenant, elle a trois mois pour retrouver un travail ou elle devra rentrer au Népal. Nos parents ont besoin de l'argent que nous leur envoyons. Ils sont très malades. Mais quand je pense aux femmes dans le lac, aux enfants… »

Elle s'interrompit et prit une inspiration.

« Où est-ce que ça s'arrête ? demanda une femme à côté d'elle, plus grande, la peau plus foncée. Est-ce qu'on a de la chance parce qu'on n'a pas été tuée ? »

Une bourrasque éteignit plusieurs flammes. Je reconnus Ruba parmi la foule, et les deux serveuses de chez Theo, avec leurs chapeaux en paille de riz et leurs longs cheveux noirs. Ruba ralluma sa bougie à celle de sa voisine. Puis passa la flamme à un enfant. Le soleil s'enfonçait dans la terre.

Où était Nisha pour raconter son histoire ? Que ferais-je sans elle ? Que ferait Kumari sans sa mère ? Et Aliki ?

Je respirais péniblement. J'avais l'impression d'être au milieu d'un monde en feu. Mais sur le moment, j'imaginais que c'était de l'or qui brûlait.

J'en étais sûr. Nisha avait disparu et s'était transformée en or.

Elle s'était transformée en or dans le coucher de soleil. L'espace d'un instant, je l'entrevis, et je pense que je l'entendis aussi, dans les voix et les visages en feu des femmes autour de moi.

C'était là qu'était Nisha.

Alors, elle m'embrassa, là-haut dans la montagne, où une partie d'elle se trouvait avec moi, et l'autre dans le monde dont elle venait.

Le lac rouge à Mitsero reflète le coucher de soleil, l'emprisonne et le retient, même après sa disparition. Lac rouge, lac toxique, lac de cuivre. Des mères et des pères racontent à leurs enfants des histoires où il est question de profondes galeries souterraines, d'hommes qui rampaient comme des animaux et mouraient dans le noir.

Ne vous approchez jamais du lac rouge de Mitsero !

Le coucher de soleil prélude au silence et à l'obscurité, au moment où chacun ferme les yeux et se retrouve face à lui-même. Le lac est à la lisière des ténèbres.

Il contient tous les couchers de soleil depuis la nuit des temps.

Un hélicoptère vrombit dans le ciel, comme une libellule. Quatre canots de sauvetage orange glissent sur l'eau. Des plongeurs descendent. Ils sont trois, reliés aux bateaux par des cordes jaune vif.

Ils ne se perdront pas. Leurs collègues veillent à la surface, prêts à les remonter.

Ils s'enfoncent et le lac se referme sur eux.

Au village, la veuve se tient dans son jardin, une bougie à la main. Sa paume abrite la flamme du vent.

Le soleil couchant revêt d'or le blé et l'orge des champs. La forêt flamboie. Un lièvre surgit d'un buisson et s'approche prudemment du cratère, gardant ses distances.

Au bout d'un moment, un plongeur réapparaît et fait signe au canot. On lui jette des cordes équipées de crochets. Il redescend, puis remonte et lève le pouce. À bord, on hale la corde et bientôt une valise crève la surface.

29

Petra

Aliki voulait que je l'aide à se préparer. Elle prit son temps pour choisir ses vêtements, puis elle se tint immobile pendant que je lui passais la tête dans le col de son pull – le pull de Nisha, en fait, celui avec le tournesol. Ensuite, j'enfilai ses pieds dans les jambes de son jean et le remontai. Elle était tournée vers la porte-fenêtre. Elle regardait la barque dans le jardin, l'oranger, les poules qui picoraient autour du poulailler. Je sortis le bracelet de ma poche.

– Tu as vu ?

Elle me fit face, et je lus dans ses yeux une tristesse aussi vaste que la mer.

– C'était moi qui le lui avais offert, dit-elle avec un sourire mélancolique.

– Oui. Et tu sais qu'elle ne le quittait jamais. Elle le portait tous les jours.

J'attachai le bracelet à son poignet et elle tourna la main pour le faire scintiller à la lumière du soleil couchant qui se déversait par la vitre.

Nous sortîmes pour attendre les autres à côté de la barque. Mme Hadjikyriacou arriva la première avec Ruba, suivie de Soneeya et Binsa, puis Nilmini, et enfin Muyia qui nous rejoignit comme le soleil disparaissait derrière l'horizon.

Hormis de brèves salutations, personne ne dit rien. Nous savions tous pourquoi nous étions ici : pour faire nos adieux à Nisha. Je me demandais où était Yiannis. La fenêtre de sa cuisine était fermée et noire. J'aidai Aliki à distribuer les bougies. Lorsque je relevai la tête, il était au pied de l'escalier, les bras ballants, le teint blême, les paupières lourdes, la chemise boutonnée jusqu'au col.

Il nous regarda allumer les bougies, les tenir devant nous pour chasser l'ombre de nos visages. Le silence nous enveloppait. Le bateau était vide et j'imaginais Nisha assise à l'intérieur.

– Nisha s'en va, dit soudain Aliki.

Tous les yeux baissés se fixèrent sur elle.

– Elle vogue sur les vagues légères de la lointaine mer au-dessus du ciel.

Je posai une main sur son épaule et je la sentis trembler. Il ne faisait pas froid, mais elle grelottait comme sous une bise glacée.

Peu après, le vent se levait pour de bon, et tout le monde se réfugia dans la maison à la suite d'Aliki.

– Je vous rejoins, dis-je.

Je m'approchai de l'escalier. Yiannis n'avait pas bougé.

– Vous venez ?

Il hocha la tête.

– J'ai réservé un billet pour le Sri Lanka. Je pars demain.

Nos regards se croisèrent. J'inspirai profondément. Je ne savais pas quoi dire.

– Je vais voir Kumari, ajouta-t-il.

Je lui pris la main et il se mit à pleurer. Le menton baissé, les yeux fermés, la poitrine agitée de tremblements, il sanglotait. Je gardai sa main dans la mienne, tandis que Nisha s'éloignait sur la mer au-dessus du ciel.

Plus tard, je m'assis dans le jardin avec Aliki et Nilmini. La jeune femme ouvrit le journal intime de Nisha et lut à voix haute les mots de son amie. Après, je confierais le cahier à Yiannis pour qu'il le remette à Kumari, à qui il revenait de droit.

D'ici là, j'écoutais les différents épisodes de la vie de Nisha. La mort de Kiyoma et la chouette. Son voyage à Ratnapura, sa rencontre avec son mari, et l'accident dans la mine. Les journées et les soirées passées à travailler au marché de Galle, la difficile décision de partir, ce qu'elle avait ressenti pendant la première année loin de chez elle, sa tristesse de ne pas pouvoir étreindre sa fille chérie, Kumari.

Il y avait tant d'autres choses que j'aurais voulu savoir. Ces lettres n'étaient que quelques étoiles dans l'univers infini de son cœur. Mais il était trop tard. Si seulement je m'en étais rendu compte avant.

Chère Kumari,

Quand tu étais bébé et que je te tenais dans mes bras, contre ma peau, quand je regardais dans tes yeux, je voyais tout ce que j'aimais et tout ce que je redoutais. Dans tes yeux, je voyais le coucher de soleil sur le Sri Pada (il y a une histoire à ce sujet ! Continue de lire si tu es curieuse !). Je voyais des rivières et des cascades au crépuscule (là-dessus aussi !). Je voyais ma mère, et moi qui marchais à côté d'elle dans les rizières en fin d'après-midi. Je voyais les rangées de poivrons qui séchaient au soleil, les plats fumants qui sentaient la citronnelle, la cardamome et la cannelle. Je voyais les yeux de ma sœur, il y a bien longtemps, son rire joyeux (tu me fais penser à elle, Kumari). Je voyais la robe que je portais le jour de mon mariage, et le sourire de ton père, ses bras autour de ma taille quand nous dansions.

Je voyais aussi ton avenir. Et c'était ce qui m'effrayait.

Dans la maison où je vis désormais, il y a un jardin, et, dans le jardin, il y a une barque en bois. La barque vient de loin, car la maison n'est pas au bord de la mer. Elle est dans une ville très ancienne, avec quatre vieilles portes, si hautes et si larges qu'elles semblent avoir été bâties pour un peuple de géants.

Je m'occupe d'une petite fille nommée Aliki, un bébé qui a deux ans de moins que toi.

Kumari, le jardin est magnifique. D'une certaine manière, il me rappelle qui je suis. Il y a un oranger (comme celui que nous avons à la maison, mais ses fruits sont plus sucrés), un cactus qui produit des figues de Barbarie, beaucoup de fleurs et un poulailler. J'aimerais que tu sois là pour le voir. J'ai fait des dessins pour toi dans ce cahier ! Tu adorerais les poules. Elles sont à mourir de rire. Il y en a une qui se débrouille toujours pour s'échapper. Elle rentre dans le salon quand on oublie de fermer la porte. Elle s'installe sous la table basse et regarde la télé avec nous. Je fais en sorte que ma patronne ne s'en rende pas compte, sinon, elle la chasserait. Parfois, la poule saute sur mon lit, se glisse sous la couette et se parle à elle-même. Elle a des plumes qui lui cachent les yeux. Elle ne doit pas y voir grand-chose, mais ça n'a pas l'air de la déranger.

Quand tu seras assez grande pour lire ces lignes, je t'aurai déjà sans doute dit tout ça, mais j'ai besoin de l'écrire, pour me sentir proche de toi lorsque je suis seule.

À mon arrivée ici, je t'entendais pleurer. Tu ne le croiras peut-être pas, mais c'était vraiment toi que j'entendais, je le sais, à présent. Au début, je pensais que c'était un enfant dans une autre maison, puis j'ai compris que le bruit venait de la terre, des arbres et du ciel. Alors, je m'asseyais dans le petit bateau, dans le jardin, et je t'envoyais des histoires et tout mon amour à travers le ciel étoilé.

Tu n'as pas connu ton père. Je suis sûre que tu l'aurais aimé autant que moi. Je te parlerai de lui – même si je suis certaine que ton acci *aura aussi beaucoup de choses à te raconter.*

Elle ne le mentionnera sans doute pas, parce que c'est un sujet qu'elle évite, mais la vie peut changer en une fraction de seconde, comme pendant la mousson, quand des torrents de pluie s'abattent sur la terre. La pluie finit toujours par s'arrêter, disait ton père. Et alors, dès que le soleil ressort, tout resplendit. C'était un optimiste.

Ton père aurait dû être acteur. Il imitait les gens et les animaux, agitait les mains quand il parlait, et avait une lueur espiègle dans l'œil. Mais il travaillait dans les mines de pierres précieuses. C'est là que nous nous sommes connus. Il descendait dans le noir, pendant que je lavais le gravier à la surface, pour en extraire les gemmes.

J'ai tant à te dire. Sois patiente. La vérité a besoin de temps.

Remerciements

Beaucoup de gens m'ont permis d'approfondir les sujets difficiles abordés dans ce roman. Je leur en suis infiniment reconnaissante.

En premier lieu, Menaka Nishanthe Ramanayaka : merci pour ton travail pendant toutes ces années, pour ta force, ton amitié, ton délicieux thé sri lankais, ton écoute, tous les sentiments et les souvenirs que tu as partagés avec moi. En résumé, merci d'être une si belle personne. C'est toi qui m'as donné envie d'écrire ce livre.

Marissa Begonia : sa lucidité et sa détermination sont un exemple pour moi. Cette femme admirable m'a proposé de visiter le Voice of Domestic Workers à Holborn, où elle accomplit des miracles. J'aimerais aussi saluer toutes les femmes du centre qui m'ont accueillie avec amitié, qui m'ont régalée de mets délicieux et qui m'ont raconté leur histoire. À Limassol, Loucas Koutroukides effectue un travail humanitaire indispensable auprès des employées de maison de Chypre. Il a accepté de longuement me parler et m'a présentée à des gens formidables. Il a écrit de nombreux articles passionnants et courageux. Il a eu le cran de chercher la vérité et de la dire tout haut, là où d'autres préféraient regarder ailleurs ou se taire. Les femmes du Blue Elephant m'ont confié leurs histoires, leurs émotions et leurs peurs. Mille fois merci, vous m'avez énormément appris.

George Konstantinou, de l'Association pour la Protection de l'héritage naturel et de la biodiversité à Chypre, a aimablement répondu à toutes mes questions, m'a aidée, conseillée, et m'a envoyé de merveilleuses photos. En raison du confinement, je n'ai pas pu participer à l'une de ses visites guidées pour découvrir la faune et la flore comme je l'espérais, mais nos échanges ont été riches d'enseignement. Le travail qu'il réalise pour préserver la forêt et les animaux de l'île est primordial.

Eva Spanou m'a aidée à approfondir mes recherches. Nicolas et Sotiroulla Simon m'ont tout appris sur le braconnage.

À Noël dernier, Peter et Tassos Louizou m'ont entretenue du trafic des oiseaux chanteurs, de la chasse à la glu et de la chasse en général. Mon frère bien-aimé, Mario Lefteri, m'a fourni des informations sur Chypre et sur les sites de braconnage. Il a par ailleurs été l'un des premiers lecteurs de ce roman et, comme toujours, m'a donné de précieux conseils. Angela Stella Monaghan a eu la gentillesse de me présenter ses parents. Panayiotis et Andriana Michael m'ont eux aussi parlé du braconnage – entre mille autres choses.

Nishan Weeratunge et Sajeewa Dissanayake sont une mine de renseignements sur le Sri Lanka, les spécialités culinaires, la culture et l'histoire. Non seulement ils m'ont été d'une grande aide, mais je me suis fait de nouveaux amis. Toute ma gratitude à Maryvonne et Antony, pour leurs récits passionnants et pour m'avoir présenté Nishan.

J'aurais déjà dû remercier mon amie Anna Petsas la dernière fois. Elle m'a encouragée à être bénévole, à prendre des risques réfléchis, m'a envoyé un article sur les femmes de ménage immigrées et m'a alertée au sujet de leur sort. Anna, tu es un modèle pour moi. J'ai souvent pris d'importantes décisions dans ma vie après t'avoir parlé.

Paul Lewis est un ami précieux et nos échanges sur l'écriture m'apportent beaucoup. Par ailleurs, je suis heureuse de faire partie du Conway Road Writing Group, qui réunit des auteurs formidables et talentueux.

Mehr, spécialiste des cultures d'Asie du Sud à Salt and Sage Books, m'a donné des conseils inestimables en relisant ce livre. Mon agente, Marianne Gunn O'Connor, est mon étoile du berger. Marianne, merci pour ton affection, ta sollicitude, ton soutien, tes encouragements, ta vision. Merci d'être telle que tu es : généreuse, motivante, soucieuse des autres et du monde. Tu es une véritable amie. Je n'aurais jamais pu écrire ce livre sans toi.

Je remercie mon agente pour les droits étrangers à MGOC, Vicki Satlow.

Mes éditeurs chez Manilla Press. Kate Parkin pour son soutien indéfectible, son dévouement, sa perspicacité, sa passion. Margaret Stead pour toutes nos conversations téléphoniques pendant le confinement, ses conseils, son imagination, sa créativité, le travail formidable qu'elle a accompli pour que ce roman voie le jour.

Je remercie Perminder Mann d'avoir cru en moi. Clare Kelly, Felice McKeown et Katie Lumsden : c'était un bonheur de travailler avec vous.

Je ne serais rien sans l'amour et le soutien de mes amis et de ma famille. Mon frère Kyri et sa femme n'ont jamais cessé de m'encourager. Maria et Antony sont les meilleurs amis dont on peut rêver. Stellios Arseniyadis m'a généreusement écoutée pendant la révision du texte. Claire et Sam Afhim ont toujours été là. Louis Evangelou m'a aidée, conseillée, et il a été d'une patience infinie. Toute la famille Evangelou

– Katerina, Tina et Chris – m'a comblée de son affection et de ses délicieux repas.

Je salue tout particulièrement mon père et Yiota. Je sais que je peux compter sur vous et vous m'avez appris à ne jamais renoncer. Merci pour votre amour et votre aide. À ma mère, qui n'est plus avec nous : merci pour tout l'amour que tu m'as donné. Tu avais foi en moi, tu étais drôle et créative. Ces choses-là, je les porterai toujours en moi et elles me suivront partout où j'irai.

Chaque roman que j'écris est pour moi une immense leçon. Je remercie du fond du cœur ceux qui m'ont aidée à découvrir, à comprendre et à voir le monde autrement.

Cher Lecteur,

Il y a une dizaine d'années, à Chypre, je me suis liée d'amitié avec une employée de maison qui travaillait pour un membre proche de ma famille. K était originaire du Sri Lanka. Elle n'avait pas vu ses deux filles depuis huit ans. Elle leur parlait par l'intermédiaire de sa tablette : elle était leur mère par écran interposé. Elle m'a présenté ses filles, m'a montré sa maison et les rues de sa ville natale sur son iPad. Elle m'a fait découvrir les arbres, les fleurs, le ciel, les spécialités culinaires : elle voulait que je comprenne ce que son pays représentait pour elle, les parfums, les goûts, les sensations. Nous avons fait plusieurs promenades virtuelles ensemble dans la ville, en compagnie de ses filles et de sa belle-mère. Parfois, comme n'importe quel parent, elle disputait ses filles, leur rappelait qu'elles devaient faire leurs devoirs ; souvent, elle leur disait qu'elle les aimait. Toujours par le biais de l'écran. Elle m'a raconté comment elle avait perdu son mari, l'amour de sa vie, dans un accident agricole. À la suite de sa disparition, elle avait pris la difficile décision de partir à l'étranger pour subvenir aux besoins de ses filles. Elles ont grandi loin d'elle. Elle leur envoie des vêtements et de l'argent, mais elles sont en train de devenir de jeunes adultes sans elle. J'ai été frappée par la force, la résilience et l'amour de K. Mais j'ai aussi pris conscience de l'immense souffrance que lui causait son sacrifice. Et tout autour d'elle, je voyais d'autres femmes, d'autres employées de maison qui accomplissaient leurs tâches quotidiennes, invisibles et incomprises. « Ah, ces femmes ne se soucient pas de leur famille, elles vont de pays en pays, sans attaches », m'a dit un jour une voisine.

Lorsque je faisais la promotion de *L'Apiculteur d'Alep*, il n'était pas rare qu'on me demande : « Comment faire comprendre aux gens que les réfugiés ne sont pas comme les migrants, qu'ils sont venus ici parce qu'ils n'avaient pas le choix ? » Ce genre de propos me déprimait. Les migrants sont souvent obligés de quitter leur pays pour des raisons moins dramatiques que la guerre, mais ils partent quand même parce qu'ils ont le sentiment de ne pas avoir d'autre solution.

Ce roman est né de cette question, mais aussi d'une récente tragédie qui a endeuillé Chypre : les meurtres de cinq employées de maison immigrées et de deux de leurs enfants. Quand on a signalé leur disparition, les autorités n'ont pas jugé nécessaire d'enquêter, parce qu'elles étaient étrangères : on a présumé qu'elles étaient simplement parties. Deux années se sont écoulées avant qu'un couple de touristes ne découvre la première victime dans un puits de mine, à la suite d'une grosse averse. C'était l'une des femmes dont la disparition n'avait pas été prise au sérieux.

J'ai suivi avec attention le déroulement de ces événements. Le cœur lourd, je lisais les journaux, je regardais les informations chypriotes, je discutais avec des amis. Je n'étais pas surprise outre mesure que personne ne se soit préoccupé du sort de ces femmes et de leurs enfants. Je n'étais pas surprise qu'aucune enquête n'ait été ouverte, que la police ait simplement décidé qu'elles étaient parties. En revanche, j'étais en colère, parce que je connaissais la réalité. Je savais comment cette négligence inadmissible avait pu se produire.

Une grande partie de ma famille vit à Chypre. Je suis née en Angleterre, car mes parents se sont réfugiés dans ce pays après la guerre de 1947.

À Chypre – comme dans de nombreux pays occidentaux –, on trouve des employées de maison dans la plupart des foyers de la classe moyenne. Pas besoin d'être très riche pour cela, il suffit d'être à l'aise. Les gens ont l'habitude de croiser ces femmes qui tiennent la maison, s'occupent des enfants, promènent le chien, font le ménage dans les restaurants ou les magasins de leurs patrons. Les domestiques immigrées font partie du quotidien chypriote.

Ce roman ne prétend pas être la voix des migrants, il ne cherche pas à parler à leur place. Il s'intéresse aux idéologies, aux préjugés, aux idées préconçues et aux concours de circonstances qui peuvent mener à des événements dramatiques comme ceux qui ont eu lieu à Chypre. Il s'intéresse à la manière dont les travailleurs immigrés peuvent se retrouver prisonniers d'une situation, à cause d'un système vicié. Mais aussi à la manière dont nous pouvons tous être prisonniers d'une certaine façon de voir ou de penser.

C'est ainsi qu'est né le projet de ce livre.

J'ai décidé de me rendre à Chypre pour parler à ces femmes, afin de mieux comprendre leurs conditions de vie. J'ai rencontré le fondateur d'une association humanitaire qui a pour mission d'aider les employées de maison étrangères. Il tient aussi un café où les hommes et les femmes se retrouvent le dimanche. C'est vers lui que se sont tournés la famille et les employeurs des disparues, quand la police leur a opposé une fin de non-recevoir. Il a longtemps prêché dans le désert à

Chypre, lorsqu'il clamait qu'il s'agissait certainement d'une affaire de meurtres. La suite devait hélas lui donner raison.

Les récits que j'ai entendus m'ont bouleversée. Cet homme m'a présenté plusieurs femmes qui fréquentaient son café le dimanche. Nos conversations m'ont ouvert les yeux sur leurs difficultés et leurs souffrances. À mon retour, j'ai contacté l'association Justice for Domestic Workers, à Londres, et je l'ai aidée à mettre en forme les témoignages des femmes du centre. Je voulais savoir quelles épreuves elles avaient subies en Angleterre, car j'étais consciente que la défaillance des autorités chypriotes n'était pas un cas isolé, mais le résultat d'un dysfonctionnement de notre société et de notre civilisation.

Par ailleurs, je me suis rendu compte que, si certaines quittaient leur pays pour pouvoir subvenir aux besoins de leur famille, d'autres aspiraient également à la liberté. Mais beaucoup se retrouvaient piégées, sans aucune possibilité de rentrer chez elles.

J'ai énormément appris et compris en écoutant et en ouvrant les yeux. C'est pourquoi j'ai voulu écrire un roman du point de vue des personnages qui vont devoir découvrir qui était Nisha : son employeuse et son amant. La fin m'a donné du fil à retordre, parce que je savais que Nisha devait mourir. Elle devait mourir, car, dans la réalité, des femmes ont péri. Bien que le roman ne se base pas sur leur vie, il est sous-tendu par les influences et les préjugés qui ont présidé à leur destin. Le lecteur découvre l'histoire de Nisha par l'intermédiaire de ceux qui l'ont connue ; il doit rassembler les pièces de son existence à travers les souvenirs des autres : c'est ce que j'ai souvent vu et ressenti dans les rues de Chypre. Quand on s'autorise à regarder et à écouter, on se rend compte que la beauté, la profondeur, les rêves, les peurs, les aspirations et le courage de ces femmes sont identiques aux nôtres. Nisha ne prend la parole que dans les toutes dernières pages du roman. J'espère qu'il y aura un écho une fois le livre refermé, que sa voix continuera de résonner dans le silence.

Ce roman nous parle de migrations et de frontières, de la quête de liberté et du piège qui se referme sur ceux qui cherchent une vie meilleure. Il nous parle d'un racisme systémique qui souvent s'ignore et s'appuie sur des préjugés et des idéaux nationalistes. Il nous parle de la façon dont nous pouvons apprendre à voir chaque être humain comme nous nous voyons nous-mêmes.

Christy Lefteri

RÉALISATION : NORD COMPO À VILLENEUVE-D'ASCQ
IMPRESSION : CPI FRANCE
DÉPÔT LÉGAL : MAI 2022. N° 147863 (168653)
Imprimé en France